SAMSARA

轮回

徐亦瑕 著

PADDY XU

上海文艺出版社

图书在版编目（CIP）数据

轮回 / 徐亦嘏著 .-- 上海：上海文艺出版社，2012.8
ISBN 978-7-5321-4579-9

I. ①轮… II. ①徐… III. ①长篇小说—中国—当代
IV. ① I247.5

中国版本图书馆 CIP 数据核字（2012）第 179182

策划：徐公诚、徐如麒
责任编辑：秦　静
封面设计：席倩雯
美术编辑(插画)：席倩雯
校对：张　希

轮 回　SAMSARA
徐亦嘏　著

上海文艺出版社出版、发行
上海市绍兴路74号
新华书店经销　上海美雅延中印刷有限公司印刷
字数：240千字　开本 889×1194 1/32 印张 11 插页 4 图 4
2012年8月第1版　2012年8月第1次印刷
ISBN 978-7-5321-4579-9/I.3564
定价：28.00元

献给徐绍媛

致　谢

谨向我的策划人徐公诚、徐如麒，我的编辑秦静，我的设计师席倩雯，我的校对张希致以诚挚的谢意。同时，我要向上海文艺出版社，我的读者和广大的朋友们表达我衷心的感谢。

这部小说的完成是这些人士共同协作与努力的结果，小说的完成也得益于上海联泰文化有限公司，沃德薇芙艺术摄影的大力支持。我谨向你们所有人表示最真挚的谢意！

序 言

徐亦嘏发表过《Five Minutes》、《514NIT》、《极度诱惑》等悬疑小说，但当他的这部长篇出现在我案头时，我仍然有些惊讶，毕竟写异域悬疑小说难度不小。

悬念、惊险、亲情、死亡在破解重重谜团的跌荡起伏中交织，想读下去，想了解谁能走出轮回。看了十多页便被其中的情节吸引，剧情感很强，这是最初的印象。

迈克尔、格雷俩好友的离奇死亡——美特尔海滩，一把出了问题的弹簧水果刀，格雷死了，格雷对迈克尔的建议，一只塑料壳打火机，迈克尔也踏上了不归路。歌剧式的人物对白、细腻的心理和场景描写，在“无心谋杀”的扼腕中被刻划得极为生动，也展现了作者在小说第一部分的妙巧布局。

带着丝缕的忧伤心绪走进第二部分。又一个重要人物逝去遗留的零散线索，让人陷入莫测的迷潭中，生动具象的实景描写融入于恢宏的战场，两股势力激烈对抗呈现了正与邪的利益之争。当作者为阅者推开那扇门时，却又陷入了新的泥沼……渐渐明析迈克尔之死的不寻常与费解的秘语，让人纠缠在困惑之中。

百计僵尸的殊斗，对真相执着追寻的信条，无疑是作者的浓重笔触——传统的僵尸得以华丽升级，当遇到最高阶血魔时方想到，“如果上帝在身边的话该是一件多么令人幸福的事！”第三部分是长篇的格调定格——每个人物从始至终都亲历幕幕血腥与黑暗，经受在有限时间内与死神赛跑的残酷。作者试图让阅者都能深深体会劫后余生的慰安，这也许是小说中最炽烈地感人于腑肺的部分，即爱与友情的伟大力量可以让人放下一切与牺牲生命。诸多线索和秘语又费去不少阅者的脑细胞，在与作者一起解谜的过程中感受到趣处。第三部分注入了作者所要表达的理念，也是让人情动震撼的地方。

在以为一切都水落石出的那一刻，没想到答案均被否扼。把书翻到第一页并与作者一起重视曾被忽视的细小情节，才会惊奇道“被忽视的竟然是最重要的”。费尽心思纠正了第一部分、第二部分的误区之后，终于将一条原本看不见的线索连接了起来，这条线索最终打开了通往光明与胜利之门！经过一连串殊死搏斗，人类得以拯救，但最开始的那场噩梦却依然在挣脱之中——走不出的轮回，唯愿有一天能走出困顿、触及曙光，于是，又一次书名《轮回》二字。

作者以超脱、熟稔的写法交织了重重谜团和跌荡起伏，又、成功地添注了科幻的“佐料”，增添了情节的惊怵与引人入胜，让人想了解谁能破解而走出轮回。作者着重塑造的众人物个性、形象和智慧，尤以主人公安德森深入，在他身上，寄托了作者对人性、友情、生的希望、死之挣扎、奉献的精神力量的理解，因此让人许久回味。

异域的自然风光和历史文化风俗与“剧情”相融，雨云、舟行、城钟、教堂、剧院的描写也如抹抹韵彩般恰如其分。作者对这些的驾驭，源于他曾在瑞士完成本科学业，在加拿大取得工商管理硕士学位，遍游欧洲、北美诸国的浸润，在异域的小镇、河边、教堂等记下的感悟，加上多年喜研国外悬疑小说，都给了他积累和才思，丹布朗的作品则给了他创作的启示。时常涌动的创作激情，一个个悬疑、情节、人物不断交织，不断地鲜活起来，又逐渐清晰……终于，徐亦嘏产下了他的第一部长篇。

《轮回》会被关注。《轮回》也是改编电影、电视剧的脚本，我以为。因此，愿为序。

常志康

2012年7月4日于云山轩

目 录

轮 回

SAMSARA

Iris Xi

当我以为一切即将结束的时候，原来一切的结束只是另一场新的开始。

“我真想今晚舒舒服服地洗个热水澡，然后穿上真丝睡衣躺在一张大床上。”一个二十几岁的年轻女人坐在车的副驾驶座上，样子看上去有些无精打采。

“哦，可怜的小甜心，我想你的愿望过不了多久就可以实现。”身穿黑色夹克衫的男人一边开车一边安慰着身旁的女人。

“亲爱的，这句话你今晚至少说了二十七遍。即便这是莎士比亚喜剧作品里最了不起的一句话，你也用不着对我重复说那么多次吧。”

“莎士比亚的喜剧我喜欢极了，尤其是《第十二夜》、《仲夏夜之梦》。哦，对了，还有《温莎的风流娘儿们》，简直让我着迷得无法自拔。”

一道耀眼的闪电划破了漆黑的苍穹，仿佛把天空瞬间劈成了两半。

“拜托，想想我们现在好吗？眼前我们正行驶在一条连路名都不知道的小道上，地图上都找不到这该死的地方，你居然还有心思跟我讲《温莎的风流娘儿们》。”

“米歇尔，我只是想让你可以尽快地泡在热水里，然后穿着我给你买的那件WaterwavE①真丝睡衣……”

正在此时一声震耳欲聋的惊雷响彻云霄。

“够了迈克尔！我们实在不应该离开州际公路！这样下去我真不知道什么时候才能到得了利文斯顿②，老天。”

---

①WaterwavE（沃德薇芙）：艺术奢侈品品牌，主营真丝礼品、服装以及各类手工艺品，其产品具有极高的艺术价值和收藏价值。

②利文斯顿（Livingston）：小镇距离蒙大拿州仅25英里。这里居住着很多艺术家、作家、电影制片人和音乐家，他们总是会在固定的时间举行读书会、音乐会等有趣的娱乐节目，因此很多年轻人都觉得在这里生活很美好。

“我正在努力，好吗？实在不行我们就原路开回公路上去。”

米歇尔转过头，黯然地望着漆黑的车窗外：“这恐怕是我遇到过最最该死的一次旅行了。”

迈克尔一只手控制着方向盘，伸出另外一只手从后座的手提包里取来一盒万宝路和一只绿色塑料壳的打火机。

“啪啪！”他打了好几下都点不着火。

迈克尔看着打火机里满满的油，表现得极度不满：“这就是所谓的超大型打火机，难道这里面的液体全是用来装饰的吗？”

米歇尔并没有搭理他，她用手支着脑袋，依旧望着漆黑的车窗外。

“见鬼的中国制造！今晚一切都糟糕透了！”迈克尔十分生气地把打火机和烟都扔出了车窗外。

“这都得感谢你那好朋友格雷。如果不是他的建议，我想我们现在应该是在美特尔海滩①上望着星空，享受夜风！”

“格雷·奥布里？哦，是啊，这家伙现在应该和珍妮在那儿躺着数星星吧！”

一个接一个海浪连绵起伏，那些不断向岸边涌来的海浪冲荡着海滩，漫过一片片岸边的礁石再渐渐地退去，就像情人温软的手轻轻抚过自己的胸口。

“亲爱的，我感觉我们现在是世界上最幸福的两个人。”格雷舒服地平躺在一张白色的双人沙滩椅上，仰望着夜空中像宝石般闪烁的星星。

---

①美特尔海滩（Myrtle Beach）：美国著名的海滩，位于美国东海岸的南卡莱罗纳州。是美国“婴儿潮”后各阶层包括富人理想的退休宜居地。

“是啊，亲爱的，我真希望你只是一名普普通通的海滩管理员，而不是一个法医专家。”珍妮斜躺在格雷身边，深情地看着他：“也许那样的话我们就能经常在一起享受幸福的两人世界了。”

格雷转过身来，伸手捋了捋珍妮金色的秀发，然后抚摸着她的脸庞并深感愧疚地说：“对不起，亲爱的。我知道长期以来我一直忙于寻找那些被害人的死亡真相，光是看着那些毫无生气的尸体就足够令人窒息了，真不知道为什么美国每天都会有那么多离奇死亡的人。不过我保证以后每个假期都会和你一起来海滩度假，如果你愿意的话。”

“真的吗？你说的是真的吗？可是……”

“可是什么？”格雷望着欲言又止的珍妮。

“亲爱的，你能不能答应我不要生气？我……有件事一直没敢告诉你。”珍妮抱着格雷的胳膊，眼神里充满了忐忑不安。

格雷一下子握住了她的手并迫不及待地追问：“亲爱的你怎么了？告诉我究竟发生了什么？”

“我、我发现自己怀孕了。”

格雷一下子跳了起来：“哦！珍妮！我的上帝啊，这是真的吗？”

珍妮面带羞涩地点了点头。

“你这个傻瓜，为什么不早告诉我呢！我怎么可能因为你有了我们爱情的结晶而生气呢？你可真是个小傻瓜！”格雷紧紧抱着珍妮，他此时此刻是那么地激动和兴奋！

珍妮有些忧愁地告诉格雷：“听我说亲爱的，我不敢告诉你是因为我很担心孩子的降临会给我们带来许多压力。有时候你整个月都不在我身边，我不知道如果没有你，我该如何独自去面对这个事实。”

格雷缓缓地托起珍妮的下颚，并异常温柔地亲了亲她的嘴唇："我答应你，在你生产期间我一定会想办法陪在你身边的，我会亲眼看着小格雷降临到人间。"

"亲爱的，你要知道我实在不能没有你，我爱你。"珍妮把手轻轻地搭在格雷的手上。

"我也爱你。"格雷紧紧搂着她。

一旁漆黑而冰冷的大海仿佛因为他们的存在而变得无比闪耀和炙热。

"你说我们的小格雷以后叫什么好呢？"珍妮望着他，深深地陶醉在幸福中。

"哈哈，别看我一天到晚总是忙着法医工作，但小孩的名字我早就已经想好了。如果是男孩就叫史密斯•奥布里，如果是女孩就叫葛瑞丝•奥布里，你觉得怎么样？"

珍妮依旧深情地看着格雷："我听你的。"

一辆银灰色的福特飞驰在一条狭长的小道上，从远光灯射出两道笔直的光线在黑夜中显得格外醒目。

副驾驶座上的米歇尔已经睡着了，迈克尔一边打着哈欠，一边尽量地使自己睁大眼睛。真是奇怪，今晚光打雷不下雨，这究竟是怎么样的一个鬼地方！迈克尔心里暗自骂道。

突然手机响起，迈克尔一只手把握方向盘，另一只手拿起手机。

"喂，啊哈，妈妈！您最近还好吗？"迈克尔高兴地说。

"我很好，你和米歇尔的旅行怎么样？"

"嗯……不错，您放心吧。"

"你们现在在哪儿？"

迈克尔环顾四周："事实上我也不知道这是哪里。不过我们是要去利文斯顿，是蒙大拿州帕克县的一个小镇，那儿离黄石国家公园①不远。”

“你们打算旅行多久？”

“这次我和米歇尔会在这里待上一周左右的时间吧。格雷您还记得吗？是这家伙建议我们来这里度假的。”

“格雷？是不是那个长得像尼古拉斯·凯奇，还留着一脸络腮胡，总是喜欢聊凶杀案的男人？

“哦，妈妈，您的记性可真好，就是这家伙。他现在应该和他太太珍妮还在美特尔海滩享受两人世界呢。”

“美特尔海滩？”

“是的，在南卡莱罗纳州，一个比夏威夷还美的人间天堂。前两天我打电话给格雷、珍妮，邀请他们跟我们一起去那里度假。因为我和格雷都太忙于自己的工作了，再这样下去我们的女人没准就得跟着别人跑了。”

“你的高级生化研究员工作怎么样了？上次好像听你说研制出了一种特殊的药剂？”

“没错，妈妈。这种药剂的化学名称叫猛玛俐，注射以后可以使人产生反复回忆某一段时期内情景的状态。不过因为该药剂刚刚才被研制出来，缺少测试报告，所以还不能保证它的稳定性。也许哪个不幸的家伙注射之后一辈子都得去反反复复回忆他破产时的情景，或者妻子在自己的床上和别人做爱时的情景，哈哈。”

“它很危险。”

---

①黄石国家公园（Yellowstone National Park）：简称黄石公园。是世界第一座国家公园，成立于1872年。黄石公园位于美国中西部怀俄明州的西北角，并向西北方向延伸到爱达荷州和蒙大拿州，面积达8956平方公里。这片地区原本是印地安人的圣地，但因美国探险家路易斯与克拉克的发掘，而成为世界上最早的国家公园。

“嗯？您说什么？”

“这种药剂很危险！一旦人类对它失去有效的控制，让它像细菌一样扩散在全球的市场上，那么我们将会面临有史以来最恐怖的医药灾难。”

迈克尔忽然陷入了沉思。

“迈克尔，你在听我说吗？”

“嗯，我在……”

突然响起一阵尖锐的喇叭声，一辆轿车迎面飞驰而来！

“哦！该死的！”迈克尔立刻扔下手机，双手将方向盘朝路边狠狠地打了一把。正在此时，对面的轿车已经箭一般地驶过，两辆车之间仅有几厘米的距离。

“这混蛋是怎么开车的！”迈克尔停下车，伸手擦了擦额头上的汗。

米歇尔这时也惊醒了过来，望着惊神未定的迈克尔，疑惑地问：“哦！主啊，发生了什么？”

“我们差点儿去见上帝了。”迈克尔喘着粗气。

“现在到哪儿了？”米歇尔不安地望着窗外。

“我也不知道，不过应该是去利文斯顿的方向。”

“那我们快点继续走吧，我可不想今晚就在这该死的乡间小路上过夜。”忽然一阵冷风吹来，米歇尔紧了紧衣领。

迈克尔回过头望了望刚才那辆车驶去的地方，然后发动了车，继续开上了小道。

“亲爱的，你也一起下来吧！”格雷把头露出水面，对着海滩上的珍妮喊道。

珍妮微笑地朝格雷摇了摇头：“不行，水太冷了。”

格雷慢慢游回到海滩边：“哦，宝贝，你不知道在漆黑的夜里泡在水中是种多么美妙的享受。”

“你忘了吗？我现在……”说完珍妮用手指了指自己的肚子。

“啊哈，我差点儿忘了！真是对不起，现在珍妮可是关系到两个人甚至三个人的安全呢。”

珍妮的脸微微泛红，望着水里天真得犹如儿童般的格雷，心中充满了温馨和幸福。

格雷也深情地望着自己的爱人，在夜空中，阵阵海风拂过，把珍妮的金发吹得乱舞。珍妮穿着一身纯白色的比基尼，双腿舒展着坐在沙滩上，美得犹如是一位从天而降的女神。

“你知道现在世界上最美的女人是谁吗？”格雷坏笑着问道。

珍妮想了想：“应该是克莉丝汀•戴维斯吧？”

“不对。”

“那是凯瑟琳•泽塔•琼斯？”

“也不对。”

“一定是哈利•贝瑞了。”

“哈哈，继续说。”

“天哪，难道是中国的章子怡？”

格雷上了岸：“都猜错了。亲爱的，其实现在世界上最最漂亮的女人就在我对面，她叫珍妮！”

珍妮愣了愣，然后羞赧地把脸侧了过去：“怎么会是我。”

“在我心里，你永远都是最美的。”格雷缓缓地搂住珍妮的脖子，开始吻她的嘴唇并用力地吸吮着她的舌头。

四目相对，格雷握住珍妮的手，眼里充满柔情：“对不起，我不是个好丈夫，一直都是我太忙于工作，忽视了我身边最最宝贵的财富。我发誓，从今以后我一定会做个好丈夫、好父亲的。”

“嗯，我一直都盼望着那一天，我一直都在等，因为我相信我会等到那一天。”珍妮的眼眶渐渐湿润了。

格雷吻了吻珍妮的手：“听我说，我的女神，前几天我的团队带来了消息说我们从蒂梅丘拉镇①废弃的锯木厂里发现了一具无名女尸，所以明天我要去那里和大家一起进行尸体解剖和检验。完成任务之后我打算请个长假，然后好好陪着你，陪着你顺利地生下我们的宝宝，好吗？”

珍妮点了点头：“好的，我会等你回来。”

“真是庆幸史密斯·奥布里能有一位那么贤良淑德的母亲，格雷·奥布里能有这么一位无与伦比的太太。”格雷动情地望着珍妮。

“我爱你。”

“我也爱你，亲爱的。”

犹如被达纳特斯②吞噬的暗夜不停地有闪电划过，随之而来的是震耳欲聋的惊雷。

“真他妈的见鬼！”迈克尔狠狠地敲着方向盘。

“现在我们怎么办？难道真的要在这该死的乡间无名小路上过夜了？”米歇尔绝望地问道。而在他们面前的，是一片一望无际的灌木丛。

“天知道现在该怎么办！这居然是条死路！那些混蛋的交

---

① 蒂梅丘拉镇（Temecula）：位于美国加利福尼亚州南部，洛杉矶以东约50公里处河滨县，共有居民约9万人。

② 达纳特斯：是希腊神话中的死神，罗马神话中名为Mors，他是睡神修普诺斯（Hypnos）的孪生兄弟，其母为黑夜女神尼克斯（Nyx）。达纳特斯住在冥界，手执宝剑，银色的长发，身穿黑斗篷，有一对发出寒气的黑色大翅膀，他会飞到快要死亡的人的床头，用剑割下一缕那人的头发，那人的灵魂就会被摄走。

通部门真该在这条路的入口处竖块指示牌！”迈克尔愤怒地吼道。

米歇尔对他冷冷地笑了笑：“算了吧，我看那个人才是个真正的混蛋，他居然引我们来到这里，而你居然还听了他的话！”

迈克尔突然哑口无言了。

米歇尔懒散地斜靠在座位上，无精打采地看着迈克尔：“我们原路返回？或者就在这里静静地等到天亮？”

“等到天亮？哦，别开玩笑了！如果让我在这种鬼地方待到天亮，那还不如让我立刻去死！”说完迈克尔发动了车，掉头原路返回。

突然，迈克尔的手机再次响了起来。

“拜托，又是谁那么晚了打电话给我。”迈克尔一边嚷着一边接起电话。

“嘿，老兄，是我。”

“格雷？上帝！格雷，我说你这家伙那么晚打电话给我，是不是自己搞不定，然后又想让我去劝劝你那位金发碧眼的大美女？”

“老兄，你听我说，这次和你想的可不一样，珍妮怀孕了。”

“什么！哦，天哪，那你这家伙岂不是快要当爸爸了？”

“哈哈，是的，所以我现在和珍妮之间的关系已经可以用亲密无间来形容了。我们正打算坐上救生圈，然后在海里静静地去欣赏夜幕中美特尔海滩的美丽呢！”

“听起来真是不错！非常不错！我真为你们感到由衷的高兴，尤其是此情此景，令我和米歇尔羡慕不已。”

“你们那边还好吗？”

“我们？我们现在正行驶在一条不知名的小道上，估计会在黎明时分到达你说的那个利文斯顿小镇。”

“不会吧！你在开玩笑吗？根据我的推算，此刻你们应该早已到达利文斯顿了，我还以为你们已经躺在酒店里的古典欧式大床上了呢！”

“我也希望我是在跟你开玩笑，不过事实就是我们现在又累又困，然后开着车在一条该死的路上来来回回。”

“老兄，虽然我不知道那是怎么回事，不过给你个建议，抽根烟吧，可以提一下神。”

“抽烟？是啊，还说抽烟呢，你给我的那个打火机刚才怎么打也打不着，一气之下就被我扔了。”

“可我们之前在酒馆用的时候还是好好的啊，可怜的迈克尔。”

“说实话，第一次看见那么大个的塑料打火机，我还以为是玩具呢！”

“不过事实上现在许多中国人都在使用它。”

“拜托，说点别的吧。我一直觉得我的工作枯燥无味，不过和现在相比，我宁可整天呆在我的实验室里做 24 小时令人反胃的实验。”

“得了吧，以前你不就喜欢整天待在你的实验室里埋头苦干？你甚至还跟我说这对你来讲是种令人愉悦的享受。”

“是吗？哈哈，那就算我刚才说错了吧，你……”

突然听见“咔嚓”一声，是塑料物品被压碎的声音，车轮仿佛压碾到什么东西了。

“迈克尔！”米歇尔喊道。

“怎么了亲爱的？”

“怎么了老兄？你那边还好吧？”格雷在电话里问道。

“嗯，没事，米歇尔刚才嚷了一声而已。”

“哦，那就先这样吧。祝你们平安，到了利文斯顿记得给我电话。”

“好的，回见。”说罢，迈克尔挂了电话。

“你有没有听到刚才那声音？”米歇尔把头伸出窗外。

“什么声音？”迈克尔看了看米歇尔。

“你没有听到吗？好像我们压到什么东西了。”

“我说宝贝，我明白通常这个时刻我们应该早已舒舒服服地躺在床上，激情完然后准备进入梦乡。可是现在，怎么说呢，你也知道……再坚持一下好吗？我们一定可以在黎明前赶到利文斯顿。”

米歇尔转回头，哀愁地叹道：“唉，这似乎已经是很久很久以前的场景了。自从你去研究该死的猛玛俐开始，先不说激情，我们即使连见面的时间也是少之又少。”

“我很抱歉。”迈克尔凝重地望着米歇尔，就像一位世上最虔诚的忏悔者。

“我真的很抱歉，亲爱的。我保证过不了多久我就申请一个月的长假，然后带你走遍全球最美妙的旅游胜地，吃遍世上最可口的美食佳肴。然后，你再像珍妮那样，为我生几个孩子。”迈克尔握住米歇尔的手，缓缓举起来并轻轻地吻了吻。

米歇尔严峻的神色渐渐地变得缓和下来，她轻柔地抚摸着迈克尔的肩膀：“我很高兴你能对我说这些，真的，我很高兴。我之前都不知道你会有这些想法，每次你在书房里没日没夜地看那些实验报告和药剂试管的时候，我瞧见你眼神里流露出一种对爱人才会有的炙热。迈克尔，你知道一直以来我是多么嫉妒和伤感吗？”

“对不起，是我忽视你了。米歇尔，你永远是我一生中令我感到最最炙热无比的太阳，没有你，我的世界将变得黑暗。”

迈克尔索性把车停了下来，他用力地抱紧米歇尔，并热烈地亲吻她。

漆黑的苍穹里无数道电闪雷鸣就像交响乐一样地此起彼伏，仿佛正为这对爱人谱写着此刻他们心中那阵阵光耀无比的火花。

几分钟后，激情中的米歇尔突然推开了迈克尔："你闻！"

迈克尔继续亲吻着她的脖子："嗯，我正闻着你的体香呢，感觉好极了。"

"不是，我好像闻到汽油味道了。"米歇尔的神情十分紧张。

"什么？汽油味道？亲爱的，我们现在可不是在加油站。"

"难道你的鼻子只闻得见那些药剂的味道吗？"

这时候突然一场倾盆大雨倾泻而下，久违的迈亚①终于在黑暗之空露出了狰狞的脸庞。

"该死的，下雨了，我们得赶紧离开这里。"迈克尔试图启动车子，而他即将旋动钥匙的手却被米歇尔死死地握住了。

"迈克尔，我们的车不会在漏油吧？"

"当然不会！我想应该不会吧。"迈克尔回答得有些犹豫，因为之前他的车已经发生过好几次漏油事故，而最后他们只能在路中央搭别人的车去附近的修理厂。

"听着，现在是深夜，而且很少会有车开过这条该死的小道。当然，除了之前那辆差点和我们亲吻并且要了我们命的马路杀手。"

"所以？"迈克尔无奈地看着她。

"所以，我想你是不是能去检查一下。万一真的漏油了，

---

① 迈亚（Maia）：天神中掌管风雨的女神，是天神宙斯的情人之一，和宙斯育有一子赫尔墨斯，是希腊奥林匹斯十二主神之一。

我们这次可不会再像以前那么走运搭上别人的车，弄不好我们真要在这鬼地方待上一整夜了。”米歇尔异常郑重地说。

迈克尔想了一下，然后脱下外套：“好吧好吧，米歇尔，那你关好车窗并待在车里别动。我现在就出去检查一下，我也想早点到利文斯顿，然后舒舒服服地泡个热水澡。”说完，迈克尔打开车门，把外套撑在头顶上，然后下了车。

雨下得很大，就仿佛是一座尼亚加拉瀑布悬在空中一样。米歇尔关上了车窗，望着窗外迈克尔的身影，回忆以前和他一起时的种种美好。

“还记得我们在艾米莉太太餐厅吃饭的时候吗？”

珍妮大笑了起来：“我当然记得，我们居然都忘了带钱。”

“是啊，不过还好地上有只小强，所以只能把这只不走运的小强弄死后再偷偷地放进盘子里。”格雷也哈哈大笑。“最滑稽的是最后艾米莉太太看见盘子里那只小强时候的表情，哈哈！那实在是令人永世难忘的！”

“亏你能想出这样的办法，我还以为你的脑袋里只知道如何去取证勘察呢。”珍妮幸福地挽着格雷的胳膊。

此刻珍妮和格雷正平躺在一只硕大的腥红色救生圈里，悠闲地随着海波四处漂移。夜晚的海风就像一双情人的手，抚摸在身上是种无与伦比的温柔与亲切。

“咚咚。”迈克尔敲了敲车窗。

“怎么了？”米歇尔隔着玻璃窗看见浑身湿透的迈克尔。

“我看过了，车很好，好像没漏油。”

“亲爱的你说什么？我听不见！”由于外面电闪雷鸣，加上倾盆而下的大雨，所以米歇尔根本不能听清楚他说的话。

“我说车没什么问题！一切都很正常！我现在要进来了！”迈克尔提高了嗓门。

还是听不清楚，米歇尔只能把车窗慢慢地摇了下来。而在谁也意料不到的时候，只听“嘭”的一声巨响！从旁边突然飞驰而来了一辆车，狠狠地撞上了迈克尔！迈克尔都来不及做出任何反应，哪怕是一声叫唤。

突然一个巨浪飞速地朝他们打来。

“啊！”珍妮惊慌失措地喊道。

“哦！小心！”格雷双手紧紧抱住珍妮。

海浪和硕大的救身圈撞在一块儿，飞溅起的浪花打在了他们身上。

浑身湿透的格雷和珍妮面面相视，彼此都不约而同地笑了起来。

“你看。”格雷指着天空。

“看什么？”

“那两颗星在夜空中是那么地明亮、闪耀，就像此时此刻我们在天上的倒影。虽然我们游曳在漆黑冰冷的海面上，却被无尽的幸福和甜蜜包围着，这些都将使我们的生活变得熠熠生辉。”格雷动情地说。

珍妮听得如痴如醉，慢慢地将脑袋倚靠在他的肩上：“格雷，你知道吗，我觉得你现在是一位最伟大的爱情诗人。”

“如果真是那样，我宁可化成刚才那股惊涛骇浪，里面全部都是我对你汹涌澎湃的爱情。”

“真是太美了……”珍妮怔怔地凝望着心爱的人，这种感觉就好像是自己第一次真正认识这个男人，了解这个男人。

米歇尔怔怔地望着车窗外，被这突如其来的遭遇完全吓得魂飞魄散！几秒之后，才听见一阵声嘶力竭的吼叫。

“迈克尔！迈克尔！”

米歇尔迅速从车里飞奔出来，顶着瓢泼大雨跑到那辆肇事车的前方。只见迈克尔平静地躺在地上，样子已经完全扭曲，眼睛睁得很大，耳朵里、嘴里都不断地淌出鲜血。

“迈克尔！迈克尔！”米歇尔嚎啕大哭。她蹲下身子，一把抱起迈克尔的脑袋，擦拭着他脸上的鲜血，并用尽全力呼喊着他的名字。

迈亚仍在天空中张牙舞爪，似乎正在欣赏一场上一秒幸福，下一秒悲痛的经典歌剧。

“亲爱的，我好像感觉有些冷。”

“那我们回酒店吧。”格雷轻轻地吻了吻珍妮的脸庞。

“没关系，我现在只想和你静静地待在一个只有我们两个人的地方，我想令这段美好的回忆在彼此的脑海里延伸得很久很久。”珍妮把头靠在了格雷的肩膀上。

格雷转过头来柔情地望着她：“但此时此刻我更关心的是我心爱的女人不会被冻得感冒。要不这样吧，我去把我的外套拿来给你披上。”在格雷的再三坚持下，珍妮只好让他游回沙滩上去取外套。

珍妮一个人平躺在救生圈上，随着起伏的海浪上下左右地摇摆着，仿佛是一个躺在摇篮里的婴儿。上帝就好像一位慈祥可亲的母亲，坐在珍妮的身旁，轻轻地摇着摇篮，嘴里还哼唱着抒情的歌曲伴她入眠。

慢慢地，珍妮醒了过来。她揉了揉眼睛，惊异地发现格雷还没有回来！珍妮朝远方的沙滩望去，只见白茫茫的沙滩上不见半个人影，只有那些不断向岸边涌去的海浪。珍妮心里忽然飞快地闪过一丝不祥的预感，格雷出事了！

“格雷！格雷你在哪里！”珍妮声嘶力竭地喊叫着，心急如焚。

海浪互相的撞击声一次又一次地淹没了珍妮的呼喊声。

“亲爱的你别吓我！你快回来啊！”无比紧张和惊惧万分的珍妮哭喊道。

“呜呜呜。”珍妮悲痛地掩面而泣。如果刚才她还是摇篮中那个被无数幸福所包围的宝贝，那么现在看起来就像是个一出世便被父母遗弃的可怜儿。

“我爱你！”天地间弥漫过一阵阵忧伤和绝望的气息。

海浪还是漫无目的的互相撞击在一起，偶尔溅在身上的水花也依旧冰冷刺骨。在无边的暗夜中，一只硕大的腥红色救生圈仿佛承载着《腥红色的繁笺花》①里描述的那些悲剧，吟唱着人间所有的不幸与哀痛。只不过那位传说中的红花侠②仍然在最后时刻扮演了救世主的角色，在地狱的绝望深渊中伸出了一只如阳光般温暖的手，轻轻地搭在了珍妮的背脊上。

珍妮缓缓地抬起头，映入自己眼帘的是一位在黑暗中浑身闪着金光的男人，珍妮仔细去看他的脸……

“格雷！”珍妮惊呼了起来。

“亲爱的真的是你吗！”珍妮简直恍如隔世。

激动万分的她一把抱住格雷，死死地抱着，生怕他又会消失得无影无踪。

---

①《腥红色的繁笺花》（Scarlet Pimpernel）：故事描述法国大革命期间，法王路易十六被送上断头台，皇室和贵族也纷纷遭陷害。英国花花公子帕西化身为传说中的蒙面侠客红花侠，不断潜往法国抢救受难的贵族并把他们送到国外。每次解救成功，就留下一朵红色的繁笺花为记号。

② 红花侠：是《腥红色的繁笺花》的另一个别名。

“你知道吗，你不在的时候我是多么地孤立无援，我一个人真不知道该怎么办。怎么找也找不到你，我好伤心，真的，我好像跌进了万丈深渊一样。不过现在好了，你终于回来了，我的格雷回来了，一切都好了。”珍妮不停地流着眼泪，在每滴泪水中都夹杂着一份悲痛和一份欣喜。

天空逐渐地透出了曙光，大海也变得不再冰冷，平静的海面上飘浮着一朵红色的繁笺花。仿佛圣母玛利亚又一次降临于世上，她把所有蕴藏着希望和幸福的种子播撒在了人间的每个角落。

“亲爱的，亲爱的。”

珍妮缓缓地睁开双眼。“你终于醒了，感谢上帝。”格雷紧紧地握着珍妮的手。

“我是在天堂吗？”珍妮望着眼前的爱人。

格雷异常温柔地捋了捋她的发丝：“当然不是，我去拿外套的时候你睡着了，可能是太累了吧。”格雷说着轻轻地吻了吻她的额头。

“等我回来后我使劲地叫你，可你怎么也醒不过来，我估计你是冻晕了过去。当时简直把我急坏了，我连忙从密封袋中取出外套紧紧地包裹着你，你的身体才渐渐暖和了起来，现在你终于醒过来了。”

珍妮伸手触摸着格雷的眼睛、鼻子、耳朵、还有嘴唇，甜蜜地说：“你知道吗，我做了一个梦，梦见你突然消失了。我那时候悲痛万分，不过后来慈祥的上帝又把你送回到我身边。”珍妮露出了浅浅的微笑。

“告诉你一个秘密，我感觉自己已经离不开你了。”珍妮望着格雷的眼神里充满了无限的幸福。

“傻瓜，我不会离开你的，永远不会。”格雷用力地亲吻珍妮的嘴唇。

珍妮身上裹着格雷的外套，平静地依偎在他怀里。

“你说猛玛俐真的有那么神奇吗？”珍妮若有所思地问道。

“怎么突然想起这个了？”

“如果这种东西真像迈克尔所讲的那样，那改天你去问你的老朋友要一些来吧。”

“你要这个干什么？”格雷转过头疑惑地看着珍妮。

“因为今晚是我经历过最最浪漫、温馨、幸福的时光，所以我想如果猛玛俐可以使人产生反复回忆的话，那我想让此情此景在我的脑海里不断地被清晰播映。”

“你可真是个小傻瓜，我相信比今晚更浪漫、更温馨、更幸福的时光会在以后我们的生活中比比皆是，我们会用每一个快乐的音符去组合成一首幸福之歌。”格雷轻咬着珍妮的耳朵。

“我相信那一定可以实现的，而你就是那首幸福之歌的演奏家。”

“啊！”就在格雷想去亲吻珍妮的时候，珍妮突然大叫了一声。

格雷紧张地问道：“怎么了宝贝？”他自己显然也被这突如其来的叫声吓到了。

珍妮一脸痛苦，她捂着手：“我的手好像被什么东西刺到了！”

格雷赶紧凑上前去查看她的伤势，只见珍妮小指的关节处有一道很深的口子，血流不止。

“哦，该死的！我忘了把外套口袋里的水果刀拿出来了！”格雷看着刺破衣服的刀尖，狠狠地捶着自己的脑袋。

“就是迈克尔给你的那把水果刀吗？”

“是的，它的弹簧出了问题，所以不能折叠。”格雷一边说一边找布条帮珍妮包扎好了伤口，然后把水果刀从口袋里拿了出来，扔在一边。

迈亚似乎正沉浸在上一秒幸福，下一秒悲痛的经典歌剧中不能自拔，现在她又突然出现在了美特尔的上空。她听见了格雷和珍妮之间的甜言蜜语，看见他们此时此刻幸福地温存在一起，于是又开始兴风作浪。

“好像暴风雨要来了。”格雷望着咆哮不止的海浪。

“可我还想再多待一会儿。”珍妮撒娇地说。

“如果我死了，那一定是被你的柔情似水给淹死的。”格雷无奈地摇了摇头。

瞬间一个巨浪打来！

“哦！小心！”救生圈猛烈地摇晃了一下。

“格雷，我想我们还是赶快上岸吧！”珍妮明显被吓到了。

“这可真是一个明智万分的决定。”格雷斩钉截铁地说。

于是他们便伸手用力往沙滩方向划去。

几分钟后。

“我感觉我们正在往下沉！”珍妮突然嚷道。

同样有所感觉的格雷赶紧检查救生圈，不一会儿救生圈上一个黄豆大的破洞呈现在了自己眼前。

“哦！该死的！我们的救生圈破了！”一向性格沉稳的格雷此时忍不住尖叫了起来。

“上帝啊！那我们怎么办？”

“当然是赶紧想办法划到岸边！”希望这救生圈还能支撑一会儿！格雷心想。

又过了几分种。

“格雷！不行了！我要沉下去了！”珍妮惊慌失措地大喊。

见鬼！救生圈彻底完蛋了，从这里到岸上起码还有几百米。于是格雷伸出一只手托住珍妮的肩膀："珍妮，你听我说，现在我们不能再指望这破救生圈了，我们必须自己游回岸上。"

"可我不会游泳啊！"珍妮哭喊着。

"亲爱的，你冷静一下！听我说，现在我会用一只手尽量托住你的身体，然后你跟着我一起往岸边游，可以吗？"

"我做不到，我做不到。"珍妮无助地望着格雷。

"你可以的！我相信你一定可以的！为了还在你肚子里的孩子，我们必须赶快游回去！"

格雷奋力地托着珍妮往岸边游去，感觉自己的体温由于冰冷的海水正急剧下降，手脚也开始逐渐麻木。格雷再回头去看珍妮，只见她整个人都剧烈地哆嗦着，已经完全没有力气继续往回游了。

正在格雷迟疑的时候，涌起的海浪已经令珍妮连续呛了好几口水。格雷咬了咬牙，迅速游到珍妮身后，使出浑身的力气推动她向前。

"亲爱的，你可以听见我说话吗？"格雷大声喊道。

"要坚持下去！一定要坚持下去！我们可以成功的！"格雷鼓励珍妮的同时也在坚定自己的信念。

终于离沙滩越来越近了，还剩下不到100米。此时格雷已被冻得浑身发紫，差不多已经失去知觉了，只剩下一股很强的求生意念维持着他继续前行。

突然，从小腿传来了一阵揪心的疼痛！格雷马上意识到是自己的小腿抽筋！

"该死的！"

"亲爱的，你怎么了？"珍妮微弱的声音问道，意识模糊的她仍关心着自己的爱人。

格雷死命地忍着剧痛："没、没什么，我们就快到沙滩了。亲爱的，相信我，我们马上就可以开始真正的幸福生活了。我们的宝宝还在等着我们，最后再、再坚持一下。"说完这句话的时候，格雷流下了人生中最后的热泪。

"啊！"格雷突然大吼一声，用尽全身力气把珍妮往岸边推去。

时间一分一秒地过去，珍妮最终被海浪冲到了沙滩上，而格雷的身影却再也不见了。

天空终于渐渐地露出了红彤彤的曙光，大地也慢慢苏醒过来。万物又恢复了生机，生气勃勃地迎来崭新的一天。

珍妮的眼帘一点一点地睁开，两行热泪径直而下。

"亲爱的，别伤心了。"

"我忘不了格雷最后在我耳边说的那句话，他说我们就快到沙滩了。亲爱的，相信我，我们马上就可以开始真正的幸福生活了。我们的宝宝还在等着我们……"珍妮流着泪。

"我明白失去爱人的感觉，我明白你的痛苦，不过一切都已经发生，不能再挽回了。我希望我们可以好好地活下去，为了自己，更为了已逝去的爱人。"

"格雷是为了救我才……他其实可以活下来的。"

"珍妮……"米歇尔望着泪流满面的她，异常温柔地说："为了自己最心爱的人，我们都会毫不犹豫地献出自己的生命。"

"为什么，为什么我们都必须面对这么残酷的现实！"珍妮悲痛万分地喊道。

米歇尔轻轻地抚摸着珍妮的发丝，她心中又何尝不难受呢。几乎是同一时间，达纳特斯从她们手里硬生生地带走了自己的挚爱，令她们感受到从天堂掉进地狱的绝望。可这就是生活，生活中充满了种种的意外、残酷、悲痛，没有人可以预料下一秒会发生什么，接踵而至的可能是欢天喜地，也可能是悲痛欲绝。

生活可以使一个人成长，也可以使一个人没落。作为人，我们只有被迫在无法预料的生活中去面对、去接受。

如果可以令时光倒退，米歇尔宁可一辈子都生活在拥有迈克尔的记忆里……

美国，莫拉①。

一辆银灰色的福特慢慢停靠在Dunkin'Donuts②咖啡店门口。一个穿着浅灰色休闲西服的男人从车上下来，关上车门并锁上车，然后走入店内。

"外带一份甜甜圈外加一杯黑咖啡，谢谢。"

"好的先生，请您稍等。"

店里弥漫着一股非常浓郁的咖啡香味，这对于早上的上班族来说无疑是很强烈的兴奋剂。男子深深地吸了口气，显得十分满足。他环顾四周，发现一叠散落在地上的报纸，是当天的《今日美国》，于是他拿了起来并飞快地翻阅着，似乎在寻找有价值的新闻。

"先生，您的甜甜圈，这是您要的黑咖啡。"

"哦，谢谢，需要给你多少钱？"男子边说边把报纸折起来，然后放进了内侧的衣袋里。

"一共是3.95美元。"

男子摸出一把零钱，然后点给服务员："3.9美元，再让我给你5美分。"

---

① 莫拉（Mora）：美国明尼苏达州中部卡娜贝克县县城中的小镇。

② Dunkin'Donuts：1950年，创办人Bill Rosenberg于波士顿成立了Dunkin'Donuts，供应美味的甜甜圈及咖啡。

“正好，谢谢您。”

男子拿着早餐回到车上，他先喝了一大口咖啡，然后才发动了车。

箭赞[①]生化研究所。

电梯停在了地下四层。门打开，男子径直走向自己的办公室。

“嘿！迈克尔！”在拐弯处，迈克尔突然被一个人从后面大声叫住，把他吓了一跳。

迈克尔回过头，无奈地望着索菲：“哦，上帝啊，我说索菲，拜托你就不能行行好在我的前面打招呼吗？”

“可怜的迈克尔，为什么每次都会把你吓成这样呢？”索菲背着手，疑惑不解地望着他。

“仁慈的索菲，可以请你来帮我回答这个问题吗？”

“不过这次似乎有了很大的进步，至少没有再把早餐吓得丢在地上。”

“这都将归功于您。”迈克尔像个绅士一样，微微地弯了弯腰。

“昨天的球赛看了吧？”

“当然看了！那实在是一场令人无比振奋的比赛！说实话当时我都绝望了，而世上的结果却往往是令人意想不到的。第 90 分钟我们反击的时候多诺万[②]的补射得分再次让这句话得到了最好的印证！上帝的安排实在太奇妙了！”迈克尔得意忘形地手舞足蹈。

① 箭赞（JZ Corporation）：是全球较早成立的前十大生物制药公司，也是前二十大纳斯达克上市公司。作为当今世界知名生物技术公司之一，箭赞致力于研究和治疗患有严重疾病的病人。

② 多诺万：兰登•多诺万（Landon Donovan），一名司职中场及前锋的美国足球运动员，美国足球的核心人物。

“难怪今天又喝黑咖啡了，昨晚一定是心情亢奋得无法入眠吧。”索菲看着他手里的食品袋。

“啊哈，你还是那么了解我。”

索菲把一封信塞到迈克尔手里：“其实呢我今天并没有想吓你的意思，只是把这个交给你。”

“完了？”

“完了。”

“哦，谢谢。”

走进办公室，迈克尔坐在一张黑色的转角沙发上。他从袋子里取出甜甜圈和咖啡，一边吃一边把信拆开。

亲爱的老朋友：

最近好吗？蒂梅丘拉镇还是没完没了地下着雨，幸好我的心情依然像夏威夷海滩上的阳光一样灿烂。

你和米歇尔现在怎么样了？不会还是老样子，整天吵个没完没了吧？有时间的话真应该多陪陪你那位娇妻，可能的话放自己几天假，好好带着她去享受一次完美旅行，我可不希望下次见到你的时候你已经变成孤家寡人了。

不过我们的工作有时候还真是让人无可奈何，想想那永无休止的实验，真不知道什么时候才能熬出头。说实话我现在对于那些氨基酸①、谷氨酸②、脑磷脂③和乙酰胆碱④已经

---

① 氨基酸（Amino Acid）：含有氨基和羧基的一类有机化合物的通称。生物功能大分子蛋白质的基本组成单位，是构成动物营养所需蛋白质的基本物质，是含有一个碱性氨基和一个酸性羧基的有机化合物。

② 谷氨酸（Glutamic Acid）：是一种酸性氨基酸。分子内含两个羧基，化学名称为α-氨基戊二酸。谷氨酸大量存在于谷类蛋白质中，动物脑中含量也较多。谷氨酸在生物体内的蛋白质代谢过程中占重要地位，参与动物、植物和微生物中的许多重要化学反应。

③ 脑磷脂（Cephalin）：是由甘油、脂肪酸、磷酸和乙醇胺组成的一种磷脂。存在于脑、神经、大豆等中，可用作抗氧剂，也用于医疗上。可由家畜屠宰后的新鲜脑或大豆榨油后的副产物中提取而得。

④ 乙酰胆碱（Acetylcholine）：传递神经脉冲的神经递质，在胆碱乙酰化酶作用下由胆碱合成而得。主要存在于突触前的胆碱能神经末梢部位。

反胃得想吐了，不过值得庆幸的是我们的秘密研究终于有了突破性的成果！根据你先前给我的猛玛俐数据，我已经成功研制出了解药！哈哈，此刻你是不是跟我一样，心中满是欢呼雀悦之情呢？

虽然我们的玛俐宝贝（对不起，请原谅我擅自赋予了她一个无比可爱的昵称。）现在还不是非常稳定，但是即使不稳定的它仍会在不久的将来令我们荣获诺贝尔化学奖！

有件事我必须提醒你，我最近开始担心公司是否已经听到了一些有关圣药的风声。你知道箭赞的保密系统全球一流，无论是电子邮件还是电话都可能被公司的安保部门截获，所以我考虑再三还是选择了这一古老而又有效的通讯方式。写信给你将这份喜悦和你一同分享，同时也提醒你小心研究所里的所有人。

为了迎接这一伟大圣药的诞生，我特意精心安排了一场无与伦比的庆典。届时会让我们身边几个最亲密的人来共同见证这个令人惊喜的时刻，所以在那之前你务必要对她们保守这个秘密。我已经把属于米歇尔的庆典密匙以你的名义赠予她了，她似乎非常喜欢这个礼物。毕竟女人都喜欢玛莎设计的首饰，她们看上去是如此的精致，而再过几天你也会收到我给你的快递……

“咚咚。”门外传来了敲门声。

“请稍等！”信还没有看完，迈克尔只得把信匆忙折好，然后放回上衣袋里。

“请进！”

“主管，和您预约的海伦太太到了。”秘书索菲站在门口。

“哦，赶快让她进来。”

“海伦太太请。”索菲对着门外的人说。

这时一位大约五六十岁、白皮肤、体态肥胖、看上去慈眉善目的女人走了进来，她穿着一身宽松的淡紫色 WaterwavE 真丝连衣裙，一头金色的长卷发很自然地披在肩上。

“谢谢，请把门关上。”迈克尔给索菲使了个眼色。

索菲退到门外，随手把房门轻轻地掩上。

“请坐，海伦太太。”

“哦，谢谢。”她坐在了黑色的转角沙发上。

“要喝点什么吗？茶或咖啡？”

“不用了，我刚在附近的 Dunkin'Donuts 咖啡店里喝过东西。”海伦微笑地看着迈克尔。

“哦？你也去那里了吗？但是我并没有看见你啊。”迈克尔疑惑地望着她，祈望她能给出答案。

“我在你后面，当时你买了甜甜圈和黑咖啡。”海伦望了一眼那袋早餐。“因为当时你正聚精会神地看着《今日美国》，所以并没有注意到我吧。”

“对不起，我……”

“不用在意的，咳咳。”海伦清了清嗓子，环顾了一下四周，然后严肃地盯着迈克尔：“其实我今天来找你是想告诉你，我的丈夫最终还是注射了，一切都是由他自己进行的。”说话时海伦的神情极为复杂，说不清楚到底是欢喜多一点，还是悲痛多一点。

“哦？已经注射了吗？他现在怎么样了？”迈克尔可能是因为紧张的缘故，所以嗓音显得很高。

海伦的神情又渐渐地趋于平静，她缓缓地说：“班森给自己注射完之后，大约过了半个多小时便陷入了沉睡，不过与一般人睡觉不同的是，在他的睡眠过程中你可以看见他的神情一会儿喜悦，一会儿平静，一会儿却又伤感。”

“看来药剂对他完全奏效了。”

“我也是这么想。你知道，他在注射之前每天都生活在杰瑞的世界中无法自拔，整天都恍恍惚惚。三年前的一场意外车祸，死神把只有十五岁的杰瑞从我们身边带走了。开始班森和我都十分悲痛，不过随着时间的流逝，我逐渐地从伤痛中恢复到了正常的生活状态，而班森似乎一直不能面对这个现实，这也可能是因为老来得子的缘故。班森每天不是酗酒就是拼命地抽烟，他经常会独自走进杰瑞的房间，拿出他去世之前所有的照片，一看就是好几个小时。我曾尝试带班森去户外野营、去海边散步，可是……可是他只要一想到杰瑞就会发疯似的跑回家里，躲进儿子的房间。三年以来，我知道他非常非常痛苦，而看着他那样，我也十分无助和绝望，毕竟我们失去的已经不可能再回来了。”海伦流着泪叙述过去，悲痛万分。

“所以你就想到了这方法？你知道，班森可是猛玛俐的第一位真正使用者。介意我抽支烟吗？”

“哦，当然不。”

“谢谢，你送我的打火机我一直都舍不得用。”迈克尔从抽屉里取出了名贵的纪梵希打火机，为自己点上了一支万宝路。

“迈克尔，我们已经是十几年的邻居了，而且关系一直都很不错。这次这个大胆的尝试可能会帮助到可怜的班森，因为我知道他需要什么，除了杰瑞，我想他也没有别的牵挂了。所以即使是永远地生活在虚幻里，只要能和自己心爱的儿子在一起，这对他而言也是幸福的。而我知道班森仍然活着，好好地躺在我身边，他只是在不停地做梦，这对我来说也是一种宽慰。”

迈克尔聆听着，他突然狠狠地吸了一口烟：“不过按照目前的实验进展，现在我们对这药剂的稳定性还不得而知，这可能是唯一令人担心的。”

海伦握住了迈克尔的手，满怀感激地看着他：“你已经帮了我一个很大很大的忙，谢谢！迈克尔，真的谢谢你，即使班森出现了什么意外或者是长眠不醒，他最终也可以和杰瑞在一起。如果他哪天醒过来，我想那时候他一定也已经从阴影中走出来了，所以无论如何我都非常感谢你。”

“唉，但愿我们研究发明这药剂是一个正确的决定。”迈克尔若有所思地望着天花板。

“一定是的。”海伦说话的口吻无比坚定。

突然迈克尔的手机响了。

“喂？”

“你好，老朋友，我是格雷。”

“哦，这样，我等一下打给你吧？”迈克尔看了看一旁的海伦。

“好的，别忘了打给我，我有急事找你。”说完格雷挂了电话。

“那你忙吧，我不打扰你了。”海伦站起身来。

“好的，海伦太太，如果出现什么变化请随时告诉我。”迈克尔掐灭了烟，并把打火机小心地放回抽屉里。然后站起身来，把海伦送到了门口。

“祝你好运。”

“你也是。对了，米歇尔现在还好吧？请替我问候她。”

“好的，我一定转达您的问候。”迈克尔握着海伦的手。

等海伦走了，迈克尔立刻打电话给格雷。

“喂？”

“我是迈克尔。”

“我说你和米歇尔之间究竟是怎么了？”

“米歇尔？你有她的消息？”

“拜托，你的甜心在珍妮那儿呢。”

“真的吗！”

“当然是真的！她现在应该和珍妮在Wendy's①喝下午茶。”

“哦，感谢上帝，她没事就好。”

“你们到底是怎么回事？我看米歇尔一直郁郁寡欢的样子。”

“唉，让我怎么说呢。”

“有什么就说什么吧，老朋友，我可是很想帮助你的。”

迈克尔沉思了片刻，然后郑重地说：“听着格雷，我们之间的确是出问题了。”

“这我早知道了。”

“不，你并不知道我们是在哪儿出了问题。”

“我正听你说呢。”

“我和另外一个同事在一次实验中偶然从氨基酸和谷氨酸等物质中提炼出了另一种极为特殊的神秘物质。然后将它和乙酰胆碱混合在一起，这样便可以制做出非常具有魔力的药剂，后来我们两人将这种药剂命名为猛玛俐。”迈克尔很小声地说。

“哦？那这种东西有什么作用呢？”

① Wendy's：即是温迪国际快餐连锁集团，名字来源于Wendy's创立者女儿的名字。它是美国第三大的快餐连锁集团，至今已风靡全球。

“可以说它的作用十分神奇，仿佛就是上帝遗落在人间的宝物。不过首先要说明它是一种注射药剂，注射以后可以使人产生反复回忆某一段时期内情景的状态。不过令人遗憾的是目前我们还缺少相应的测试报告，所以还不能保证它的稳定性及安全性。”

“人们注射了猛玛俐之后，是不是会进入睡眠，而大脑却持续着回忆的状态？”

“是的。”

“那什么时候会醒来呢？有没有可能是永恒的长眠？”

“这点我们目前还无法得出结论，所以说还不能保证它的稳定性及安全性。”

“天呐！这一切箭赞知道吗？”

“拜托，所有实验都是我们两人私下进行的。出于安全性的考虑，箭赞是绝对不会容许有猛玛俐的存在，因为公司禁止任何员工进行一切非官方的生化实验。”

“也就是说你和你的同事正在做违法乱纪的事情？”

“格雷，你也知道猛玛俐的出现对于人类社会来说有多么重大的科学意义。毫不夸张地说，如果猛玛俐是合法的话，那么下一次的诺贝尔化学奖一定会归我们所有。”

“米歇尔也知道这件事？”

“是的，因为许多实验在公司里很难开展，而且我们得提防被别人看见，所以只好把自己家的书房改造成了实验室。”

“这简直有点疯狂了！”

“其实开始的时候米歇尔也没在意，但是我们必须尽快把猛玛俐彻底研制成功，所以那以后我整天彻夜不眠。渐渐地，我发现米歇尔和我已经疏远，我们变得像陌生人一样，甚至不时地发生争吵。也许是我对工作太过于投入了，为了猛玛俐，我真是已经呕心沥血。”

格雷那边停顿了几秒种。

“你知道米歇尔现在的感受吗？”

“我想我应该能猜得出。”迈克尔沮丧地回答。

“伙计，其实我现在也有同样的困惑。”

“是吗？”

“你知道我的工作。”

“是的，你也确实够忙的。”

“我发现我和珍妮之间也不像以往那样了，虽然我们很少发生激烈的争吵，但更多的却是彼此的沉默。我们面对对方的时候根本不知道该说些什么，分隔两地的时候，每次电话里的沟通也绝不会超过两分钟。迈克尔，我想我们真的是遇到同样的麻烦了。”格雷的声音同样沮丧无比。

迈克尔想了一下，突然拿出那份《今日美国》，他看着报纸：“我今早刚好看到报纸的广告上有去美特尔度假的优惠旅游，我感觉还不错，不如我们四个一起去那儿好好放松一下吧。”

“美特尔？我好像有听说过，是个白沙海滩吧？”

“说对了，格雷。”

“我也只是听说过而已，去过的人都说那儿很美。”

“那我们就这么说好了。今天是星期三，要不我们就这周五出发吧，周六一早在美特尔碰头。”

“没问题，只不过这次你得一个人前往美特尔了，而我则可以带着两个金发美女。”

“你这个走运的家伙，可别把米歇尔弄丢了。”

“你什么时候开始那么关心她了？”

“你真是罗嗦，就这样吧，我等下还有事。”

“好的，美特尔见。”

迈克尔放下报纸，然后把索菲唤进了办公室。

“请帮我向旅行社预定这周六四个人的美特尔度假旅游。”迈克尔指着报纸上的广告。

索菲接过报纸，似笑非笑地看着他：“真不简单，迈克尔居然要和爱人一起去旅行，我觉得这才是《今日美国》的最大新闻。”

“呃……对了，我想请教你一个问题。”迈克尔此时的表情就像刚刚吞了一只苍蝇。

“什么？”

“如果我要选一份礼物送给爱人，你说应该选什么？”

“如果是我的话，我会喜欢一些真丝的衣服和饰品。你要知道，丝绸对女人总有一种无法抵挡的吸引力，就像小孩喜爱玩具，男人喜爱烟酒一样。”索菲微笑着。

迈克尔有些兴奋地问：“你知道附近哪里可以买到真丝的服饰？”

“镇上的商业街里就有一家中国的真丝店，好像是叫WaterwavE。”

“好极了！非常感谢你提供的帮助！”迈克尔对着自己的秘书深深地鞠了一躬。

星期六，南卡莱罗纳州，美特尔海滩。

空气中到处弥漫着醉人的清新，海水是皎洁无比的蔚蓝色，偶尔吹过阵阵微风，无数个风精灵飞快地跳跃在海面上，踩出了千万个此起彼伏的小波浪。沐浴在温暖如春的阳光下，金光灿烂的水面更显得温秀可喜。同样皎洁无比的蔚蓝色天空上挂着几片薄纱似的轻云，看起来就好像是曼妙多姿的女郎们，穿上了绝美的蓝色夏衣，颈间围绕着一条洁净无瑕的白纱巾。远处海鸥们时而漫天翱翔，时而婆娑起舞，看得米歇尔和珍妮都陶醉了。

迈克尔和格雷平躺在沙滩椅上，望着自己心爱的人。

“我真希望每天都能够是这样的生活。”

“哦？是真的吗？我还以为你的乐趣是整天面对着那些面无表情的死尸呢。”迈克尔坏笑着。

“你这家伙！”格雷一拳打在了迈克尔的肩膀上。“对了，你和米歇尔接下来有没有什么计划？”

“计划？除了好好享受这次海滩之旅，还能有什么计划？”

“我知道有个地方很好，据说非常适合小夫妻去。”格雷神秘兮兮地说。

迈克尔转过头看着格雷，目光显得炯炯有神：“哦？为什么适合小夫妻？”

“具体我也不是很清楚，只是听说那儿很神秘。凡是有小夫妻去过，回来以后双方的感情简直可以用亲密无间来形容了，无论之前两个人是处于什么样的状态。”

“哦，格雷，你简直都快成为一个男巫了！是什么让你变得无所不晓的？”迈克尔瞪大了眼睛。

“没办法，做我们这行的特点就是去过的地方会很多，所以经过许多年的道听途说自然会令我们博古通今了。”格雷说话的语气里略带着一丝无奈。

“无论如何，对此我还是十分敬佩你。不过你还没有告诉我，那是个什么地方？”

“利文斯顿，蒙大拿州帕克县的一个小镇。”

“利文斯顿？”

“是的，黄石国家公园知道吧？离那儿不远。”

“你没想过带珍妮去吗？”

格雷轻轻地叹了口气："唉，我怎么会没想过，事实上几个星期前我就已经跟她说起此事了。"

迈克尔把耳朵凑了过来："怎么？珍妮不想去？"

格雷点点头，一脸无可奈何："是的，因为在珍妮五岁的时候，她父母带她去黄石国家公园旅行。当他们进入密林时一不小心把小珍妮给弄丢了，后来过了很长的时间她父母才把她找回来，所以一讲起那儿她心里至今仍有一层非常浓厚的阴影。"

"原来如此，看来你们是注定无法去到那个神秘之处了，要不然的话我们四个人可以一起去。"迈克尔叹息道。

"所以作为好朋友，我十分希望你能够带着米歇尔去利文斯顿，相信你们到了那里之后一定不会后悔此行的。"

"格雷，我真怀疑你是不是利文斯顿当地派来的旅游宣传大使。"珍妮微笑着对他说。不知什么时候，珍妮和米歇尔已经坐回到沙滩椅上。

格雷和迈克尔面面相觑，不知道说什么才好。

"亲爱的，吃不吃苹果？"珍妮望着米歇尔。

"嗯，好的。"米歇尔始终没有跟迈克尔说过一句话。

"嗨，我说格雷绅士，您是不是应该帮我们两位漂亮的女生做点什么呢？"珍妮娇笑着看着格雷。

格雷直起身子，然后又摸了摸自己的后脑勺："是的，我本该为珍妮和米歇尔两位公主削苹果，不过我们出门的时候好像并没有带水果刀。"

"我想我这里有。"迈克尔高举着手。

"谢谢迈克尔。"珍妮感激地冲着迈克尔笑了笑。

"举手之劳。"

一会儿迈克尔便取来水果刀，然后递给格雷："我想还是由你来完成这项光荣而神圣的任务吧。”

“伙计，你还真是慷慨无私得令人感动啊。”格雷接过水果刀。

迈克尔转过头看着米歇尔，心里有点七上八下，最终他似乎鼓足了勇气：“米歇尔……嗯……刚才格雷跟我说起一个非常神秘的地方，我想我们可以去那儿看看。”

“是的，相信我，那儿确实很棒！”格雷一边削苹果，一边暗暗地支持自己的老朋友。

米歇尔望着远方那些不断向岸边涌来的海浪，冲荡着海滩，漫过一片片岸边的礁石，然后再渐渐地退去。过了一会儿，她也把头转了过来，眼睛一眨不眨地望着迈克尔。

“干、干吗？”迈克尔似乎被这突如其来的举动给吓到了。

“你真的想去？”终于听见了米歇尔那极富磁性的声音。

“哦，宝贝，你终于肯对我说话了。”迈克尔心中一阵窃喜，他真有点不相信自己的耳朵。迈克尔确信在自己最近一段时期的记忆里，这是米歇尔对自己说过的一句最平心静气的话。

“当、当然，我真心希望你能和我一起去。”迈克尔显得有些激动。

“还记得今天是什么日子吗？”米歇尔面无表情地望着迈克尔。

“今天？”迈克尔想了想：“今天当然是个风光明媚的好日子！而且今天还是我们的相识纪念日，三年前的今天，我们第一次在纽约公共图书馆碰见，然后认识了对方并开始交往。”

米歇尔静静地听着。

“嗯……那时候米歇尔是一个非常具有魅力的女孩，性格虽然有点内向，不过却遇到了一个喜欢内向女孩的我，所以缘分便从此开始了。男孩会经常陪女孩去纽约公共图书馆看书，也会和她一起去Nordstrom商场①里购物，在温馨的阿苏尔餐厅②里一边品尝精致的海鲜一边观赏日落。女孩也会经常陪男孩去玫瑰碗球场③看足球比赛，为自己喜欢的球队加油助威。生日的时候，我们都会挖空心思去为对方精心准备礼物，看着对方瞧见礼物时那高兴和兴奋的神情，自己心里顿时会充满无比的温馨和幸福，那一段美好的时光真是令人难忘。”

“别说了，别说了，迈克尔。”米歇尔的眼眶有些湿润。

迈克尔几步走到米歇尔旁边，蹲下身去，握住她的手：“在我的生命中，你永远是最珍贵的。给我一次机会，让我们重新开始好吗？我们可以回到那整天都被无数个惊喜所包围的日子中去。相信我，亲爱的。”

米歇尔的眼泪终于掉落到了沙砾上，她一下子扑过去，紧紧地搂着迈克尔的脖子。迈克尔轻轻地吻着米歇尔的眼睛，她的鼻子，还有她的嘴唇。

一旁的格雷和珍妮也幸福地拥抱在了一起，望着眼前这对比新婚夫妇更令人羡慕的人。即使蔚蓝的海水再幽雅、再浪漫，也封固不了此时此刻迈克尔和米歇尔之间的甜蜜之情，即使空中的烈日再火热、再耀眼，也掩盖不住此时此刻迈克尔和米歇尔之间的激情之花。

“我说你们两位究竟要这样搂到什么时候呢？”珍妮微笑着。

---

①Nordstrom商场：诺兹特洛姆百货公司（Nordstrom）号称全美服务最佳的百货公司。
②阿苏尔餐厅：全美六大顶级“动情”餐厅之一。
③玫瑰碗球场（Rose Bowl）：位于美国洛杉矶的这座球场有一个浪漫的名字，玫瑰碗。但它之所以被我们铭记更多的是因为1994年巴乔落寞的背影，以及1999年铿锵玫瑰的扼腕叹息。

迈克尔似乎还不愿把嘴从米歇尔的额头上挪开，不过最终还是米歇尔松开了他的怀抱。

“苹果削好了，一人一个。”格雷把苹果递给他们。

“哦，你们的脸简直比这苹果皮还红啊。”格雷打趣道。

迈克尔接过苹果，同时瞪了格雷一眼：“老兄，你就不可以少损我们两句吗？”

四个人不约而同地大笑起来。他们啃着苹果，仿佛把世上所有令人烦恼的琐事都吃进了肚子里，剩下的只有一个凝结着无数幸福和甜蜜的苹果核。

过了一会儿，格雷走到迈克尔跟前，把水果刀递还给他：“老兄，这把刀好像弹簧出了问题，合不上。”

迈克尔看了一眼，又把刀交还给格雷：“还是你留下吧，接下来的几天你还得继续在海滩上给珍妮削苹果呢。”

“你们决定是要去利文斯顿了？”格雷顺手把水果刀放进了外套的口袋里。

“我想是的。”迈克尔看了看米歇尔。

“那祝你们好运。”珍妮走过来，握住迈克尔和珍妮的手：“亲爱的，我会想你们的。别忘了到那儿以后捎个消息给我们，好让我们知道你们一路平安。”

“我会的。”米歇尔握着珍妮的手。

“打算什么时候走？”格雷问。

“我想今晚就走。”迈克尔又看了米歇尔一眼。

“那我们过会儿可以先去附近的小酒馆里享受一顿美餐。”格雷拍了拍迈克尔的肩膀，显得十分兴奋。

夜魔酒馆。

迈克尔与格雷放纵地饮着黑啤，兴高采烈地聊着一切可以聊的话题。米歇尔则同珍妮陶醉地欣赏着约翰·丹佛①的乡村音乐，露出一副暧昧的神情。

“来一支高斯巴吧。”格雷从怀里小心翼翼地取出两支雪茄，把其中的一支递给了迈克尔。

“高斯巴？”迈克尔拿着它左看右看。

“啊哈，它可是全球最好的雪茄之一，说起来还有一段典故呢。1966 年的某一天，卡斯特罗②偶然抽了一根由他的侍卫所购买的散装手卷雪茄，发觉无论口感还是香气都非常出众，于是便吩咐侍卫聘请那位卷烟工人爱德华多当卡斯特罗专用的雪茄卷制师。此后，爱德华多一直在哈瓦那③近郊的一幢意大利式豪宅内替卡斯特罗卷制雪茄，并且受到严密保护。这个专供总统、高官及外宾享用的极品雪茄一直都没有命名，直到 1968 年才被正式命名为高斯巴。”

“哦！这可真不赖！不过你是从哪儿搞到这么名贵的雪茄的？”

“像我们这种常年在世界各地到处走的人，当然会收集到许多名贵或者奇异的东西。”

迈克尔叼着雪茄，从怀里去取打火机。

“该死，我那宝贝纪梵希给遗忘在办公室了。”

“纪梵希？天哪！这可是世上最棒的打火机！”格雷惊叹道。

“那只是一个朋友送的礼物。”

“你真该把它带来让我开开眼界，不过现在还是用我的打

---

① 约翰•丹佛：原名为小亨利•约翰•得奇道夫二世，男，出生于新墨西哥州的劳斯威尔。美国老牌的乡村歌手，“乡村音乐的代名词”，其唱片曾获24次金唱片奖及4次白金唱片奖。

② 卡斯特罗：菲德尔•亚历杭德罗•卡斯特罗•鲁斯，前任古巴共产党中央委员会第一书记，古巴共和国前国务委员会主席和部长会议主席。

③ 哈瓦那：是古巴首都和全国经济、文化中心，也是西印度群岛中最大的城市和著名良港。

火机吧，虽然远远比不上你的纪梵希。”格雷边说边取出了打火机。

迈克尔嘴里叼着烟凑了过去，此时从打火机里窜出一束高高的火焰，它所发出的光亮甚至超过了一支蜡烛。

“谢谢，我说你的打火机也很不错，只是我好像从来没有见过这种的。”

“这是中国制造，最近中国好像开始流行这种打火机了，据说很耐用。”

迈克尔拿过打火机，很惊异地看着这只超大型打火机，绿色的塑料壳，里面装满了油，拿在手上沉甸甸的。

“你就留着它吧，就当是你送我水果刀的回礼，反正我平时也不怎么抽烟。”格雷笑着对他说。

“再次表示感谢，不过什么时候你的烟瘾开始被有效地控制了？”迈克尔边说便将打火机放进了自己外套的口袋里。

“呵呵，一切都是爱情的魔力吧。”格雷答道。

“时间不早了，我现在必须和米歇尔起程了。”迈克尔抬腕看了看表，19:14。

“好的，那让我和珍妮送送你们。”

迈克尔和格雷走到她们身边，迈克尔望着无比陶醉的米歇尔，略感无奈：“亲爱的，我们现在就得出发前往利文斯顿了。当然，你也可以买下这张约翰·丹佛的CD，然后在车上尽情播放，如果你愿意的话。”

米歇尔缓缓站起身来，慢慢地搂住迈克尔的脖子，并在他耳旁轻语：“对我而言，你的声音比约翰·丹佛的好听多了。”

迈克尔用力地吻了吻米歇尔的嘴唇：“睿智如你！那我们走吧。”

“亲爱的，我会想你们的。”珍妮深深地拥抱了一下米歇尔，不舍地道别。

迈克尔和米歇尔坐进了车内，迈克尔打开地图看了看。这时格雷走了上来，手指着地图说："从这儿出去以后左转，差不多一个多小时就可以看见州际公路，一直下去就可以到达蒙大拿州，别忘了。"

"好的，谢谢，老朋友。"迈克尔伸手与格雷道别，然后发动了汽车。

"迈克尔。"

"怎么了？"迈克尔转过头看了看米歇尔。

"我真不敢相信我们还会坐在同一辆车里一起去旅游。"

"哦，宝贝，说实话我也没想到。不过眼前的事实就是我们的关系已经得以修复和改善，我们正在变得越来越好。"迈克尔开心地摇晃着脑袋。

"是的，我真希望你不是一名高级生化研究员而是一个普通的导游，这样或许我就可以跟随你走遍五湖四海了。"米歇尔把手搭在迈克尔的腿上。

"导游？这可是我这辈子从没有想到过的职业呢，你是觉得我的样子长得像导游？"

"难道你的样子长得更像一根药剂试管吗？"米歇尔哈哈大笑。

"米歇尔，你实在太具有幽默细胞了。不过我们现在得去加油站，油箱里的油不多了。"迈克尔看着油表。

"似乎左前方四十里就有一个加油站。"米歇尔查了一下地图。

不久，一辆银灰色的福特慢慢地停靠在加油站门口，一个肥胖的黑人走了过来。

“加满，九十三号，谢谢。”迈克尔边说边把一张万事达卡递给黑人职员。

“对不起先生，收款机坏了，只能使用现金。”黑人用冷漠的口吻说。

“见鬼。”迈克尔掏出钱包，找出一张百元美钞递给他。

“谢谢。”黑人收下钱后开始给车加油。

“你那小秘是不是明年要结婚了？和你们另一个同事。”米歇尔看着迈克尔。

“你听谁说的？我怎么不知道？”迈克尔从衣袋里取出万宝路和打火机，为自己点上一支烟。

“这打火机用起来确实不错。”迈克尔看着打火机。

米歇尔猛地把烟和打火机夺过来，惊慌失措地嚷道：“迈克尔你疯了吗！这里可是加油站！”一边说一边掐灭了烟，然后将他的打火机放进了后座的手提包里。

迈克尔用双手捂住了整张脸，显得十分沮丧:“哦，天哪！我可能是太累了。”

米歇尔不再理会他，自顾自地玩起了手机上的游戏。

不一会儿黑人走过来，将找零和单据交给了迈克尔。

“请问有什么近路可以到蒙大拿州的吗？”迈克尔望着黑人那空洞的眼神。

黑人像一块墓碑似的笔直站在原地，一声不吭，在黑夜里让人看着不禁毛骨悚然。

“我、我们是要去利文斯顿，蒙大拿州帕克县的一个小镇。”迈克尔起了一身鸡皮疙瘩。不知为什么，看着这名黑人的时候，自己感到浑身不舒服。

不过令人惊异的是听到这句话黑人的眼睛里立刻闪过一丝诡异的光，而且说话声音也变得非常低沉，仿佛就像是一阵阵来自乱葬岗里死灵的叹息声。只听他极缓慢地说："你们现在要去利文斯顿？"

"是的。"迈克尔有气无力地回答。此时他感觉自己的身体难受极了，心脏就像被一只魔爪揪住了一样。

突然看见黑人把手举起并指向右前方："那儿有一条小路，可以让你们提前两个小时到达利文斯顿。"

"哦，太感谢你了。"不知为什么，迈克尔感觉自己说这句话的时候十分违心。

之后一个更令人惊讶的举动发生了，只见黑人突然俯下身子，几乎是咬着迈克尔的耳朵："我只是想让你可以尽快地泡在热水里，然后穿着我给你买的那件 WaterwavE 真丝睡衣……"

说完，黑人的眼睛死死地盯着那只后座的手提包。

米歇尔突然瞥见了黑人这一举动，她赶紧催促着迈克尔："油加完了，我们赶快走吧！"

此时精神恍惚的迈克尔又对着黑人说了声谢谢，然后发动车子，朝着黑人指引的方向急驶而去。

黑人依旧笔直地站在原地，眼睛望着他们消失的地方。此时两只漆黑的乌鸦飞了过来，然后停在加油站的屋顶上，只见它们不耐烦地东张西望着，而加油站的时钟显示为23:14。

米歇尔突然放下手机，然后转过头问迈克尔："那黑人刚才跟你说了什么？"

迈克尔并没有回答米歇尔，只是很暧昧地瞥了她一眼。

"哦，天哪。"米歇尔又看了看窗外："我们这是在哪里？"

迈克尔嘴巴微张，不过还是没有回答米歇尔。只见他眼睛一眨不眨地望着前方，似乎在看一条永远没有终点的漫漫长路。

“迈克尔！你有在听我说话吗？这儿究竟是哪里？我们刚才不是在州际公路上吗？”

“这条路会让我们提前两个小时到达目的地。”迈克尔终于开了口。

“什么？你居然相信那人说的话？该死！如果他不穿那身工作服，我真怀疑他是不是专程来打劫我们的！”米歇尔气急败坏地嚷道。

“怎么可能，他可是我见过最憨厚最可爱的黑人了。”

米歇尔抬腕看了看表：“你知道现在几点了吗？”

“几点？”迈克尔说话的声音依然漫不经心。

“已经23:14了！天知道我们什么时候才能到达利文斯顿！”

一辆银灰色的福特飞快地在一条小路上行驶着，天幕中忽明忽暗的月光让一切看起来都是那么的诡异！达纳特斯仿佛再一次披上了他的黑色斗蓬，手持着致命之剑，于夜晚悄悄地从天而降，开始收集人类的灵魂。

“我真想今晚舒舒服服地洗个热水澡，然后穿上真丝睡衣躺在一张大床上。”

“哦，可怜的小甜心，我想你的愿望过不了多久就可以实现。”

“亲爱的，这句话你今晚至少说了二十七遍。即便这是莎士比亚喜剧作品里最了不起的一句话，你也用不着对我重复说那么多次吧。”

“莎士比亚的喜剧我喜欢极了，尤其是《第十二夜》、《仲夏夜之梦》。哦，对了，还有《温莎的风流娘儿们》，简直让我着迷得无法自拔。”

一道耀眼的闪电划破了漆黑的苍穹，仿佛把天空瞬间劈成了两半。

“拜托，想想我们现在好吗？眼前我们正行驶在一条连路名都不知道的小道上，地图上都找不到这该死的地方，你居然还有心思跟我讲《温莎的风流娘儿们》。”

“米歇尔，我只是想让你可以尽快地泡在热水里，然后穿着我给你买的那件 WaterwavE 真丝睡衣……”

米歇尔穿着一件纯黑色的 WaterwavE 真丝睡衣安详地躺在一张双人床上，床单是红玫瑰花的图案。米歇尔的神情看上去十分平静，她的头发经过精心梳理之后显得干净而且整齐，她的手指甲和脚指甲都均匀地涂上了黑色的指甲油，与纯黑色的睡衣显得非常搭配。

房间里所有的物品均一丝不紊地摆放着，只是每样东西的表面都蒙上了一层厚厚的灰尘。窗台上一盆腥红色的繁笺花已经逐渐地枯萎，只剩下几盆嫁接后的仙人掌还在那里精神抖擞地直立着。

一切都是那么安详、平静，墙上的黄铜挂钟三根针天衣无缝地重叠在一起，指向十二点，让人感觉时间仿佛已经停止了好几个世纪。

“叮咚，叮咚，”屋外突然传来了一阵响亮的门铃声。

“奇怪，已经一个多月了，今天还是没有人。”一位 FedEx①的邮递员自言自语地说。她手里拿着一个方方正正的

①FedEx（联邦快递）：是一家国际性速递集团，提供隔夜快递、地面快递、重型货物运送、文件复印及物流服务，总部设于美国田纳西州。

盒子，上面的署名为迈克尔先生收。

穿着一身白色衣服的修普诺斯[1]独自坐在米歇尔的身旁，手上拿着一朵罂粟花，微笑地守望着她。

米歇尔的不远处有一个空的注射器，地上还横躺着几根空的药剂试管。

---

① 修普诺斯：他是死神达纳特斯的孪生兄弟。睡神修普诺斯，一个带翼的神灵，当他敲打魔棒或是扇动翅膀的时候，人就会入睡。他力量大于诸神，连宙斯也逃不过他的魔力。

II

轮回

SAMSARA

夜晚的蒂梅丘拉镇路上早已经没有了其他行人，地面的青石板在雨水的冲刷下显得格外凄冷，一个戴着深褐色绅士帽披着黑色塑料雨衣的男人匆忙地走在雨中。

这个男人大约六十岁左右的年纪，具有美国人最典型的面貌特征，宽阔的额头、高挺的鼻梁和一双幽蓝而深邃的眼睛。他右手提着一个乌黑的牛皮手提箱，脸上充满了焦虑不安的神色并不时地回过头去四处张望，仿佛有一只穷凶极恶的深渊恶魔正在追赶着他。

雨丝毫没有停下来的意思，似乎不将这个小镇上的尘土全部冲刷干净决不罢休。他的脚步不断地加快，走过路面时溅起了层层水花，他右手的手指死死地握着手提箱的把柄，生怕它随时被潜伏在黑暗中的恶魔夺去。

绕过了几条小巷之后，他在一座废弃的修道院门口停住了脚步。他伸手拨去了挡在修道院大铁门上的枯枝，然后擦拭了一下上面的灰尘。这扇已经锈迹斑斑的铁门看起来是那样的平常无奇，稍微有点新意的是门上的那些雕刻。最上方的是一个手握铁锤的鹰人，下面一点位置的左右两边分别是一个手持利矛的牛头人和一个手举钢盾的马面人，他们互相注视着彼此。此外，铁门最下方一字排开地雕刻着大小相同的六个十字架，只见他熟练地在那六个十字架上来回按动着。顷刻之间，这扇大铁门便缓缓向上升起，在大约抬离地面 15 公分的时候，门突然停止不动了。他迅速地将手提箱从空隙中塞了进去，高度竟然刚好！随即他又从衣袋里摸出一封信，然后将它套在了一个塑料袋中，也随着手提箱一同塞了进去。

一切都完成之后，他再次迅速地按动六个十字架，大铁门又缓缓地降下，直至完全与地面重合在一起。他擦了擦额头上、脸上的汗水和雨水，然后抬腕看了看表，23:09，接着他压低了绅士帽，继续快步地往前方走去。

“快点！抓紧时间，伙计们！”一个身穿深灰色风衣的男人朝身后的人喊道。与他一起的，还有一个二十来岁左右的高个子女人，以及十二名身着统一制服的人，紧紧地跟在他们身后，青石板的地面上顿时响起了阵阵铿锵有力的脚步声。

“又是该死的雨天！印象中每次出任务总遇上下雨。”高个子女人一边急步往前走一边嚷道。

“但愿这次的任务也能像以往那样顺利。”带头的男人做了个祈祷的手势：“阿门。”

“我们接到人就算完成任务了？”女人问道。

“不，我们还得拿到另外一样非常重要的东西，否则就不能算是大功告成。”

“非常重要的东西？那是什么？”女人一脸惊讶地望着他。

“沃纳尔说了，我们要接的这个人身上携带的重要东西对整个神谕计划起着决定成败的作用。”男人深锁着眉头。

女人凑近他的耳边：“是什么居然可以决定神谕计划的成败？”

男人异常郑重地看着她：“这个沃纳尔并没有告诉我，不过他特别命令我们拿到东西后要安全地送回总部。如果行动失败，我们恐将面临一场灭顶之灾。”

“让一切都见鬼去吧！”女人不由自主地打了个哆嗦，只见她用力地搓了搓手，接着倒吸了口凉气：“上帝啊，我宁可你没有把这个消息告诉我。”

“呵呵，害怕了？这可不像是令人闻风丧胆女超人的一贯作风哦。”

“害怕倒不至于，不过我却有种不祥的预感。我们这次面对的或许是一次前所未有的、前所未有的……总之我不知道该怎么形容。”

男人轻轻地拍了拍她的背，安慰着她：“别想那么多了，总之让我们快点办完事，然后回家舒舒服服地洗澡睡觉。”

女人若有所思地望着他，然后点了点头。正在此时，突然从不远处传来“砰”的一声枪响。

“快点！好像出事了！”男人焦急万分地喊道。

天空依旧很暗，雨终于小了下来，一滩鲜红的血水顺着地上光滑的青石板蔓延开去。

“下一声枪响，子弹可不是射向你的腿了。”一个身穿黑色紧身衣并且戴着面具的男人用威胁的口吻说道。

“我想你们是认错人了吧！”受伤倒地的正是原先那个头戴绅士帽的中年男人。他痛苦地捂着自己的左腿，从弹孔里不断渗出血水。

“尼克·汉瑞，1947年出生于南卡罗来纳州的查尔斯顿，家里总共有六口人，除了父母之外，还有两个亲哥哥一个亲妹妹。尼克·汉瑞现任箭赞的高级生化研究员，曾经也是美国前总统吉米·卡特的助理之一。”戴着面具的男人将他的身世和背景如数家珍地讲了出来。

尼克的脸上依旧显得十分淡定，他平静地看着对方：“想必各位都是赫拉①派来的吧。”

“史蒂夫，别跟他罗嗦了，赶紧办完事情然后撤退。”一旁的光头男子催促道。

---

① 赫拉（Hera）：奥林匹斯山十二主神之一。古希腊神话中的天后，她是克罗诺斯（Cronus）和瑞娅（Rhea）的长女，主神宙斯（Zeus）的妻子，主管婚姻和家庭，被尊称为“神后”。

“史蒂夫？居然连箭赞大名鼎鼎的安保总管都亲自出马，呵呵，看起来我还真是让赫拉费心了。”尼克冷笑着。

“我没时间在这里跟你聊家常。现在我数三声，你再不把东西交出来，我只好送你去见上帝了。”史蒂夫再一次将子弹上了膛。

“我不知道你所指的东西是什么，我身上也没有任何你想要的东西。”

“一。”

“我说了，我没有你们要的东西！”

“二。”

空气中的雨水突然凝固成了霜，晶莹剔透地飘落在每个人的身上。尼克的人生似乎已经走到了最后一刻，然而此时此刻他却出人意料地哈哈大笑起来。

“23 点 14 分，牛群在绵延的草地上漫步，头顶上广阔无垠的浮云蔽日；马儿在清澈的山涧旁奔驰，面对着一望无际的重峦叠嶂。”尼克大声朗诵道。

“我看这人已经完全疯了……”

“砰砰砰！”光头话音未落，史蒂夫已朝尼克的胸口连开了三枪，他甚至都来不及发出一声悲鸣就已经直挺挺地躺在了青石板上。

立刻有好几个人冲上前去对他进行全身搜查。正在此时，突然又响起了一声清脆的枪响，一名搜查人员应声倒地。

史蒂夫和光头马上奔向最近的巷角躲藏起来。与此同时，又有两名同伴随着几声枪响一一倒在了血泊之中。

“妈的！我们中埋伏了！”光头气急败坏地喊道。

史蒂夫望了一眼尼克的尸体，沉默了片刻，然后大吼一声：“全体撤退！”

“撤退？可我们的任务还没完成啊！”光头不甘心地说。

“我的命令是撤退！想活命的话就照我说的去做！当然，除非你也想和他一样！”史蒂夫冷冷地指着尼克的尸体。

光头愣住了，仿佛陷入了短暂的沉思。他突然举起枪，朝天空漫无目的地连开四枪，史蒂夫也开了三枪，随后和剩下的几个人一起奔向了巷子的深处。

枪声顿时停了下来，一切都发生得太快，又结束得太快。两分钟里，地上已经横七竖八地躺着四具尸体。

身穿深灰色风衣的男人率先跑到尼克身边，伸手探了一下他的脉搏。

“怎么样？”与他同行的女人异常关切地问。

男人一脸沮丧地摇了摇头。

女人用力地搂着男人的肩膀：“说不定我们还有希望，安德森。”

安德森依旧望着尼克的尸体，眼中满是悲伤而愤恨的神色。他命令手下仔细地搜查四具尸体，希望通过这最后的努力多少能找回一些线索。

“劳拉，我们还是来晚了。”安德森点上了一根烟，狠狠地吸了一口。

“别难过了，注定要发生的事情始终是无法避免的。我们已经尽力了，愿上帝与你同在。”劳拉继续安慰着他。

安德森蹲坐在地上，默默地抽着烟，一口接一口，蓝色的烟雾立刻在雨后清新的空气中弥漫开去。劳拉站在安德森身旁，双手抚摸着他的脑袋，就像一位慈祥的母亲正在呵护自己最心爱的孩子。

“老大，快看，这是我们从尼克衣袋里发现的。”一个手下把一张卷着的纸条递给安德森。

安德森立刻站起身来，接过纸条并迅速地打开。

过了一会儿，劳拉关切地问："写着什么？"

"你自己看。"安德森皱着眉头，把纸条递给了她。

"23点14分，牛群在绵延的草地上漫步，头顶上广阔无垠的浮云蔽日；马儿在清澈的山涧旁奔驰，面对着一望无际的重峦叠嶂。这好像就是尼克死前说的最后一句话，当时我们都清楚地听见了。"劳拉显得有些激动。

"是的，不过我们并不知道这句话是什么意思。"安德森叹了口气。

"虽然不明白尼克的意思，不过我想这句话一定和整个计划之间有着非常重要的联系。"劳拉紧紧地盯着纸条。

"无论如何，我们先回去向沃纳尔报告吧。"紧接着安德森对全体人员作了一个撤退的手势。

一幢由白色大理石为原料建造的殿堂，十分现代而又宏伟，十分气派而又奢华，足以媲美15世纪到19世纪奥斯曼帝国①的中心——托普卡普皇宫②了。高耸的角楼和楼顶上的小尖塔、门廊上方三角壁上的浮雕和屋顶栏杆上的雕像均使这座殿堂弥漫着一种浪漫而又神秘的气息。

殿堂的正门有两队装备十分精良且个个荷枪实弹的警卫把守。通过正门，绕过几条曲折的长廊后步入大门，顿时豁然开朗。

此间的豪华程度已无法用金碧辉煌来形容，10米的层高，

---

① 奥斯曼帝国：由土耳其人创立。始王奥斯曼一世，初居中亚，并奉伊斯兰教为国教，后迁至小亚细亚，日渐兴盛。极盛时势力达欧亚非三大洲，且以罗马帝国继承人自居。

② 托普卡普皇宫（The Topkapi Palace）：1478年建成，作为皇宫达四百年之久，从穆罕默德二世，一直都是历代奥斯曼苏丹的寝宫和办公场所，是奥斯曼时期宫殿建筑的杰出典范。

穹顶顶端是最早应用于万神庙①的圆形天窗。巨大的“天眼”将阳光引入大厅，营造出祥和宁静的空间。穹顶上的分割比例统一协调，复杂精细的镀金浮雕装饰布满了穹顶棚面，阳光透窗而下，仿佛是连接神庙与天界的通道。

拱形顶棚及柱体的墙面上，镀金及浮雕均完美地衬托了达芬奇、梵高与莫奈的油画以及出自波厄多斯②之手的雕塑。大厅里还错落有致地摆放着许多世上最精致的水晶制品、最昂贵的银器以及早已绝迹了好几个世纪的中国陶瓷。

大厅深处是一副描绘赫拉与众神争夺代表智慧、美貌、权利以及地位的金苹果的壁画，由意大利画家兼镌刻家卢卡·卡姆比亚索绘制。在大厅外的庭院里则种满了来自世界各地最罕见的奇花异木，任何一个驻足于此的人都会产生恍如身在天国般的幻觉。

而这一切都只属于这里的女主人。

一个身穿暗紫色水貂皮长袍的女人坐在大厅的正上方，由于面戴着金色的赫拉面具，所以根本看不见她的长相。

只见一个戴着阿古斯③面具的人跪在距离赫拉 10 米远的地方，虔诚而又畏惧地低着头，一动不动。

“阿古斯，你太令我失望了。”赫拉说话的声音里竟然没有任何的抑扬顿挫，每一个字从喉咙里发出的时候几乎都是同一个音调。

“请求伟大的赫拉降罪于我。”阿古斯说话的声音则充满了害怕和恐惧。

---

① 万神庙（Pantheon）：位于意大利首都罗马圆形广场北部，是罗马最古老建筑之一，也是古罗马建筑的代表作。

② 波厄多斯：他生活在公元前3世纪，正是希腊化风俗性雕塑发展的时代，特别重视真实地塑造人物形象，注重人的内在精神表现。雕刻技艺圆满、完美高超。

③ 阿古斯（Argus）：也可称阿格斯，古代希腊神话里面的一位巨人，长有一百只眼睛，因此可以观察到所有方向的事物与动物。

“我知道这次的行动又是让沃纳尔那家伙给破坏的，我们已经在他手里失败过太多次了。我真想亲手把他送进地狱的深渊中去，让他永世不能超生。”

“再一次请求伟大的赫拉赋予我权力，让我带人去把那个老家伙杀了。”阿古斯愤恨地说。

“虽然我也希望他早点死，不过现在我们最关键是要不计一切代价和采取一切手段去完成神谕计划。”

“可是现在沃纳尔他们说不定已经从尼克那里掌握到了非常重要的线索，这样对我们的计划是非常不利的。”

“放心吧，我们拿不到的东西，沃纳尔也同样拿不到。即使他们可以从尼克那里找到什么，但最多也就是一些线索而已。何况我们还有鹰眼，对方知道的情报，我们自然也会知道。”

“伟大的赫拉主人，鹰眼对我们来说真的可靠吗？是否会……”

赫拉立即挥手打断了阿古斯，她看上去异常自信：“不出三天，沃纳尔拿到的情报就自然会落到我的手中，你先退下吧。”

“是，我最尊敬的主人。”阿古斯一边说一边弓着身子，慢慢地往门外退去。

“给我联系库克洛普斯①和斯库拉②，让他们开始执行眼镜蛇行动。”关上门的刹那间，传来了赫拉那神圣而又不可抗拒的声音。

---

① 库克洛普斯（Cyclopes）：又可称库克罗普斯，独眼巨人，住在洞里，以岛上的野生物和他们豢养的羊群为食。他们是神的仆人，为各神工作。

② 斯库拉（Scylla）：希腊神话中吞吃水手的女海妖，有六个头十二只手，腰间缠绕着一条由许多恶狗围成的腰环。斯库拉原先是个美丽的山林女神，女巫嫉妒她的美貌，于是乘斯库拉洗澡的时候把魔蛇放入海水之中，使之成为她身体的一部分。

美国 CIA[①]总部，科技处。

一间全封闭的屋子，一张长方形的书桌上面竖立着迷你美国国旗。桌子一头坐着一个六十岁左右的老头，他的对面站着一男一女。

这位看上去十分干练机事、绸缪枢极的老头便是沃纳尔，他手里拿着一张小纸条，已经仔细地看了很久很久。

“23 点 14 分，牛群在绵延的草地上漫步，头顶上广阔无垠的浮云蔽日；马儿在清澈的山涧旁奔驰，面对着一望无际的重峦叠嶂。”沃纳尔反复念诵着纸条上面的文字。

“我们已经查过了，留在纸条上的指纹正是死者尼克的，所以我们可以确定这是由他亲笔所写。”安德森告诉沃纳尔。

“很显然这段文字中有他想告诉我们的信息、非常非常重要的信息，但是他又害怕被其他人获取，所以才以这样的方式间接地告诉我们。”沃纳尔说话的时候一直紧盯着纸条。

“我已经让人把罗伯特请了过来，相信他此时已经快到兰利空军基地[②]了，等下我会亲自去接他。”安德森说。

听到这个名字的时候，沃纳尔这才把视线转移到了安德森身上：“罗伯特？哦，你居然把全美国最伟大的诗人、文学家都请来了，真有你的！”

安德森点上了一根烟：“我相信他可以帮助我们对尼克留下的这段文字破译出我们所需要的信息。”他深深地吸了口烟，看着沃纳尔：“怎么样，你也来一根吗？”

---

①CIA：全称“美国中央情报局Central Intelligence Agency”，是美国政府的情报、间谍和反间谍机构，主要职责是收集和分析全球政治、经济、文化、军事、科技等方面的情报，协调美国国内情报机构的活动，并把情报上报美国政府各部门。

②兰利空军基地（Langley AFB）：位于美国弗吉尼亚州的汉普顿市（Hampton）中心商业区以北6公里处，隶属于美军空中作战司令部（Air Combat Command，简称ACC）。它是美国空军第1战斗机联队和第480情报联队的主基地。

“不了，谢谢。”沃纳尔接过安德森递来的烟，折成两半后扔进了垃圾箱：“对不起，我已戒烟很久了。”

沃纳尔默默地望着前方，似乎在回忆过去的种种伤情。他的眼睛里突然看到了一团熊熊的火焰，那团火焰夺去了自己女儿幼小而可爱的生命。那场大火改变了自己的一生，令一个原本幸福的家庭从此万劫不复。

“头儿。”一旁的劳拉打断了沃纳尔的思绪。

沃纳尔的目光立即转向了劳拉：“请原谅，这东西令我想起了我女儿詹妮弗。”

不知她们现在怎么样了。沃纳尔并没有把这句话说出来，而是深深埋藏在了自己的内心深处。

“对了，差点忘了谈正事，你这边进行得怎么样？”沃纳尔把视线转移到劳拉身上。不知为什么，他总感觉每当劳拉看着自己的时候目光会变得突然犀利起来。

“一切都很顺利，我已经和银狼取得了联系。”

“嗯，很好。目前一切都在我们的掌控之中，一旦箭赞方面有任何动作我们都会第一时间知道。”沃纳尔说话的口吻异常坚定，心中似乎胜券在握。

“我觉得我们一方面应该派人对那晚尼克被杀的地点进行更为仔细的搜索，一方面应该再与情报处进行合作，全面调查所有认识尼克的人，包括他身边的每一位至亲好友。”安德森向沃纳尔建议。

沃纳尔端起水杯喝了口咖啡：“搜索的人手由你亲自挑选和指派，而情报处墨菲那里由我来搞定。”他想了想。

安德森和劳拉同时敬了个军礼，安德森掐灭了烟：“事不宜迟，我们按计划分头行动。”

沃纳尔看了他们一眼，点了点头。当安德森和劳拉离开以后，他依旧默默地念着纸条上的文字。

安德森和劳拉走出CIA总部大楼后来到了地下车库，他们一同上了安德森那辆银灰色的宝马Z4，系好安全带后，安德森发动了车。

“怎么样，要不要和我一起去迎接罗伯特？”安德森看了看副驾驶座上的劳拉。

汽车在道路上飞快地行驶，仿佛一匹脱缰之马在浩瀚无际的草原上奔驰着。

劳拉看了看表，似乎突然想起了一件很重要的事，于是她指着前面的十字路口：“我要在那里下车。”

“唉，每次都这样，看来我又只能独自去执行任务了。”安德森感觉很没趣。

劳拉莞尔一笑：“像接人这种任务，对我们CIA鼎鼎有名的安德森来说，简直就是芝麻绿豆大的事吧。”

话音刚落，车就停在了十字路口。劳拉打开车门，朝安德森挥了挥手：“自己小心点。”

安德森笑了笑，然后便朝着兰利空军基地继续驶去。劳拉望着安德森远去的背影心中百感交集，不知为什么她突然感到自己有一丝莫名的忧愁。

隶属于美军空中作战司令部的美国兰利空军基地，一架架F-22猛禽战机①在空中呼啸而过。安德森驾着Z4连续通过了好几座哨岗之后，便来到了作战空军后勤支持中心。

安德森走进会议室时，瞧见有五个人已经围坐在一起。看见安德森进来，所有人都不约而同地站了起来。

---

①F-22猛禽战机：是由美国洛克希德•马丁、波音和通用动力公司联合设计的新一代重型隐形战斗机。也是专家们所指的“第四代战斗机”，它将成为21世纪的主战机种。

“嗨，看看是谁来了。”中间的人微笑着跟安德森打招呼。

“布兰登上校，不好意思我来迟了，抱歉各位。”说着安德森敬了一个军礼。

“安德森中尉，让我来介绍一下，这位就是赫赫有名的伟大诗人罗伯特先生。”

一位满头银发，但却精神矍铄、气宇轩昂的老头走了过来，亲切地和安德森握了握手。

看见安德森略带狐疑的神色，罗伯特面带微笑地说：“是不是我比你想象中的要老很多？”

安德森愣了一下，罗伯特继续微笑着：“很多人都习惯把诗人想象成一位风流倜傥、超然物外并且清高孤傲的年轻人。不过别忘了诗人也只是一个人，总会有老去的那天。”

罗伯特顿了顿：“没错，年轻时候的我也的确是一个风流倜傥和清高孤傲的人，许多女明星都被我的才华和人格魅力迷得神魂颠倒。琳赛·洛翰知道吧？《贱女孩》的女主角，她就是我目前的女友。”虽然罗伯特已年近七十，但他说话的时候仍会流露出颇为自负的神色。

看着眼前这位自己年轻时候的偶像，安德森终于开了口：“您是一个十分了不起的人，我很早以前就曾拜读过您的诗歌，简直可以用出神入化来形容它们。”

“年轻人，你可别恭维我了。这次我来也不是专门聆听那些褒奖之词的，还是让我们切入主题吧。”罗伯特望了布兰登一眼，然后又坐回座位。

布兰登做了个手势：“好的，大家都坐下吧。”

全部人员都入座后，布兰登神情严肃地告诉大家：“箭赞是全球历史最悠久、经济实力最雄厚，同时拥有军方背景的生物制药公司。根据我们内线的可靠情报，这次箭赞的两位高级生化研究员未经公司许可而私自研发出了一种极具恐怖力量的药剂——猛玛俐，它可以通过注射进入人体，使人产生反复回忆某一段时期内情景的状态。”

布兰登环顾一下众人，继续说道：“不过这并不是药剂最恐怖之处，由于它刚刚才被研制出来，所以非常缺乏稳定性。而且药剂里面包含的脑磷脂和乙酰胆碱等成分虽然是神经系统所需要的重要物质，可以帮助我们延缓脑功能衰退。不过它们一旦经过特殊处理之后也可以影响人类的大脑神经系统，从而产生难以想象的结果。箭赞表面上是世界最大的药剂药品生产商，不过他们一直以来都与军方进行着密切合作，为军方研发地球上最神秘、最恐怖的生化武器。”

“哦，我的上帝啊！我居然从来没有听说过这些！”安德森惊呼道。

“不止是你，我相信在座的各位都不太可能会知道这些国家机密。”布兰登看着安德森。

“我国疾病预防和控制中心将天花归为A类生化武器，是因为它的高致命性和可在空气中传播的特性。1967年，世界卫生组织努力通过大规模接种疫苗来消灭天花，后来自然产生的天花病例在1977年后再未出现。这种疾病仿佛已经从人类的世界中彻底消除了，但天花病毒的实验室副本却依然存在，目前世界上还有两处获得联合国卫生组织许可保存天花病毒的正式场所——我国亚特兰大的疾病控制中心和俄罗斯新西伯利亚的维克托实验室。后来箭赞公司从维克托那里高价收买了天花病毒的原始标本，也正因为如此，箭赞公司才得以成功研制出牛痘疫苗。”

“这么说箭赞一边制造生化武器，一边制造病毒的解药？”一位三十多岁的男性少校军官问道。

“是的，亚瑟。这样做对于箭赞来说有两大利益，一是可以满足军方的需求，同时也可以抵消军方的忧虑，避免在战争中被自己的生化武器所误伤。二是追求经济利益的最大化，因为那些治愈人类的药品市场远远要比生化武器市场畅销多了。沙林是二战期间研发的一种致命神经性毒气，可以麻痹人的中枢神经，它无色无味，杀伤力极强，一旦散发出来足以使一公里范围内的人死亡和受伤。因而即使发生一次小规模的战争，也会有成千上万的人去排队购买它的解药了。这便是箭赞公司始终常盛不衰，而且对军方影响日益增大的缘故，就连我们的康纳利上将也都是箭赞的积极拥护者。”布兰登有些无奈地说。

“恕我冒昧，布兰登先生，您所说的这些与我这次受邀前来又有什么直接的关系？”一旁的罗伯特显得有些困惑。

只见布兰登的表情更为严肃了，他尽量用缓慢而镇定的语气说：“各位请听我继续讲下去。继炭疽热、天花病毒和沙林这三种世界上最危险的生化武器之后，世界仿佛暂时回归于平静之中，这使得箭赞的发展空间和在军方的地位受到了空前的挑战！这显然是严重不符合箭赞的核心利益的，他们必须继续保持世界头号生物制药公司的霸主地位和对于军方无可比拟的影响力，所以他们急需要进行一项非常庞大的计划。而根据我个人的推断，此项计划恐怕会是一项足以影响全人类的恐怖计划。”

“难道就是神谕计划？”安德森忍不住问。

“极有可能！根据内线提供的情报，当箭赞获知两位员工的这一项秘密科研成果后，正在想方设法地进行夺取。可惜的是目前我们还不能确切掌握神谕计划的完整内容，因此不知道箭赞取得这项秘密科研成果后会如何去利用它。不过应该可以肯定的是，他们绝对不会将猛玛俐只作为单纯的民用药剂。而我召集各位前来，就是需要大家一起合力揭开神谕计划的真面目，因为这将可能直接影响到我们全人类的生死存亡。”

说完，布兰登拿起一本文件夹走到罗伯特身旁，从中取出一张纸条交给他：“尊敬的罗伯特先生，这次请你来就是想请你帮助我们破译这条密码，我肯定这段话与整个计划有着非常重要的联系。”

紧接着布兰登就把一张密码副本递给了罗伯特。

“23 点 14 分，牛群在绵延的草地上漫步，头顶上广阔无垠的浮云蔽日；马儿在清澈的山涧旁奔驰，面对着一望无际的重峦叠嶂。”身穿暗紫色水貂皮长袍的赫拉默念着纸条上的文字，她旁边还站着一位面戴着一张银色斯库拉面具的人。

“这就是尼克身上的吗？”赫拉问。

“是的，本来当时史蒂夫已经得手，不过却中了CIA的埋伏。我们死了三个人，还让 CIA 拿到了这张纸条，不过好在鹰眼已经复制了这张纸条。”斯库拉略带宽慰地说。

“我早就怀疑我们这里有 CIA 间谍，不过一直都查不出究竟是谁藏在我们中间，看来这人曾经接受过非常职业化的训练。有意思的是我们的鹰眼也潜入了 CIA 内部，对方也同样弄不清楚他的底细，哈哈！”赫拉得意地大笑起来。

“赫拉主人英明！愿上帝与你同在，神谕计划一定会成功！”斯库拉看起来有些激动。

“嗯，不过那个该死的尼克好像在跟我们玩捉迷藏游戏，他似乎并不想我们那么轻易就得到他的东西。”赫拉的声音听起来有些忧怨。

斯库拉凑近赫拉身前："没关系，既然CIA可以给我们设圈套，那我们也可以反过来给他们布下陷阱。只要有鹰眼提供情报，我们就可以随时掌握他们的动向，一旦他们破获了密码，我们也会自然知晓。"

赫拉满意地点了点头："不过别忘了，那个罗伯特现在还在CIA那里，一定要想办法把他请来我们这里。像他那么伟大的人，大脑里的神经元①一定非常丰富，不利用一下的话实在太可惜了！"

"是的，属下明白，我已经按照您的指示通知库克洛普斯执行眼镜蛇行动。"斯库拉说。

"很好，沃纳尔，沃纳尔，我们多年的怨仇终于快要做个了结了！到时候不论是你、CIA还是全人类，都将服从于我赫拉的指挥！哈哈哈哈！"宽阔的大厅中久久都飘荡着赫拉那令人毛骨悚然的尖笑声。

"这次的任务由我领导，沃纳尔上校担任行动组组长，行动组成员为：少校亚瑟、中尉安德森、劳拉、米勒以及卢卡斯，罗伯特则会帮助我们破译密码。除了劳拉，小组成员统统都在这里了。这次行动由于牵涉到军方的敏感性，所以我们将得不到上面更多的支持，一切只能依靠我们自己，希望在座的各位能够携手拯救人类的未来。"说完，布兰登对着亚瑟使了一个眼色。

亚瑟点点头，他打开智能白板，此时从屏幕上出现了几个人的照片。

"各位先生们，请允许我为大家介绍一下对方人员的资

① 神经元（Neuron）：高等动物神经系统的结构和功能单位。包括细胞体、轴突和树突。

料。”亚瑟指着第一个戴着金色赫拉面具的人：“这位就是箭赞公司现任的大股东之一，卡琳娜·卡普。她在 1998 年进入箭赞公司并在短短的两年内迅速晋升为公司的疾病研究中心副主管，然后在 2002 年的时候再次晋升为箭赞的生化研究所主管。没过多久，随着总裁杰拉德·巴特勒退休，卡琳娜·卡普便一跃成为了箭赞的掌门人和大股东，可以说她是箭赞历史上的一位传奇人物。接管公司以后，她大力发展生化项目，积极与军方进行多种科研的全方位合作。我们曾动用过一切手段来调查卡琳娜·卡普的档案，不过令人震惊的是在 1998 年卡琳娜·卡普进入箭赞之前她的档案居然是完全空白的！”

“CIA 怎么可能查不到她以往的档案？”三十来岁的黑人卢卡斯皱着眉头。他是个标准的非洲裔，目前正效命于美国海军特种部队海豹突击队。他的特点是动作迅捷、力大威猛，就犹如一头黝黑的猎豹，尤其擅长执行暗杀任务，于是大家给了他一个绰号：黑色死神。

“我们已经尽了一切努力，可惜就是查不到。”亚瑟看着卢卡斯，显得无可奈何的样子。

“好吧，继续说下去，伙计。”米勒的双手托着自己的下巴。米勒出生于美国东南部最大的城市亚特兰大，他的父亲是美国著名军火商洛克希德·马丁公司的高级顾问。可能是耳濡目染的缘故，米勒从小便能熟练操作世上各种各样的武器。他七岁起能驾驶悍马，十三岁曾独自试驾 M1A1 主战坦克①，到了十六岁已经能用阿帕奇武装直升机②去天空打猎了。可以

①M1A1主战坦克：美国M1A1主战坦克于1984年8月28日定型，生产始于1985年8月，1986年7月正式装备。

②阿帕奇武装直升机：AH-64"阿帕奇"是自AH-1退役后，美国陆军仅有的一种专门用于攻击的直升机，它的改型命名为AH-64D"长弓阿帕奇"，现今仍然是美国正规陆军、国民警卫队和预备役中的一个强有力的武器。

说世上没有一款武器装备是他不能够熟练操作的，同时他还凭借自己的天赋发明创造了许多闻所未闻的未来武器，因此他也有一个绰号，叫做盲眼钟表匠，现效命于驻夏威夷的第二十五轻步师。

亚瑟顿了顿，指着第二张照片上的人物继续说：“这位戴着阿古斯面具的人是这项计划的二号人物，因为我们对他的所有情况均一无所知，包括他的名字。”

“哦，拜托！CIA 究竟都调查到了些什么！”卢卡斯忍不住吼了起来。

“安静，请听亚瑟说下去。”布兰登打断了卢卡斯，卢卡斯只好悻悻地默不作声。

“他们两位分别是库克洛普斯和斯库拉，阿古斯的亲信下属。”亚瑟指着第三张照片上的两个人。

“完了？”这次安德森抢在了卢卡斯前面。

“嗯，是的，再加上一个长期潜伏在我们 CIA 内部的间谍，外号鹰眼，我们现在能够掌握到的情报就这么多。”亚瑟依旧是一副无奈的样子。

卢卡斯一下子跳了起来，愤怒地咒骂：“妈的！这算是什么情报！给我看了四个面具超人！你以为这里是亲子教室，把我们都当成了刚刚学会走路的宝宝，放面具超人的动画片给我们看？”

谁也没看见布兰登是什么时候突然站在了卢卡斯的面前。只见布兰登眼睛一眨不眨地盯着卢卡斯，声色俱厉地说：“听着，这次的任务与我们曾经遇到过的都不一样，可以说是前所未有的凶险。千万别拿你过去的战斗经历来面对这一次行动，否则等待我们所有人的结果只有失败，甚至还会牺牲生命。我们查不到更多的情报，那是因为箭赞幕后拥有来自军方高层的全力支持，因此目前我们的处境可以用岌岌可危四个字来形容。我之所以召集你们几位参与此次行动，是因为你们每个人身上都各具所长。安德森被誉为美国的战神阿瑞斯，我们都知道自从他加入CIA以来完成任务的概率始终是百分之百。从他八年前完成的北荒之锤任务，再到三年前和劳拉携手完成的末日龙殿任务，他们最终成为了美国人民心目中的救世英雄。”

布兰登留意到此时安德森的眼神里不经意地流露出了一丝自豪。

“所以，对于这次神谕计划，我希望你们几位可以很好地并肩作战。我们面对的未知还有很多，前方路途上的障碍还有更多，但是无论任务如何艰难，道路如何坎坷，我衷心地盼望各位能够再一次扮演全人类的救世主，地球的明天就掌握在你们手中。”说完，布兰登紧紧握住众人的手。

“地球的明天就掌握在我们手中……”众人异口同声地说。

罗伯特坐在智能皮卡①的副驾驶座上，后面还紧跟着三辆悍马。每辆悍马车上分别载有三名装备精良的士兵，车队正护送着罗伯特前往CIA总部。

“安德森先生，没想到你这么年轻就有如此卓越的战功，国家有了你这样的战士我们这些普通民众才能幸福安逸地生活，享受生命的乐趣。”听完罗伯特的赞美应该无比自豪的安德森却紧锁眉头一脸无奈。

“怎么了，安德森先生？”罗伯特用奇怪的眼神望着这位

---

① 智能皮卡（SmarTruck）：超级军用车辆第三代智能皮卡给人的印象就像是轮子上的“机器战警”，智能皮卡能够探测出化学和生物武器的威胁，避免车上人员受到伤害，还能在完全黑暗的环境下锁定目标。

战神。

安德森双眼笔直地注视着前方，感触良深："每次当救世主的时候，我身边都会失去至亲至爱的人，这也许就是命中注定吧。"

罗伯特静静地听着他继续说下去。

"八年前我还没有加入CIA，当我受命在执行北荒之锤任务的时候，我最亲密的三个战友不幸统统死在了战场。他们和我从同一所军校毕业，之后都效命于第三机械化步兵师。我们曾经一同出生入死，几乎是紧挨着死神度过了每一天，而我们都极其幸运地存活了下来，直到北荒之锤……"

安德森稍稍顿了顿，双手牢牢地把握住方向盘："加入CIA以后，三年前和劳拉一起执行末日龙殿任务，几乎就在我们胜利的同一时间，从沃纳尔那里传来了足以令我想举枪自杀的消息。一枚敌人的和平卫士导弹①携带着八枚子弹头击中了印第安纳州西北滨湖地区的房屋，而我的父母和妻子都生活在那里，结果他们全部都丧身在了这次导弹袭击中……"

罗伯特透过这位战神那黯淡的双眼，可以想象到他曾经所遭受的那些切肤之痛！虽然赢得了无数的荣耀，却接连不断地失去了自己最最宝贵的亲人和战友。现在还剩下的，可能只是无畏地在战争中寻求早日解脱，这最终或将是他唯一的归宿吧。

果然，安德森异常坚定地说："这次神谕计划的难度应该不会低于前两次行动，希望这将会是一次终结。"安德森笑了笑，心里似乎有种可以解脱的快慰。

---

① 和平卫士导弹：是美国研制的地地洲际弹道导弹，采用四级推进发射方式，导引系统为惯性弹头，和平使者洲际弹道导弹可说是现今最精确有效的弹头。

“紧急呼叫中尉！紧急呼叫中尉！发现距我们正前方 48 公里的空中有两架不明身份的 AH-1 眼镜蛇攻击直升机①正朝我们全速靠近，预计 10 分钟后将与我们遭遇！请求指示！请求指示！”突然从第二辆悍马的侦察兵那里收到了无线电呼叫讯号。

“马上确认对方身份！同时各队寻找附近掩护！”安德森通过无线电回复。

“呵呵，想不到这么快就要被终结了。不过不是现在，布兰登上校还命令我带你去见沃纳尔呢。”安德森微笑地望了罗伯特一眼。

“会是箭赞的人吗？”罗伯特看见车队迅速地开始往左前方的树林里行驶。

安德森又笑了笑：“看来您都想到是箭赞派人来迎接我们了，那还会是别人吗？”

“紧急呼叫中尉！紧急呼叫中尉！尝试要求对方表明身份，可是对方没有任何回复！请求指示！请求指示！”又传来了侦察兵的呼叫。

“知道了！通知全体进行攻击准备！”安德森回复道。

“遵命！”

车队同时散开，两辆分别包抄到智能皮卡的左右方位，还有一辆则依旧紧紧地跟在它的后方，从悍马的车窗里一根根黝黑的 M3 冲锋枪②管伸了出来。

突然“轰”的一声巨响！左侧的悍马瞬间变成了一团硕

---

① AH-1眼镜蛇攻击直升机：是由贝尔直升机公司于60年代中期为美陆军研制的专用反坦克武装直升机，当时也是世界上第一种反坦克直升机。由于其飞行与作战性能好，火力强，被许多国家广泛使用。

② M3冲锋枪：又称为“M3黄油枪”（英文：M3 Grease gun），是一种美国制造的0.45口径轻型冲锋枪，使用0.45 ACP（11.43 x 23 毫米）手枪子弹。

大的火球。飞溅出来的残片打在皮卡的车身上，发出一阵呼呼嘭嘭的声响，仿佛天上下起了冰雹一样。

“妈的！对方这么快就发动攻击了！”安德森狠狠踩下油门，显然完全没有预料到如此神速的来袭。

“呼叫兰利空军基地！呼叫兰利空军基地！我是安德森中尉！我们的车队在森林附近遭遇到敌方空中火力的打击！请求立刻支援！请求立刻支援！”安德森通过无线电紧急呼叫基地。

“这里是兰利空军基地！收到请求！两架猛禽战机将在十五分钟后到达！”从基地传来了无线电回复。

“15 分钟？可那该死的直升机 10 分钟后就会与我们正面遭遇！”罗伯特吼道。

“和我们遭遇的确还需要 10 分钟，不过眼镜蛇可以远距离发射陶式导弹①。刚才你看见了，我们的一辆悍马被它击中后是什么惨况。”安德森仍旧死死地踩着油门，皮卡和剩下的两辆悍马此时已经全速驶入了森林。

罗伯特伸手擦了擦汗，话音有些发颤：“要是刚才这枚导弹击中了我们……”此刻惊慌失措的他已经全然不像先前那位精神矍铄、气宇轩昂的大诗人。

“那我们此刻已经全部去见亲爱的上帝了。”

又是“轰”的一声巨响！一棵直径两米的参天大树顿时在熊熊的烈焰中倒塌。

“立刻分散！”安德森对着无线电大吼一声。

于是两辆悍马分别朝两个不同的方向急驶而去，皮卡则

① 陶式导弹（TOW missile）：该导弹于1970年大量生产并装备美军，取代106mm无坐力炮、安塔克和SS-11式第一代反坦克导弹，导弹主要用于攻击各种坦克、装甲车辆、碉堡和火炮阵地，可从地面上发射，也可从直升机上发射。

按照原方向行驶保持不变。

“轰轰！”两声巨响，皮卡的车尾被击中，立刻窜出了红红的火舌。

“该死的！我们弃车！快！”安德森马上停下车并打开车门，罗伯特一下车便立即往前方没命似的狂奔而去。

“诗人看来只适合拿笔。”安德森暗自好笑，然后从车里取出了自己的 Mk5 冲锋枪①并朝着罗伯特的方向奔去。

罗伯特跑着跑着发现了一个树洞，于是他急忙进去躲了起来。“该死的，该死的，真是他妈的不该来这里！”惊魂未定的他大口地喘着气并不停地擦着脸上的汗水，耳边依然是此起彼伏的轰炸声。

几分钟后，只见两架眼镜蛇攻击直升机缓缓地在森林上空盘旋。不一会儿从直升机上空降下来十几名军人，个个都装备着最为先进的单兵作战系统—陆地勇士。只见为首的一人作了个手势，士兵便两人一组地开始分散搜寻。

“那么多陆地勇士究竟是从哪儿冒出来的，愿上帝保佑我们。”一名车队的士兵掩藏在树干后面，同时向万能的上帝祈祷着。另一名士兵则紧紧握着枪，瞄准了前方的一组陆地勇士。

看见对方越走越近了，几乎已经可以从他们身上闻见浓烈的火药味。

“哒哒哒哒！”一梭子弹如流星般地射出，两名陆地勇士倒在了地上。

几乎是在同一时刻，只听“轰”的一声！开枪的这名士兵被炸成了碎片，血花四溅。

① Mk5冲锋枪：第一次出现是在2007年1月举办的SHOT轻武器展上，美国TDI公司推出了一种外观另类的冲锋枪。

“该死！该死！”另一名士兵见到同伴的惨死，尸骨无存，顿时瘫软地坐在地上。他精神崩溃地抱着脑袋，几乎快要哭了出来。

六名陆地勇士杀气腾腾地纷纷向这里围拢了过来，剩下的这名士兵几乎已经成了束手待缚的笼中之鸟。

“惠子，我先去天堂等你了。”士兵喊着妻子的名字。正当他要端起枪冲出去的时候，却被一只大手死死地拦腰抱住。

“安德森中尉！”士兵简直不敢相信自己的眼睛，仿佛安德森是从地底下突然冒出来的一样。

“对方人多，不要硬拼，跟我来。”安德森压低着嗓子。

当陆地勇士到达这里时，已经不见半个人影了。

“听我说，我们的战机马上快到了，只要我们再忍耐一下就可以度过难关。”安德森和士兵一同躲在一棵被挖空了的树干里。

“中尉，这、这是怎么回事？”士兵仿佛置身梦中一般，他简直无法相信眼前所见到的一切，树干里不仅可以同时藏两个人，地上还有手雷和各种子弹。

“竹中直人，你是日本人？”安德森看着他胸前的姓名牌。

“报告长官，是的。”士兵说。

“这片森林属于兰利空军基地的管辖范围，士兵们时常会在这里进行军事演习，因此这里的每一棵树、每一块山石，都……”正当安德森说话的时候，突然闻见了一股十分腥臭的气味，没多久两个人便同时晕了过去。

一阵非常急促的脚步声，好几个陆地勇士围了过来，其中一人拿着枪对着躺在地上的安德森捅了捅。

“头儿！他晕过去了。”

一个戴着库克洛普斯面具的人走过来，看了看一动不动的安德森，然后吩咐手下将一名俘虏带过来。

只见两名陆地勇士架来一个奄奄一息的人，此人正是罗伯特！

“你叫什么名字？”库克洛普斯对面前的人问道。

罗伯特垂丧着脑袋，似乎已经连说话的力气都没有了。

库克洛普斯对身边的人做了个手势。手下立即从怀里掏出一个绿色的塑料小药瓶，从里面倒出一粒透明色的胶囊，用力掰开罗伯特的嘴然后把它塞了进去。

所有人都静静地望着罗伯特，安德森则依旧躺在地上纹丝不动。似乎刚才火光冲天、杀气腾腾的战场转眼间变成了一个宁静的国度，时间在这一刻也好像停止了。

“咳咳，咳咳。”罗伯特终于清醒过来。

“尊敬的大诗人，您现在感觉好些了吗？”库克洛普斯显得异常关切。

罗伯特缓缓地抬起头，却没想到映入眼帘的会是一个戴着狰狞面具的人，不免被吓得再次连连咳嗽。

“您的名字？”

“这是哪里？你们是谁？”罗伯特哆哆嗦嗦地看着眼前这些陌生的人。

库克洛普斯笑了笑，然后走过去托起他的下巴：“先生，现在是我在问你，所以你必须先回答我。”

罗伯特困难地点了点头。

“好吧，让我们重新开始。您的名字？”

“罗、罗伯特”。

“R-O-B-E-R-T？”库克洛普斯把每个字母都念了一遍。

罗伯特又艰难地点了点头。

“很好，伟大的诗人罗伯特先生，您的身份已被确认。您是我们这次计划的重要嘉宾，我们老板想邀请您出席一个美妙的盛宴。”

看见罗伯特默不作声，库克洛普斯凑近他的耳边：“我们老板说了，两位之中只能有一人成为我们的幸运嘉宾。如果您不想出席，那么我们就只能带走安德森先生了，而您……”

罗伯特似乎想明白了什么，一下子抬起头并且喊道：“我去！我去！”

库克洛普斯满意地大笑起来：“您不但是一位伟大的诗人，更是一位睿智无比的思考者！”

就在手下要带走罗伯特的时候，库克洛普斯突然拦住了他们并把枪交给了罗伯特：“我们老板说了，两位之中只能有一人成为我们的幸运嘉宾。”

罗伯特战战兢兢地接过枪，惊恐万分地看着眼前这个陌生人，仿佛他比暗夜中的死神更为恐怖。

“您应该已经明白我的意思、哦不，是我们老板的意思。”库克洛普斯的耐心正在一点一点地减少。

罗伯特浑身颤抖，一步一步走到安德森身边，在场所有的人都安静地欣赏着接下来最为动人心弦的一幕。

罗伯特举起了枪，又放下。在好几次都举棋不定的情形下，库克洛普斯终于按捺不住，一下子冲过来重重地扇了他一巴掌。

“诗人他妈的只会拿笔吗！没用的东西！如果你现在和安德森换一下位置，他早就一枪把你崩了！”库克洛普斯十分鄙夷地唾骂道。

罗伯特终于再次举起了枪，并把枪口对准了躺在地上的安德森。

“不要怪我，不要怪我。”罗伯特哭泣着。

安德森的潜意识告诉自己最危险的时刻来临了，怎奈自己浑身上下无法动弹，只能任凭罗伯特的枪口无情地对着自己。

“不要怪我，不要怪我。”

“开枪啊！胆小鬼！”

“不要怪我，不要怪我。”

“懦夫！蠢猪！”

“不要怪我，不要怪我。”

“不要！”安德森突然睁开了眼睛！

“呼！”一颗子弹破膛而出，犹如闪电般地在空气中划过，不偏不倚打在安德森的眉心处。飞溅的血花在空中形成一道道优美的弧线，最后再慢慢坠落。

“不要！”安德森一下子坐了起来。

许多人站在他的周围，看见安德森醒过来，护士立刻给他测量体温。

“这儿、这儿是哪里？”安德森气喘吁吁地望着众人，身上渗出许多汗珠。

劳拉走过来握住他的手：“亲爱的，没事了，你现在是在医院。”边说边擦了擦安德森额头上的汗水。

“我们刚才被伏击了！”安德森紧张地望着劳拉。

劳拉默默地看着他，眼神中夹杂着一丝哀伤和同情：“你已经昏迷整整两天了。”

安德森一语不发，怔怔地想了很久，突然他大声地问道：“罗伯特呢？他在哪里？”此时周围的人都鸦雀无声，这次也包括了他的搭档劳拉。

只见沃纳尔十分平静地说："你刚清醒，还是再多休息一下吧。"

安德森顾不得自己身体还有些疲软、脑袋还有些昏沉，一下子跳起来并冲到沃纳尔面前："快告诉我，罗伯特现在在哪儿？"

沃纳尔依旧很平静地看着他："等你恢复以后我们再详谈，大家先离开吧，让安德森好好休息。"说完，沃纳尔便带领众人走出了病房。

"好好休息，伙计。"卢卡斯拍了拍安德森的肩膀。

"自己多保重，改天我们再来看你。"米勒也向安德森道别。

"劳拉。"安德森一把拽住正要离开的她。劳拉被他死死拽住，无法抽身，于是只得在他的床头边坐下。

"告诉我，究竟是怎么了？为什么大家的眼神看上去都那么忧伤和沉痛？"

劳拉望着充满疑惑的安德森，突然感觉自己很难受，就像有一双大手揪住了自己的五脏六腑。

安德森牢牢地盯着她，期盼着她能够解答自己所有的困惑。

"罗伯特死了，当我们赶到的时候战斗已经结束。"劳拉说话的声音十分微弱。

"他、他死了？怎么死的？我记得、我记得当时我和另一名士兵躲在树干里，然后同时晕了过去……"安德森捧着脑袋，强忍剧痛回忆着当时的情景。

"沃纳尔和我赶到的时候，在树干里发现了你和罗伯特，当时你的确昏了过去。"劳拉低着头。

"这绝不可能！那时候我根本不知道罗伯特在哪里，与我一同昏迷的是一名士兵！"安德森瞪大了眼睛。

劳拉没有再说什么，只是双手捂着自己的眼睛。泪水开始从她的指缝中流淌出来，就像一道道晶莹剔透的清泉。

“那为什么我没死，而罗伯特却死了？”

“为什么他死了？为什么他死了？”安德森默默地重复着这个问题。

“因为你杀死了他！我们所有人都看见你昏迷的时候手里拿着枪，枪口对准了罗伯特的眉心，而法医从尸体头颅内取出的子弹也正是你手枪里的子弹。是你在树干里杀死了他。”劳拉终于说了出来。

“什么？我杀了罗伯特？这绝不可能！这绝不可能！当时我已经晕了过去！”安德森大声吼道。

“我们所有在场的人都看见了，你和罗伯特在一起。”劳拉流着泪，显得十分黯然神伤。

“不可能！与我在一起的是一名士兵！对了！他叫竹中直人！你们赶快把他找来！”安德森激动地喊道。

“愿上帝与你同在……”劳拉依然悲恸地哭泣着，她看了看神魂失据的安德森，然后站起身并走出了门外。

“我杀死了罗伯特？我怎么可能杀死他？”安德森一下子瘫倒在床上，再一次陷入了无尽的困惑和悲痛中。

夜晚，安德森辗转反侧地躺着。现在罗伯特死了，目前已经没有人能破译密码，而所有证据可以充分证明自己就是杀人凶手。此刻所有人、包括自己最亲密的搭档都坚信罗伯特死于自己的枪下，现在不但任务没有完成，自己还将被送上军事法庭，面临着公审和裁决。

看来一切都已经结束，自己彻彻底底地失败了。曾经的战神现在已沦为一个被人鄙视的杀人凶手，北荒之锤、末日龙殿，那些曾经的辉煌如今已经不再。

安德森坐起身来，他顾不得医生的警告，给自己点上了一支烟。突然，在他的脑海里想到了一些事情。

“呼叫兰利空军基地！呼叫兰利空军基地！我是安德森中尉！我们的车队在森林附近遭遇到敌方空中火力的打击！请求立刻支援！请求立刻支援！”

“这里是兰利空军基地！收到请求！两架猛禽战机将在 15 分钟后到达！”

“15 分钟？可那该死的直升机 10 分钟后就会与我们正面遭遇！”

当陆地勇士从眼镜蛇攻击直升机上空降后，我们与对方的作战时间应该已经远远地超过了 5 分钟，可是并没有我方的猛禽战机赶来救援！

“听我说，我们的战机马上快到了，只要我们再忍耐一下就可以度过难关。”

“中尉，这、这是怎么回事？”

“竹中直人，你是日本人？”

“报告长官，是的。”

“这片森林属于兰利空军基地的管辖范围，士兵们时常会在这里进行军事演习，因此这里的每一棵树、每一块山石，都……”

然后自己和竹中直人就同时晕了过去，为什么所有人赶来的时候会发现自己和罗伯特躺在一起？自己在昏迷中怎么可能会拿着枪杀死罗伯特？竹中直人又去了哪里？

“听着，这次的任务与我们曾经遇到过的都不一样，可以说是前所未有的凶险。千万别拿你过去的战斗经历来面对这一次行动，否则等待我们所有人的结果只有失败，甚至还会牺牲生命。”安德森突然想起了布兰登之前说过的话。他狠狠地吸了口烟，然后无奈地摇了摇头，游戏还只是刚刚开始，自己却已失败出局。不过就算在军事法庭上被判处极刑也不能就这样不明不白地死去，此刻他心里千万个不甘心，他只想找出真正的答案。

想到这里，他掐灭烟头，然后平静地躺了下去。

春天的弗吉尼亚海滩[1]就像一个刚刚诞生的婴儿，充满了无数生机。安德森面对着一望无际的蔚蓝色大海，空中的白云悠然自得地行走着，海鸥也在天上自由自在地翱翔。几艘私人游艇飞快地在海面上划过，激起一层又一层雪白的浪花。温暖的阳光洒在皮肤上，感觉犹如沉浸在沁人心脾的爱情旋律中，令人无限陶醉。

明天就会宣判裁决，面对着如痴如醉的画面，安德森始终无法令自己轻松下来，无奈之下他只能选择离开这个地方。

安德森漫无目的地行走着，眼前突然浮现了他的家人，他们正在对自己招手和微笑。安德森此时很想哭，可是眼泪却怎么也流不出来，或许自从所有的亲人都丧身在那次事件之后，他已经哭干了自己所有的泪水。

“叔叔，可以给我点钱吗？”突然一个四岁左右的小男孩出现在他面前。这个小男孩穿着一身红白格子的小衬衫，他的额头很高，一头金色的小卷毛，睁着一双圆圆的湛蓝色大眼睛。

“小可爱，你叫什么名字？”安德森蹲下身来，亲切地摸了摸他的小脑袋。

① 弗吉尼亚海滩（Virginia Beach）：是美国弗吉尼亚州南汉普顿锚地的一个独立城市，位于大西洋和切萨皮克湾之间，南邻北卡罗莱纳州。

小男孩想了想，然后踮起脚尖并在安德森耳边很轻很轻地说："艾瑞克。"

"呵呵，艾瑞克，你要钱做什么呢？"安德森很开心地望着眼前这个小男孩，仿佛自己所有的心事和烦恼顿时都消失得无影无踪了。

小男孩的眼珠子盯着不远处的一个小摊，然后咬着自己小小的食指说："我想吃爆米花。"

安德森顺着他的目光看到了卖爆米花的小摊，于是他从外衣袋里拿出十元钱，微笑着递给小男孩："拿去吧，它属于你了。"

正当小男孩伸手要去拿钱的时候，突然一个女人跑过来，一把抱起了小男孩。

"艾瑞克！跟你说了多少次，不要向陌生人要钱！"这个女人大约三十岁上下，她的长相与演员托妮·科莱特有几分相似，身材很高挑，白皮肤和一头金色的卷发，打扮得也很时髦，只是手里似乎少了一个时尚的手拎包。

"你的孩子想吃爆米花。"安德森站起身来微笑地看着她。

"他母亲去世了。"女人看了看安德森，然后抱着艾瑞克往马路对面走去。

突然，女人又转过身来："艾瑞克并不爱吃爆米花，他只是想讨钱给死去的母亲买鲜花。"说完，她抱着艾瑞克匆匆离开了。

安德森最后看了艾瑞克一眼，可怜的小家伙眼里满是忧伤的神色，似乎沉浸在怀念自己母亲的悲痛中。*如果安吉丽娜还活着，那么自己的孩子现在应该和小艾瑞克差不多大了，也会和他一样那么可爱、那么懂事。*安德森想。此时此刻他的内心又何尝不是充满了忧伤与悲痛呢。

这时手机响了起来，安德森一看是劳拉打来的，于是接起电话。

“亲爱的，你不在医院吗？”

“嗯，是的，我想出来透透气，在医院里都快憋死了。”安德森抬头望着湛蓝的天空。

“感觉好点没？”

“不太好，刚才我又想起了家人。”

“哦，可怜的安德森，今晚来我这儿吧。我准备了张裕干红[①]，一个朋友从中国给我带回来的礼物。”

“好的，现在我正想醉得不醒人世。”安德森有点苦涩地笑了笑。

“那就说定了，今晚 10 点见。”

“没问题，10 点见。”

挂了电话，安德森望着天上一抹白云，时而飘忽、时而虚幻，可以看见，但却摸不着。也许人生就像是一朵永远飘忽不定的白云，每一个不同的时刻都会因为遇到各种各样的人而发生各种各样的故事。所以对于人生来说，永远都会有无法预料的下一刻。

靠近海边的空气确实很好，安德森就一直站在这里，感受着平时极少感受的生活。一个人拥抱着平静，直到夕阳西下。

一间并不算十分宽敞的起居室中，紫罗兰色的墙壁在高贵中又带着一丝神秘。一盏富有创意的圆弧型纸质吊灯看起来现代而又时尚，散发出暗黄色灯光，使屋子里的一切看上

---

① 张裕干红：是采用优良玫瑰香型葡萄为主要原料，经低温发酵工艺酿制而成的一种干型葡萄酒。经过一百多年的发展，张裕已经发展成为中国乃至亚洲最大的葡萄酒生产经营企业。

去都是那么柔和与暧昧。

音响里正播放着班得瑞[①]的《清澈海洋》[②]，柔美而清新的曲调仿佛再次让安德森回到了海滩边上。聆听着美妙的音乐，他浅浅地饮了一口酒，同时流露出愉悦的神色。

劳拉坐在沙发上，给自己也斟上一杯，然后微微地呡了一口。

“酒真不错。”安德森看了看酒杯里的红酒。

劳拉笑了起来：“酒当然不错，好多中国人都非常喜欢喝这种酒。”

安德森举起酒杯又喝了一口，然后舒服地斜靠在沙发上。劳拉放下酒杯，柔情似水地看着安德森，同时缓缓地钻进了他的怀里。

“你还是忘不了从前的那些伤痛吗？”劳拉轻轻抚摸着安德森的胸口。

“虽然我没有亲眼看见，可是我经常会梦见家人在向我招手，他们看起来是那样的无助。我被称为战神阿瑞斯，却连自己身边的人都保护不了……”安德森伤感地捂住了自己的脸。

“亲爱的，这并不是你的错，我们都知道你已经尽了全力，甚至好几次你都几乎失去了生命。你所做的已经非常非常多、非常非常好，至少在我心里，你不仅是一个战神，更是一个永远活在人们内心深处的英雄。你对国家的忠诚，对亲人、同伴的挚爱以及对生命的尊重，这些都深深地烙印在了每一

---

① 班得瑞（Bandari）：是瑞士音乐公司Audio Video Communications AG旗下的一个新纪元音乐团体。其作品以环境音乐为主，亦有一些改编自欧美乡村音乐的乐曲，另外还有相当数量的是重新演奏一些成名曲目。

② 《清澈海洋》（Sea of Clarity）：选自于班得瑞乐团第十二张专辑《翡翠谷》，听起来有种豁然开朗的感觉。

个人的脑海中。别气馁，黑暗总会过去的。”劳拉凝望着他，眼里充满了一丝鼓励和一丝爱慕。

“有时候我一直都在想，我活着究竟是为了什么。一次又一次完成使命，一次又一次失去身边最最宝贵的东西，和死神的较量我究竟要持续到什么时候才可以结束。我感觉自己很累很累，蓝天和白云对我来说是那么陌生，自己仿佛是好几个世纪前的生物，和现实世界有如此之多的隔阂。我只能看着亲人的照片与上面的日期，这样才可以让自己确信是真实地生存在这个世界上……”安德森有些哽咽了。他取出钱包，看着里面的照片。

英雄终于再一次流下了眼泪，劳拉擦拭着他的泪水，她十分清楚面前的这位硬汉此时此刻是为自己的生命在哭泣。劳拉紧紧地抱住了他，在他最需要关怀和鼓励的时候，劳拉用自己的爱去化解他内心的伤痛、难过和失落。

安德森意识微弱地平躺着，安吉丽娜就像一头温顺的小绵羊那样趴在自己身上。她用脸来回蹭着安德森的胸膛，双手紧紧地贴着他的脖子。浑身感觉麻痒的安德森一下子抱住了安吉丽娜，然后转过身将她压在了身下。彼此之间凝望了片刻，安德森便开始激烈地亲吻她的嘴唇、脸颊还有脖子。

两人浑身赤裸地纠缠在一起，安吉丽娜的皮肤微微泛红，她不停地扭动着自己丰满而圆润的身躯，双腿则勾住了安德森的腰。安德森把头埋在她的胸口，嗅着比以往更令人销魂的体香，舌头徘徊在她那富有弹性的双峰之间。安德森脑海里不时地浮现出以往激情时的画面，正犹如现在这样，陶醉而忘情地亲舔着彼此。

安吉丽娜尽量抬高自己的胸膛，好让他尽情享用自己的丰满。安德森抓住她的脚踝并慢慢地分开了她的双腿，最后深深吸了口气，两人终于合为了一体。此时班得瑞的《淑女与伯爵》①优雅而令人神思的旋律萦绕在整个屋子里，在微弱的暗红色灯光下，面对如此性感迷人的尤物，安德森感觉身体的每一寸肌肤都被激情澎湃的快感所占据着。他闭上眼睛，兴奋而用力地一前一后，从身下传来了一阵阵强烈而又亢奋的呻吟声。安德森此时此刻似乎已经无法分辩出究竟是置身梦境，还是游走在现实边缘了。

一间亮如白昼的手术室里，一个浑身赤裸的人闭着眼睛，平静地躺在冰冷的手术台上。他身上密密麻麻地插着许多蓝色的导管，几名身穿白色隔离服的人持续不断地往他身上插着导管。

透过钢化玻璃窗，赫拉满意地点了点头，她对身旁的阿古斯说："看来一切进行得都很顺利，如果沃纳尔他们哪天可以有幸活着走到这里，我想他们一定会大吃一惊！对了，你预计这家伙还要多久才能脱胎换骨？"

"伟大的赫拉主人，我估计不用半个月时间，它就完全可以变成深宿者②了！"阿古斯兴奋地说。

"成功概率呢？"赫拉追问。

"经过大量提高药剂的浓度和增加了全新的催化剂之后，我想成功蜕变的机率应该在百分之八十左右。"

"哈哈！沃纳尔，你终究会败在我手里！即使我还没有找到我想要的东西，不过我的实验却拥有很高的成功率！神谕计划一旦实现了，我将成为人类未来的主宰！哈哈哈哈！"

---

① 《淑女与伯爵》（The Lady And The Earl）：选自于班得瑞乐团第十一张专辑《雾色山脉》以山林音乐歌颂无国界的大地恩赐与鬼斧神工的自然魅力。

② 深宿者（Deep Sleepers）：高级阶段僵尸。由箭赞利用珀佩特制造出来的生化武器，眼睛为宝蓝色。攻击力90，防御力85，自动修复力90，生命值1000。

虽然隔着面具，但仍然可以想象赫拉此时欣喜若狂的表情。而一旁阿古斯也附和着干笑了几声，谁也不知道他的面具底下究竟是怎样狰狞恐怖的一张脸。

美国CIA总部，科技处。

一间不算很大的房间里只有沃纳尔和安德森两个人。沃纳尔的表情看起来并没有想象中那么严肃，反倒是安德森显得非常失落与低迷，阴沉着脸并垂着脑袋，一副无精打采的样子。

“昨晚过得怎么样？”沃纳尔平静地问。

安德森突然抬起了头，目光坚定地看着他：“到底下了什么判决，请告诉我。”

“心情是否舒畅些了？”沃纳尔似乎并没有在听安德森说些什么。

“沃纳尔，我知道这次任务我完全失败了，不仅死了好几个手下，连自己都成了杀害罗伯特的罪犯。但我相信整件事的背后一定潜藏着一个极大的阴谋，如果能给我几天时间，我一定能揭开真相！”安德森显得异常激动。

“其实目前事情还不像你想象中那么糟糕，本来我也认为这次的任务彻底失败了，不过你看看这是什么。”沃纳尔将一封信递给安德森。

安德森立刻打开信封并迫不及待地阅读信纸上的文字。

有一天一个年轻人对大发明家爱迪生说：“我有一个伟大的理想，那就是我想发明一种万能溶液，它可以溶解一切物品。”爱迪生听罢，惊奇地问：“什么！那你想用什么器皿来放置这种万能溶液？它不是可以溶解一切物品吗？”

“同样的情况，因为尼克害怕被对方获取信息，所以他的第二条密码依然令人无比困惑。”沃纳尔看着天花板轻轻叹息。

“这封信是谁送来的？”安德森问。

“是 FedEx 昨天傍晚的时候送来的。”

“目前有几个人看过信的内容？”

“除了我之外，现在就只有你了。”沃纳尔郑重地说。

“那接下去……”安德森看着沃纳尔，等待他的进一步指示。

沃纳尔来回走了几步，依旧十分郑重其事地说：“这封信暂时由你保管，原先对你的判决是撤职并送交美国司法部，不过后来由布兰登和我出面为你做了担保，所以为你争取到额外的二十天时间。在这二十天里你仍是行动组成员，将继续和劳拉、米勒以及卢卡斯一起去执行任务。如果二十天里依然没有完成任务，那么到时候你将被撤职并送交美国司法部，而我们整个行动组也将被遣散，届时可能会有其他人来接替我们。”

安德森静静地等沃纳尔把话讲完，此时他内心早已百感交集。曾经失去了那么多一生中最宝贵的东西，到头来等待自己的却只是二十天的救赎，不但要自我救赎，还关系到了布兰登、沃纳尔、劳拉、米勒以及卢卡斯。安德森顿时感觉有一颗巨石压在心里，随时会令人窒息。

“至少我们现在手里还有两条密码，如果我们无法破译，我相信箭赞也是同样如此。原本我们双方就处于同一起跑线，只是现在对我们而言，已经没有太多时间与对方消耗下去。我们眼前只剩下一条路，那就是破译密码，揭开真相。”

安德森徘徊在一条没有行人的小道上，反复地想着沃纳尔说的最后一句话。的确现在留下的时间已经不多，即使自己已没有任何生存下去的意义，但是布兰登、沃纳尔、劳拉、米勒以及卢卡斯他们还需要得到救赎，安德森决定为了同伴要奋战到底！

他走进一个街心花园，找到一张小石凳然后坐了下来。安德森反复地看着两条密码，试图寻找它们之间的关联，这是两张相同质地的纸，而且看得出尼克是拿了同一张教会的传单然后撕成两半写的。他将两张纸合在一起，眼前立刻呈现出一个特殊的十字架图形，虽然只是一个水印但却清晰可见，似乎属于一个非常古老的教会所有。可除此之外，这两段毫不相干的文字既无依据可查也无逻辑可寻。看来尼克一直处于非常危险的境地，除了这些他不可能留下更多的信息了。

“同样的情况，因为尼克害怕被对方获取信息，所以他的第二条密码依然令人无比困惑。”安德森回忆着沃纳尔的话，突然间他似乎想到一件十分重要的事！他立刻从石凳上跳起来并召集了所有的同伴。

“不要放弃每一个角落，甚至是垃圾筒！”安德森喊道。他和劳拉一行人带着十几名手下对尼克血案的发生地点开始地毯式搜寻。

“尤其是你，伙计！盲眼钟表匠应该是无所不能的吧。”安德森指着米勒打趣地说。

“哦，拜托，我又不是先知。”米勒一脸无奈地笑了笑。

安德森拿出手机，拨通了亚瑟的电话。

“亚瑟，我是安德森。”

“你好安德森。”

“我可以拜托你帮我个忙吗？”

“当然，我可以帮你什么？”

“我发现了一个特殊的十字架，稍后我会将图片发给你，请你帮我查一下与这种十字架有关的所有教会及组织。”

“好的。”

“越快越好，拜托了伙计。”安德森挂了电话。

“你是不是想到了什么？”劳拉走近安德森。

“尼克死后第二条密码送到了沃纳尔那里，而他原本是要约我们在这里见面并交给我们十分重要的东西，因此我想这个约会的地点总该有些特殊的地方才对。”安德森看着她。

“哦？尼克还有第二条密码？”劳拉惊诧地问。

“原本我也没有想到，看来整件事比我们想象中的要诡异和复杂。”安德森边说边把信递给了劳拉。

有一天一个年轻人对大发明家爱迪生说：“我有一个伟大的理想，那就是我想发明一种万能溶液，它可以溶解一切物品。”爱迪生听罢，惊奇地问：“什么！那你想用什么器皿来放置这种万能溶液？它不是可以溶解一切物品吗？”

“这是个自相矛盾的故事。”劳拉脱口而出。

安德森点点头：“这个我也想到了，只是不明白尼克为什么要告诉我们这个自相矛盾的故事，我想破脑袋都猜不透他的用意。”

几个小时以后。

“报告长官！附近我们都搜索过了，没有任何可疑的地方！”一名手下过来汇报。

“你这边呢？”安德森看着米勒。

米勒摇了摇头。

“我这边也没找到什么线索。”劳拉遗憾地望着安德森。

安德森抬起头望着天空深深地叹了口气，似乎连最后的希望都彻底破灭了。

“卢卡斯这家伙呢？”米勒环顾四周。

米勒的话立刻引起了安德森的警觉，于是他马上下令所有人分头去寻找卢卡斯。

等到安德森一行人发现卢卡斯的时候，只见他正坐在地上画画，前方是一座废弃的修道院。

安德森轻轻地走到卢卡斯身后，仔细看着他的作品。

“真是一扇很特别的门。”安德森小声说。

“嗯，是的。”卢卡斯漫不经心地回了一句，他依然专心致志地描绘着眼前这扇门。

“没想到你会画画。”安德森说话的声音仍然很轻。

“难道黑巧克力就只该懂得打篮球和玩美式橄榄球？”卢卡斯带有嘲讽性地反问道。

安德森尴尬地笑笑：“哦，当然不是。”

“那就是你觉得像我这种力量型外加粗线条的猛男不适合拿画笔？事实上我从小就酷爱画画，尤其是画各种各样的门！”卢卡斯瞥了他一眼。

“我是想说你画得很好，如果这只手持利矛的牛头人再……”突然，安德森怔怔地呆在原地，像浑身着了魔似地一动不动。

“什么？”卢卡斯转过头去看安德森，只见他两眼炯炯有神地盯着自己的画作，就像要把它一口吞下去似的。

“嘿，我说，你吓到我了。”卢卡斯忐忑不安地站了起来，准备收拾东西走人，正在此时安德森突然一把抓住他的手腕。

“噢！哥们儿！你是不是昨晚嗑药了！”卢卡斯尖叫起

来。

“怎么了？”劳拉带着众人赶紧走过来。

安德森一把抢过卢卡斯手里的画，然后继续盯着它看，似乎他已经被这扇鬼门关吸走了三魂七魄。

就在众人都呆在原地并不知所措的时候，只听见安德森慢慢地说出了几个字：“这扇门就是我们要找的线索！”

“这扇门就是线索？”

“是的，后来安德森终于发现了那两条密码的含义。”斯库拉毕恭毕敬地站在赫拉身后。

“哦？是什么？”

“第一条密码其实是藏头诗。**23点14分，牛群在绵延的草地上漫步，头顶上广阔无垠的浮云蔽日；马儿在清澈的山涧旁奔驰，面对着一望无际的重峦叠嶂。**除去时间，只要把每句诗开头的第一个字都拿出来，那么牛头马面便是第一条密码的答案。”斯库拉耐心地向赫拉解释。

“哈哈！原来如此！尼克这家伙居然还玩起了文字游戏。那第二条呢？”赫拉连连冷笑。

“第二条密码是一个自相矛盾的故事，答案自然就是矛与盾，与第一条密码串联在一起，就是这扇门上的景象。”说完斯库拉将一张照片双手呈递给赫拉。

眼前的这扇铁门已经锈迹斑斑，大门最上方的雕刻是一个手握铁锤的鹰人，下面一点位置的左右两边分别是一个手持利矛的牛头人和一个手举钢盾的马面人，他们互相注视着彼此。

赫拉沉思了一会儿，然后微微地点了点头，她指着铁门最下方一字排开的六个十字架说：“如果没猜错的话这几个十字架应该就是打开铁门的机关了。”

“正如主人所想，安德森已经证实了它们就是这扇铁门的唯一开关。这些十字架通过特定的排列顺序组成了一个启动密码，我们深信启动密码就隐藏在这几条密码之中。两条密码中牛头人、马面人、利矛、钢盾的位置分别都对应着一个十字架。按照顺序，目前我们已经可以得知牛头人后面紧跟着的就是马面人，利矛后面则是钢盾，不过现在还不能确定牛头人与马面人、利矛与钢盾两者之间的前后关系。”

“照此说来剩下的两个十字架应该就是铁锤和鹰人了，只要确定铁锤、鹰人之间的前后关系，然后再弄明白牛头人与马面人、利矛与钢盾、铁锤与鹰人这三者之间的前后关系，便可以打开这扇门。”赫拉说。

“正是如此，所以安德森准备出发去寻找第三条密码。”

“哦？他们准备去哪儿？”

“爱迪生的故居，伊利湖①南部的米兰。”

“为什么是那儿？”

“因为安德森发现了这两条密码都与爱迪生有关，后来从亚瑟那里收到的情报显示那种特殊的十字架是美国圣公会②的标识。爱迪生博物馆由圣公会出资兴建，而第一条密码描绘的景色也正是爱迪生故居，所以他怀疑第三条密码会在那里出现。”

“很好，他们什么时候行动？”

---

① 伊利湖（Erie, Lake）：北美洲五大湖之一。伊利湖东、南、西面为美国的纽约、宾夕法尼亚、俄亥俄和密西根等州，北为加拿大安大略省。

② 美国圣公会（Episcopal Church in the United States of America）：是基督教安立甘宗在美国的自主教会。17世纪初，美国最早的移民中就有该宗信徒。后在费吉尼亚、马里兰建立了教会组织。1776年美国独立后，美国圣公宗信徒脱离英国教会，建立美国圣公会。1789年全国代表大会后实现完全独立。1919年成立全国委员会。1974年，组成了9个大主教区、92个主教区，信徒300余万人。

“因为留给安德森的时间已经不多，所以他们明天一早出发。”

“知道了，你退下吧。”赫拉罕见地用异常温柔的声音说道。

“愿上帝与你同在。”

斯库拉离开后，赫拉独自安静地坐在那里，她一直以来都很欣赏安德森的勇气和智慧。如果不是因为沃纳尔，说不定有一天自己和安德森会是很好的知己。

遵循着尼克第一条和第二条密码提供的信息，安德森一行人去到了爱迪生的故居，一路所见的风景正可以用广阔无垠的浮云蔽日和一望无际的重峦叠嶂来形容。到达爱迪生的小木屋时，他们发现旁边是一大片茂密的树林，屋后则是长长的斜坡。童年的爱迪生常在树林里出没并且喜欢在斜坡上玩耍，因此才涌现出了源源不断的灵感。小木屋前挂着爱迪生出生地的标志，门口贴着开馆时间，下午 1 点。

到了开馆时间，安德森一行人进入了爱迪生博物馆。

“欢迎光临，我是汉克斯。”一位瘦瘦的工作人员微笑着将他们迎了进来。

“你们好，我叫马克。”另一位胖胖的工作人员做自我介绍。

互相打完招呼之后，安德森他们便在马克的指引下参观了爱迪生发明的留声机，只见留声机的唱片十分厚实，这样即使不小心掉在了地上也不至于碎裂。爱迪生一生有一千零九十三项发明，因为他除了拥有过人的天赋之外还具备了无比的勤奋。安德森看见有一张照片是他正在打卡上班，而在工卡上清楚地显示着他一星期总共工作了一百二十二小时零六分钟！据说，他每天只睡两到四个小时，爱迪生的自然寿命是八十四岁，但他的有效生命、即创造性的生命却已超过了两百岁！

看到这里，安德森为这位本国的伟大发明家敬上了个军礼，劳拉、米勒以及卢卡斯也纷纷对着爱迪生的相片庄严而肃穆地敬了个军礼。

在马克的陪同下，他们又进入了爱迪生出生的房子。安德森对房子的狭小感到有些惊奇，门框矮矮的，能够想象爱迪生家的男人在进进出出之时都得低着头弯着腰。不过如此局促的空间却限制不了爱迪生天马行空般的想象力，他那创造性的思维仿佛就是一道来自宇宙的光芒，自由而潇洒地穿行和普照在地球的每一寸土地上。在这间如此狭窄的小木屋里居然降生了人类历史上最伟大的发明家，想来令人十分不可思议，然而事实却又是如此地确凿。

逛了一圈出来，安德森略感沮丧看着众人："看来我的判断这次出现了失误，第三条密码似乎并不在这里。"

"没关系哥儿们，就当我们是来旅游了一次。"卢卡斯拍了拍安德森的肩膀。

"是啊，这次爱迪生故居之游真是让我对这位最伟大的发明家有了重新的认识。大家同样都是吃着美国的粮食长大，为什么我就只能玩玩军火什么的呢。"说完米勒咧着一张大嘴嘿嘿地傻笑。

"不要放弃，上帝一定会助我们找到第三条密码，我相信此时此刻尼克也会在天堂里指引着我们。"劳拉紧紧地握着安德森的手。

"我们走吧，先返回总部再做打算。"正当安德森一行人即将离开的时候，马克突然追了出来。

“等一等！等一等！”

安德森他们停住脚步，看着他从门里奔了出来。

“忘了给你们，这是爱迪生博物馆的纪念封，送给来过这里的每一位游客。”说完，他微笑着把纪念封分发到每一个人的手里。

安德森对着憨态可掬的马克说了声谢谢。而几乎就在同时，只听见一声非常沉闷的枪声，马克的脑门上瞬间就多了一个血红色的大洞！随即便倒在了翠绿色的草皮上。

“小心！”安德森他们闪电般地分散开来，各自找到了最近的掩护。

“搜寻对方，伺机反击！”安德森话音未落，远处又连续传来几声枪响，子弹纷纷落在安德森和他同伴的掩体上。

“游戏开始！看黑色死神怎么蹂躏你们！”卢卡斯往地上狠狠地吐了口唾沫，然后迅速架好他那惯用的英国 L115A3 狙击枪①，利用上面的狙击镜搜索对方。

不远处的米勒也立刻卸下背包，取出里面的零件并飞快地组装成一个小型发射器。

“嘿，巧克力，等下看看谁 KO②的人数更多吧。”米勒信心满满地冲着卢卡斯笑了笑。

卢卡斯并没有搭话，只是全神贯注地盯着狙击镜，不过他腾出一只手并且对着米勒做了一个鄙视的手势。

劳拉从腰间抽出两把 1986 年限量银版的沙漠之鹰③手枪，同样胸有成竹地说：“我也加入。”

---

① L115A3狙击枪：号称世上最好的狙击枪。这种武器能够在1.6公里外对目标实施精准打击。

② KO：是Knock Out的英文简称。

③ 沙漠之鹰：是一种由以色列军事工业（IMI，Israeli Military Industries）为麦格农（Magnum Research, Inc.）所生产的半自动、气动式运作的手枪。

“不要大意！这是真实的战场！不是演习！”安德森对他们大声喝斥。他已见过太多太多战友一个接一个倒在自己面前，所以现在乃至将来，他都不愿意再看见战友牺牲的那一幕。

“好吧，你是老大，听你的。”米勒自讨没趣地说。

就在米勒刚说完话的同时只听见“呯”的一声枪响，瞬间黑色死神已经夺去了对方一人的生命。

紧接着又有两名敌人中枪倒地。劳拉一手握着枪放在胸口，另一只手举起大拇指，做了个胜利的手势。

顿时枪响声此起彼伏，有对方射来的，也有卢卡斯打出去的。不久，他便做了一个三的手势，意味着他已经击毙了三个人。

可能是黑色死神的表现彻底激发了盲眼钟表匠的斗志，只见米勒在发射器里装填了一枚微型火箭弹，然后瞄着远方按下发射钮。瞬间一条吐着火焰的飞龙在空中划过一道优美的S型弧线之后便钻入了草地底下，紧接着便听见“轰隆”一声巨响！一股异常耀眼的火光冲天而起，将周围的一切都化为了火海。

此时天空中断断续续地传来了直升机的咆哮声。安德森拿起望远镜一看又是眼镜蛇攻击直升机，只是上次遇到的是两架，而这次同时有六架眼镜蛇向他们迎面扑来！

“真他妈活见鬼！四个人要对付六架眼镜蛇，即使是在当年越南的魔鬼战场，也不至于出现如此壮观的场面。”安德森怒骂道。

“六架又怎么样？来多少就消灭多少！”卢卡斯正杀得性起，已经全然忘却眼镜蛇攻击直升机的恐怖了。

“我们还是尽早撤退吧，在这些大家伙面前光靠我们这些武器装备根本是无济于事的。”米勒看看自己手里的发射器。

“全体撤退！”安德森下达了最终指令。

正在此时，突然从另一个方向又有四架飞机全速驶来。安德森连忙再拿起望远镜瞧了瞧，一看幸好是己方的两架猛禽战机和两架 AH-64 阿帕奇武装直升机。

“上次没来的这次终于来了。”安德森顿时舒了口气。

在援军的接应下，安德森他们终于安全地返回到CIA总部。

沃纳尔一行人已经早早地站在机场上等待着队员们归来。在猛禽的护送下，两架阿帕奇精准地降落在停机坪上。门打开后安德森、劳拉、米勒和卢卡斯四人陆续从直升机上跳了下来，沃纳尔与众人纷纷走上前去。

“辛苦了。”沃纳尔对着四个人敬了个军礼。

安德森他们什么都没有说，只是回敬了个军礼。

“让我来介绍一下，这位就是情报处的墨菲。”沃纳尔指着身后的人。

墨菲走上几步，与安德森等人一一握手。

“我们又见面了。”墨菲双目炯炯有神地望着安德森。他生着一张面如冠玉似的脸，穿着一身非常整齐的军装，看上去十分英气逼人，相信足以令每一个见到他的女人都为之着迷。

“是的，感谢你在末日龙殿战役中为我提供的宝贵情报。”安德森异常平静地说着这句话，脸上却没有半点感激之情。

墨菲似乎也没觉得奇怪，他只是尴尬地笑笑：“没想到我们的战神还是十年如一日，如果有一天能在你的脸上看见笑容，那一定是世上最最不可思议的事。”

“其实墨菲今天是有重要的情报要告诉你。”一旁的沃纳尔插口说道。只是安德森依然无动于衷地望着墨菲，仿佛面前的只是一具没有生命的行尸走肉。

墨菲看了看安德森，神情突然变得严肃起来："但凡认识尼克的人我们都已经查过了，排除一些无关紧要的人后，我们发现了一个可能与他同样重要的人。"

"哦？"

"这个人是尼克的同事，也在箭赞担任高级生化研究员。"

"他叫什么名字？"从安德森的眼神里突然闪露出一丝光芒。

"迈克尔。不过可惜的是他已经死了。"

"死了？"安德森皱了皱眉头，显得有点吃惊。

"是的，他不久前死于一起车祸，目前当地警方已经结案。"墨菲的语速不紧不慢，而且每个字都说得十分清楚。

"他和尼克两人先后死去，这恐怕不单单是个纯粹的巧合，整件事必然同箭赞有着密不可分的关联。这样看来迈克尔的确是条非常重要的线索，难道警方就没有查到别的什么？"安德森有些激动地问。

"很遗憾，我们仔细地询问过当地警方，他们依然把迈克尔的死定性为一起意外的交通事故。"墨菲叹了口气。

沃纳尔拍了拍安德森的肩膀："走吧，我们进去再说。"

会议室的气氛十分凝重，所有人的目光几乎都聚集在安德森身上，因为留给这位战神的时间只剩下最后短短的两周了。如今除了破译出的两条密码之外，其他线索几乎已经全部中断，尼克和迈克尔的死使整个神谕计划蒙上了一层永远散不去的迷雾。而寻找第三条密码行动的失败，也即将宣告战神的彻底覆灭，与安德森一起沉入深渊的届时还有沃纳尔、亚瑟、劳拉、米勒和卢卡斯，这无疑将是一曲极为悲壮的泣歌。

"亚瑟，你那边有什么消息？"沃纳尔的声音打破了周围死一般的沉寂。

“我们调查了尼克与迈克尔死前他们之间的所有联系记录，除了尼克曾经给迈克尔寄过一封信之外，他还给迈克尔快递过一个包裹，快递公司是 FedEx。”亚瑟看着一份材料。

此时安德森侧着脸瞥了墨菲一眼。

“你亲自带队去搜索信及包裹的下落。”沃纳尔命令道。

“是！”

“同时下个月五号箭赞将在曼哈顿的华尔道夫饭店举行新药剂上市的全球新闻发布会，届时箭赞的所有高层都会出席，其中包括赫拉。”亚瑟接着说道。

听到赫拉的时候，沃纳尔脸上立刻闪过一丝奇异的神色，而安德森则站起身来，几步走到墨菲身边。

“这些消息不都应该是情报处提供的吗？”安德森再也按捺不住，怒气冲冲地质问墨菲。

墨菲没有回答他，只是干咳了几声。

安德森打算继续质问下去的时候，却被一旁的劳拉、米勒和卢卡斯给硬生生地拽了回去。

“亚瑟，立刻安排一架 CH-53 运输直升机①，我们必须主动出击了！绝不能让箭赞的新药剂流通到市场上，否则人类将面临一次空前绝后的盛大浩劫。”沃纳尔异常郑重地说。

“遵命！”亚瑟敬了个军礼。

方才的喧闹声此时此刻已经消失得无影无踪，所有人脸上都流露出无比的激动与自豪。每个人都明白，最后的决战终于要开始了！他们就要面临一场旷世圣战，为了地球的明天，为了生命的延续，自己将成为一名肩负着无上光荣使命

① CH-53运输直升机：美国西科斯基公司研制的双发重型突击运输直升机。

的人民卫士，星条旗也将再一次飘扬在浩瀚无际的蓝天之上！

几天后。

“恭喜赫拉主人，我们的眼镜蛇行动大获成功！沃纳尔和安德森现在已经濒临失败的边缘。”

“阿古斯，这次你做得很好！沃纳尔他们此时此刻已经走投无路，必定会按耐不住前来送死！一旦铲除了这些人，那么我们的珀佩特也就可以顺利地进入全球市场！哈哈哈哈！”虽然隔着面具看不到赫拉的脸，但透过语气还是可以想象出她那欢欣愉悦和欣喜若狂的神情。

“这都是主人的雄韬伟略，我只是执行者。”阿古斯附和地干笑着。

“不过在神谕计划成功之前我们还不能放慢脚步。”

阿古斯丝毫不敢怠慢，毕恭毕敬地回答道：“是的，赫拉主人。”

赫拉拿出一张纸条递给阿古斯：“根据内线的情报，尼克生前很可能已将一样重要的东西交给了迈克尔。纸上有迈克尔家的地址，你派人去把它夺回来。”

“是！不过考虑到这个任务的重要性，我建议派一个拥有擎天驾海之才同时又完全值得信赖的人去。”

“哦？你想到了什么合适的人选？”

阿古斯弯着腰：“我推荐鹰眼负责这项任务。”

赫拉沉思片刻，然后点了点头：“他确实是最适合的人选，神谕计划一旦成功，鹰眼自然也没必要继续潜伏在CIA了。你立刻吩咐库克洛普斯，让他去协助鹰眼，这个任务只许成功不许失败！”

“遵命。”

“对了，新闻发布会的准备工作进行得怎么样了？”赫拉问。

阿古斯信心满满地说：“虽然我们还没有正式对外公布消息,不过想必CIA通过他们的内线已经确切知道了时间和地点，所以我已经在华尔道夫饭店四周布下了天罗地网。最好他们此次能够倾巢而出，我保证只要有人踏入饭店的百米范围之内，他必定会死无全尸！”

赫拉略带忧愁地看着远方：“不错，一切都很好。现在唯一令人担忧的恐怕就是神谕计划…….”

“主人放心，神谕计划的成功是必然结果。无论我们和CIA之间任何一方找到第三条线索，我们都将是最后的赢家。”

“嗯，我相信凭安德森的能力，他一定可以找到。只是我很不愿意看见这位传说中的战神最后倒在我面前，他终究是个不可多得的人才。沃纳尔能够拥有这样的下属，实在是他莫大的福气。”说完赫拉沉默了许久，似乎陷入无尽的遐想之中。

“来，为了明天干杯！”卢卡斯举起一大杯啤酒，咕嘟咕嘟地咽了下去。

“为了我们最后的胜利！”米勒也举起酒杯，将杯子里的啤酒一饮而尽。

劳拉望着百感交集的安德森，将他面前的酒杯拿起来并递给他：“喝下去，将过去所有的一切都吞入五脏六腑吧，没有人知道我们明天是否依然还能活着。”

安德森看了看她，缓缓地接过酒杯，就像银幕中正在播映的慢镜头。

“为了人类生生不息！”劳拉举起自己的酒杯并一口气喝

了个精光，豪爽的个性丝毫不逊色于任何一个男人。

最后所有的人都静静地看着安德森和他手中的酒。啤酒是那样的金黄，啤酒花是那样的纯白，就像他灿烂而辉煌的一生，承载着最初那份原始而又简单的梦想。如今自己的人生已不再灿烂辉煌，那份梦想也已经永远变成了追忆。

安德森突然站起身来，端起手中的酒杯对着众人说道："为了逝去的珍贵！"然后把酒一股脑都吞了下去。

那一晚四个人都醉了，醉得横七竖八地躺在酒吧冰冷的地面上。而此时此刻，却是他们一生中最为坦荡、最为释怀的时候。

"亲爱的，明天我就要直接面对死神了，如果不出意外我们马上就能相见。那么久以来，我内心一直饱受着无尽的自责，可惜无穷无尽的内疚都无法换回我曾经的挚爱。我想你，无时无刻不深深地想你。记得你生命中最后一晚坐在我腿上，轻轻地哼着Hush Little Baby①，我抱着你，聆听着你天使般的童声，感受到无与伦比的幸福。你喜欢听我给你讲美国历史上的种种战役，你总会聚精会神地听着，就好像是身临其境似的。紧张的时候还会把我的军帽戴在自己头上，那顶大帽子几乎盖住了你半个小脑袋……那时候你才只有四岁，每次望见你那天生无邪的微笑便是我一生中最最幸福的时刻。对不起，宝贝，真的对不起……"

沃纳尔仿佛一下子苍老了许多。他军装笔挺地站在詹妮弗的遗像前，默默地面对着墓碑祷告和忏悔，内心中满是痛苦与酸楚。在墓碑上面，端放着一顶威武庄严的军帽。

---

①Hush Little Baby：是《迪斯尼神奇英语儿歌140首》里收入的英语儿歌其中一首。

似乎整个世界都在与这几个英雄做最后的告别，明天，他们或将为拯救人类而奉献出自己最宝贵的生命。也许是上帝的安排，美国国家公共广播电台里播放着玛丽亚·凯莉的Hero，大街小巷处处都回荡起这首只属于英雄的赞歌。

位于纽约曼哈顿岛上第五大道49-50街的华尔道夫饭店堪称世界上最豪华、最著名的饭店之一，各国政要和元首时逢联合国大会或来纽约访问期间，所下榻的地方都是鼎鼎有名的华尔道夫饭店。华尔道夫饭店高楼拥有一千两百四十五间房间，其中有一百九十七间套房，而国家元首下榻的华尔道夫塔楼只有一百八十间房间，其中一百零一间是套房，赫拉此时正在用来接待首脑人物的帝王套房之中。

房间没有开灯，她穿着一身鲜艳夺目的WaterwavE真丝绣花睡衣，端着一杯1787年拉斐酒庄的葡萄酒安静地倚靠在贵妃榻上，透过整排落地窗独自凝望着蔚蓝浩瀚的星空。银白色的月光斜斜地映照在赫拉身上，仿佛被圣洁的阿尔忒弥斯[①]甜蜜而又温馨地拥抱着。

明天终于要面对他了，为什么此时此刻我依然会那么在乎他的生与死？虽然马上就可以实现自己最大的心愿，为什么我的内心却还是充斥着惶恐与不安？那么多年过去，我究竟是对他满腔愤恨，还是仍保留着曾经拥有的一丝爱恋？无论如何，造成今天这种局面的罪人始终是他！如果不是因为他，现在或许……赫拉突然把盛满酒的杯子狠狠地摔在地上，然后神情痛苦地用手捂住耳朵并不停地摇晃着自己的脑袋。

---

①阿尔忒弥斯（Artemis）：古希腊神话中的狩猎女神、月神，奥林匹斯山十二主神之一，亦被视为野兽的保护神。

“你要为曾经的一切付出代价！”赫拉咬牙切齿地吼道。

“为了这场决战的胜利，我们不惜付出一切代价！”脸色凝重的沃纳尔望着桌上的作战计划。

会议室里，还有安德森、劳拉、米勒和卢卡斯，亚瑟则已经亲自带人去搜索信及包裹的下落了。

“伙计们，这或许是我们人生中的最后一次作战会议了。相信箭赞明天势必会在华尔道夫饭店的空中及地面上部署大量的防御火力，所以从正面进攻的话，我们是毫无胜算的。”米勒指着其中的一张地形图。

“我们可以调动海豹突击队的力量来配合这次任务，这样即使强攻我们获胜的把握依然很大！”卢卡斯兴奋地喊道，似乎从他身体上可以清晰地看见每一块肌肉都在跃动。

“虽然这次你是从海豹突击队里抽调出来配合CIA行动的，不过想要调动整个海豹突击队来支援我们，那几乎是完全不可能的。不仅时间上根本来不及，军方那边也不会同意。”米勒的话无疑给满怀激情的卢卡斯当即泼了一头冷水。

“为什么军方不会同意？”卢卡斯几乎是吼着问道。

劳拉把手轻轻搭在卢卡斯的肩膀上，十分淡定地看着他：“因为罗伯特死亡的那天我们就想到了在必要的时候最好能请海豹突击队来协助我们行动，后来布兰登和美国海军特种部队方面进行了沟通，不过这一想法却被他们斩钉截铁地回绝了。”

“无论如何，这次我们只能靠现有的这些力量。我感觉从神谕计划开始军方就处于一个十分微妙的立场，他们一方面提议组建我们这支特别行动小组，而另一方面我们又始终得不到他们的支持。我猜想军方似乎与神谕计划之间存在着某种不为人知的密切关联，它犹如一张巨大的天网，覆盖着我们每一个人、每一座城市、每一个国家、乃至整个世界。”沃纳尔异常平静地说完了这段话。

“好吧，现在我来具体说一下作战计划。这次的行动我们将分成三个作战队，卢卡斯攻击能力较强，因此由你牵制箭赞地面上的防御部队，一旦形势不妙立刻撤退，千万不可恋战。米勒则用你的特殊武器对付来自空中的力量，尽可能多地摧毁他们的武装直升机，以保证卢卡斯那边不会受到来自空中和地面的双重夹击。劳拉负责破坏整座饭店的监视系统和警报装置，弄瞎对方的双眼。随后由沃纳尔和我带人从饭店的下水道顺着接待大厅的位置一直往北，然后到达中央大厅，最终给赫拉致命一击！”安德森一边指着地形图一边异常熟练地说着，仿佛这个作战计划已在他大脑里演练了一千遍。

“对啊！对方一定把所有力量都投入到地面及空中去了，赫拉一直都十分自信于她那装备精良、火力强大的安保军团，她万万想不到我们会从地下出其不意地给她致命一击！哈哈，这简直是一个不可思议的天才想法！真有你的！”卢卡斯握紧拳头并用力地捶打了一下安德森的胸膛，然后咧开嘴笑了起来，露出一口雪白的牙齿。

沃纳尔心中的计划与安德森所讲的不谋而合，因此沃纳尔并没有再说什么，只是微微点了点头。

早上9点，华尔道夫饭店的上空盘旋着好几架眼镜蛇攻击直升机。四周的马路上也拉起了警戒线，没有特殊牌照的车辆只能绕道而行，就连大使馆和当地政府的车也不例外。执行封锁和警戒任务的并不是当地的警方，而是箭赞公司数以百计的安保人员。荷枪实弹的他们个个身穿防弹背心，严格盘查着所有过往的车辆与行人，就连附近的乞丐，也遭到了驱逐或被抓了起来。

在公园大街大门处的接待大厅里，你可以看到美国著名男音乐家科尔·波特弹奏过的斯坦威①钢琴。在安保总管史蒂夫和一名光头男人的亲自护送下，一位穿着暗紫色水貂皮长袍的中年女人带领着几十名安保人员从公园大街的大门口进入。她大约三四十岁左右的样子，给人的感觉犹如女神般的肤若凝脂、气似幽兰。一行人穿过接待大厅后便来到了饭店的中央大厅，这是一个大约可以容纳三百人左右的大厅，里面摆满了散发着古朴香气的名贵红木椅子，每张椅子上都雕满了各种精美的图案。地面铺着纹路复杂、淡雅高贵的大理石，蓝色素花墙纸则平铺于四周的墙壁，雪白的天花板上并列着几盏晶莹透明的水晶灯。安置在大厅中心的座钟有 9 英尺高、两吨重，全部用红铜制造，每过 15 分钟大钟都会敲响一次。

上午 10 点整，宏亮的钟声再次响起，媒体此时此刻早已等候多时了，当他们一行人出现时，立刻被无数盏闪光灯包围。面对着众多的镜头，女人面带微笑地走到主席台上坐了下来，史蒂夫和光头男人分别坐在她的左右两边，扫视着人群的目光犹如手术刀般地犀利。

“可以开始了。”女人告诉史蒂夫。

史蒂夫将嘴凑近了麦克风，瓮声瓮气地说：“尊敬的各位先生们、女士们、各位媒体嘉宾、各位同行专家，上午好！今天非常高兴能够与众位齐聚一堂，我谨代表箭赞公司、伟大的卡琳娜·卡普董事长及全体员工向出席这次新闻发布会的各位领导、各位嘉宾、新闻界的各位朋友表示最热烈的欢

---

① 斯坦威钢琴（STEINWAY）：这个名字代表着世界最顶级的钢琴品牌，在全球所有的钢琴品质对比中排名第一，并在全球音乐界享有盛誉，全世界的钢琴家和作曲家都非常喜爱它。

迎和最诚挚的问候。”

在一阵掌声雷动之后，史蒂夫继续说：“今天我在此将宣布一条举世瞩目的消息。”说到这里，史蒂夫看了一下四周。只见在场的所有人都抬高了头，全神贯注地等待着这条震撼人心的新闻。

“我们已经成功研制出了珀佩特。”没想到史蒂夫一句十分平淡的话却立刻引起了极大的轰动，几乎所有人都发出了惊呼！

“能给我们介绍一下它的主要功能吗？”一位《今日美国》的记者已经迫不及待地开始提问了。

“相信在座的一些同行专家们应该已经知道，珀佩特是一种可以高度抑制人体脑神经活动，从而使人进入深度睡眠的药剂。不过我们创造它并不是想去打造一种全新的安眠药，事实上注射珀佩特以后可以使人产生反复回忆某一段时期内情景的状态。”史蒂夫解释道。

话音刚落，现场又是一阵巨大的骚动。

“那我们如何去有效地控制它？比如说当我们想停止回忆并清醒过来的时候是否可以随时醒来？这种神奇的药剂会不会给我们带来什么麻烦？”《洛杉矶时报》的记者紧接着问。

史蒂夫干咳了几声：“相信大家对近来的多起人口失踪案件都有所关注，华盛顿、纽约、芝加哥、底特律等地的警局每天都会接到数十起有关家人失踪的报警。还有多家监狱持续暴动，死刑犯尸体莫名其妙地消失，几家精神病院里的病人出现了极端异常情况，停尸房里的部分尸体不翼而飞，就连原先在巷子里的那些流浪汉们也都不见了。”

“请问出现这些现象与箭赞研制珀佩特的原因有关吗？”一位美国 CNN 电视台的记者问。

“我相信这些绝对不是偶然。很可惜，我们的城市、我们的人民正在走向一个极端的世界，此时他们急需要帮助，需要药物的救治。”史蒂夫望着这位三四十岁的女记者，只见一脸英气的她穿着非常合身的深灰色小套装，齐胸的金黄色直长发随意地披洒而下，在人群中显得十分显眼。

“请问这位女士怎么称呼？”史蒂夫似乎对她比较有兴趣。

“卡琳娜•卡普。”

主席台上的中年女人立刻露出了一丝惊诧。

史蒂夫干笑着说：“哈哈，你居然拥有一个与我们董事长相同的名字。”

没等卡琳娜说话，史蒂夫接下去说：“现在是和平年代，全球都处于一种其乐融融的氛围，人们在安逸的时候总喜欢不断地寻求刺激、崇尚冒险。美国各地近几年所发生的大大小小枪击案数以百计，造成这种现象的其实就是人们内心的极度空虚和失落，每个人都不知道活着为了什么。因此许多人在漫无目的的生活中逐渐迷失自己，慢慢地产生了各种各样的幻觉、妄想，最后都变成了精神分裂症患者，而这些恐怖的病人正是我们目前人类最大的挑战和威胁。虽然威达公司推出的伊潘立酮①可以治疗这种病症，但由于它存在着副作用并且不能永久根治精神分裂，因此伊潘立酮只是一种暂时的过渡药品。而真正可以使全人类彻底摆脱精神分裂而实现和谐共荣的只有珀佩特……”

此时突然从远处传来了一声巨响！整个会场立即骚乱起来。

---

① 伊潘立酮(Iloperidone，Fanapt)：主要用于精神分裂症的治疗。

从开始以为这是发布会的表演到发现一切是一场玩命的真枪实战，众人开始失控地冲向出口。

史蒂夫之前的话被巨响打断，他看着四处慌忙逃命的众人继续说道：“看来我们公司这次研发的新产品未经上市就已经成了紧俏商品，就连军方也来争抢。哈哈！”

主席台上的女人却因此展露出迷人的笑容，似乎一切正是她所期盼的。

一架眼镜蛇攻击直升机冒着熊熊大火从米勒的眼前坠落。顿时，天空中好几架眼镜蛇全部冲着米勒这边呼啸而来，CIA的人立刻举枪向天空射击，以分散眼镜蛇的注意力，米勒则迅速地填装火箭弹。就在他再次按下发射钮的同时几架眼镜蛇也发出了数枚飞弹，几乎是同一秒钟，又有一架眼镜蛇被火箭弹命中而葬身火海。而数枚飞弹也在米勒附近引起了巨大的爆炸，整个过程才短短的两分钟！

此时卢卡斯一行人在华尔道夫饭店对面的建筑中与荷枪实弹的箭赞安保人员展开了激烈的枪战。子弹如流星般地来回穿梭在空中，击中人的身体后溅射出鲜红的血花，不多时便有好几名安保人员纷纷倒下，而CIA方面也相继有人负伤和阵亡。

“他妈的！这些贱人居然拥有那么强大的武器装备！”卢卡斯边射击边叫嚷。明显双方的火力不在同一层面上，而且箭赞方面的人数也占据了压倒性的优势。

眼看对方慢慢地朝这边包抄过来，卢卡斯又打出一连发子弹，将其中两人爆头。

“一定要顶住！死也要撑到最后一刻！”卢卡斯吼道。

“要不要派人出去看一下？”史蒂夫请示身边的女人。此时大厅中的人群已经纷纷夺路而逃，整个会场剩下的只有箭赞方面几十个人了。

“好的。”女人显得异常镇定。

光头一下子从座位上窜了起来。

“带上钥匙。”女人顺手递给他一把铜质的圆形长柄钥匙。

光头收下钥匙，心领神会地点点头，然后从腰间抽出两把沙漠之鹰，带上十名安保人员走出了大厅。

“他们终于来了。”女人似乎对沃纳尔和安德森等人的到来十分欢迎。

史蒂夫拿起通讯设备：“饭店各区域通报作战情况！”

不过令他出乎意料的是，自己对着通讯设备反复叫喊了好几遍之后依旧没有收到任何回复，原先布置在饭店四周的监控和暗哨似乎全都已经销声匿迹。

此时史蒂夫终于有点担心了，他皱着眉头对女人说：“似乎情况不妙，还是请您暂避一下为好。”

“哈哈哈哈！你以为沃纳尔和安德森是傻子吗？为了今天一战，他们一定事先进行过非常详密的计划，力求百分之百成功。”

没等史蒂夫有任何反应，女人继续说：“现在饭店外面想必应该只是沃纳尔他们的佯攻，而切断我们监视系统和警报装置的目的也很明确了，所以相信用不了多久我们就会在这里见到他们。”

“准备交战！”史蒂夫立刻对手下人喊道。瞬间所有安保人员便向大厅四周分散开去。

女子依然很淡定地坐在主席台上，从容地听着一阵又一阵枪炮声，这些令人毛骨悚然的声音在她耳中竟犹如悦耳动听的交响乐一般。女人的手指有节奏地敲击着桌面，她似乎已经听得完全痴迷，完全沉醉了。

“啊啊！”接连两声惨叫，两名脸孔扭曲的安保人员纷纷倒在了血泊之中。

全体安保人员立刻端起冲锋枪一阵狂扫，光滑平整的大理石地面及四周墙面上瞬间变得千疮百孔。

“没人？”正在所有人都为之纳闷的时候，又有两个人一前一后倒下了。

此时只听见“嘭”的一声巨响，大厅雪白的天花板上破了一个巨大的窟窿。两个血人举着枪从天而降，随着接连不断的枪声，所有人都好似多米诺骨牌般摔倒在地。溢出的鲜血流淌在纹路复杂的大理石上，犹如一幅毕加索的抽象巨作。

其中一个血人缓缓走向女人，在离她还有十几米远处停下了脚步。他凝望了女人许久，眼神里充满了激动与惶恐，然后以一种似曾相识的口吻说：“我们终于又见面了。”

女人依然稳稳地坐在椅子上，冷冷地看着眼前的血人:“沃纳尔，真是几十年如一日，没想到你一点都没变。”

“呵呵，是的，不过你却变了。但无论你如何改变你的容貌，我终究还是能认出你。”沃纳尔苦笑着。

另一个血人举着枪走过来，诧异地望着沃纳尔：“你们认识？”

“是的，她就是赫拉，同时也是我曾经的妻子佩姬。”沃纳尔告诉安德森。

“你妻子？她是你的妻子？”安德森简直不敢相信自己的耳朵，原来赫拉竟然是沃纳尔的妻子！

“我知道你想不到，也想不明白为什么我们会从家人变成如今的敌人。现在，我必须把一切都告诉你。”沃纳尔看了看佩姬，她那毫无表情的脸平静得犹如一池死水，而她的眼神中却透出了比箭矢更犀利的光芒，好像要将眼前的人万箭穿心。

“大约在二十五年前。那时我才刚刚进入CIA，只是管理处医疗服务科的一名基层人员，而佩姬当时虽然年龄比我小，但却已经是科长了。在日常的工作过程中，我们逐渐从相识、相知再到相恋，最后终于在希腊的爱琴海边举行了婚礼，成为当时所有人都羡慕的一对新人。三年后我们陆续生下了两个女儿，大女儿叫詹妮弗，小女儿叫露丝，她们的降临使我们这个原本就很温馨的家庭变得更加其乐融融。可惜世上的好景总是不长，达纳特斯有一天终于嫉妒我们的幸福和美满，于是灾难也随之而来……”

“只怪你！”佩姬的一声怒吼突然打断了沃纳尔。

“你就是死神，达纳特斯的化身！不，你比死神还要恐怖！你那我行我素的性格和那该死的烟瘾，是你害死了我幼小的詹妮弗！她还只有四岁……”佩姬的声音开始哽咽，激动的情绪已经无法让她继续述说那段悲伤的过去。

“是我辜负了你一直以来对我的爱，是我浪费了你煞费苦心地帮我戒烟，是我让你的努力成为泡影。”

“不要再说了！我从来没有爱过你这种自私独断的自大狂。”赫拉咆哮着。

“都是我的错。我将没有掐灭的烟蒂扔在了地上，然后又不慎踢翻了酒瓶，但我没有料到酒精一碰到火星便瞬间燃起了熊熊烈火。”

“你没料到？你没料到的事情实在太多了！熟睡中的詹妮弗甚至都没有睁开眼睛就这样匆匆地结束了她短暂的生命。”赫拉稍稍缓和了一下自己的情绪。

“你知道吗？我庆幸的是那晚露丝发烧，你抱着她在医院输液，才得以逃过这次劫难！”沃纳尔一边忏悔一边缓缓向前靠近。

“庆幸？哈哈！我想很快你就会后悔当年为什么没有一起把我烧死。”赫拉恶毒地盯着沃纳尔。

“我承认所有的错都是因为我，是我害死了我们的宝贝女儿，是我亲手毁了这个美好的家庭。我对不起詹妮弗，也对不起你和露丝……”沃纳尔突然跪倒在了佩姬面前。

“沃纳尔！”安德森朝他吼道。“你忘了我们的使命吗！在你面前的已经不再是从前那个佩姬了，她可是赫拉！”

佩姬放声大笑起来：“哈哈哈哈！佩姬也好，赫拉也罢，今天我要你们全部都死在我面前！”

“死在你面前？这恐怕要让你大失所望了。我承认你是一位非常可怕的对手，你居然能够想到在饭店所有的通风管和下水道中设伏。我们的人都死在了下水道里，沃纳尔跟我浴血奋战才最终得以脱身。不过现在你身边已经没有了任何防护，你又凭什么说要我们全部都死在你面前？”

佩姬微笑地看着安德森：“这个你们等下自然就会知道。”

安德森把枪口对准了佩姬：“不过现在的情形好像对你很不利。对了，我还想问你一个问题。”

“什么？”

“你为什么要杀罗伯特并且嫁祸给我？你知道我并没有杀他。还有竹中直人后来为什么不见了？是不是被你们抓走了？”

佩姬显得有些无奈：“哎，其实我一直无意与你这位赫赫有名的战神为敌，所以只好用嫁祸的方式让CIA内部来处置你，这样就省得我自己动手。不过我却没想到沃纳尔竟能为你争取到二十天的救赎机会，否则你此时此刻也不可能出现在我面前。”

“说实话，这连我自己都没想到。”安德森说完叹了口气。

“哦，对了，其实罗伯特并没有死。而你们看见的那具尸体其实就是你说的那个竹中直人，我们只是进行了一下简单的纳米易容实验而已。至于罗伯特本人，他的确是被我们带走了，因为他对我们来说还有更重要的利用价值。”

安德森听完这些后立刻怔在了原地，可能他这辈子从来都没有遇见过一个像佩姬那么令人感到害怕的对手。自己根本揣摩不到她的任何意图，任何想法。

“也许你现在已经感觉害怕了，那我就顺便再告诉你，你以为我真会傻到支开身边的侍卫然后中你们的调虎离山计？我之所以让光头带人出去是因为我已命令他去将那些噬梦者[1]从铁笼中释放出来，然后好让你们尽情感受一下被死亡所吞噬的快感！哈哈哈哈！”

佩姬顿了顿：“可惜本来还想指望你找到第三条密码并加以破译，不过你的表现太令我失望了！现在唯有先铲除你们之后我自己再多费点力去寻找第三条密码。”

安德森安静地听着。

“你们现在最最关心的应该是神谕计划吧？你们一定很想知道神谕计划究竟是什么，哈哈！反正你们最多也只剩下几个小时的生命，我就仁慈地满足你们的好奇心！其实神谕计划就是猛玛俐的解药。猛玛俐是什么相信你们都已经知道，只要得到了猛玛俐和它的解药，我就能轻易地控制整个世界，主宰整个地球！我憎恨人类！憎恨所有的生命体！我要世人和我一样，感受永远失去身边至亲至爱的人的痛楚！”此时的佩姬已经不再像先前那般冷静，她更像一头极度饥饿的母

---

① 噬梦者（Dream Eater）：初级阶段僵尸。由箭赞利用珀佩特制造出来的生化武器，眼睛为死灰色。攻击力65，防御力70，自动修复力70，生命值200。

狮，对着自己的猎物咆哮怒吼。

“请你清醒一点好吗？过去的已经不能够再回来，死去的也不可能再复生。因为你曾经遭受过的痛苦而把灾难降临到全人类的头上，你这么做天地不容。我求求你，收手吧。”沃纳尔依然跪在佩姬面前，尽一切努力想令她回心转意。

“你住口！什么是天地不容？难道让女儿平白无辜地死去就是天经地义？难道我活该承受这么多年的煎熬和折磨？我的辛酸又有谁能知晓？我的痛楚又有谁能明了？既然过去的已经不能够再重来，死去的也不可能再复生，那么就让我们一起下地狱吧！”佩姬突然站了起来，并做了个怪异的手势。

“噬梦者！”

瞬间地面开始剧烈地颤动起来，从碎裂的大理石地面中钻出了几个人。这几人都光着身体，全身的皮肤包括眼睛均是死灰色，他们张开双臂，摇摇晃晃地朝沃纳尔他们走来。

“呼呼呼！”沃纳尔和安德森对准他们的心脏部位连续开了好几枪，噬梦者纷纷中枪倒地。

“就这样？”安德森转回头去看佩姬。

只见佩姬用一种不削的眼神看着安德森：“好好享受自己生命的最后时刻吧。”

“他们没死！”沃纳尔惊叫起来。

中枪倒地的四个噬梦者再次爬了起来，继续走向他们。沃纳尔和安德森对准他们连连射击，子弹击中了觉醒者的心口、腹部、四肢，可他们倒下了之后依然又爬了起来。

顷刻之间，噬梦者们已经把他们包围了。其中一个噬梦者突然张开血盆大口向安德森猛咬过来，说时迟那时快，安德森由于已经在下水道里的战斗中负伤，因此他只能迅速卧倒在地，本能地躲过了这次攻击。而另一名噬梦者几乎在同一时间伸手抓向了他，眼看安德森的咽喉将要被他硬生生地撕烂。情急之下，沃纳尔立刻捡起身边的一块碎石并用尽全力将它扔在了噬梦者头上，噬梦者剧烈摇晃了一下，安德森趁机从地上爬起来并突围出去。

安德森喘息的时候看见佩姬洋洋得意的神情，她的样子看起来就仿佛是在观赏一场赏心悦目的死亡之舞。看来子弹对这些怪物并不管用，只有试试用刀了，安德森心想。

“杂种们！有种的就过来！”安德森一边喊一边从军靴中抽出一把MOD防御大师①。

顿时三名噬梦者同时涌向了安德森，而剩下的一名噬梦者依然朝沃纳尔扑了过去。

沃纳尔身形一闪，避过了噬梦者凶猛的一抓，然后迅速一个转身，用手肘狠狠地击打在噬梦者的下颚上，噬梦者被打倒在地。可是很快噬梦者又重新爬了起来并抄起地上一大块碎裂的石头朝沃纳尔扔了过来，沃纳尔毕竟在之前的战斗中也已然负伤，即使是在完好无损的状态下沃纳尔也未必能躲过来势如此之快的飞石，因此他只能奋力地转过身去，让石头重重地击中了背部。顿时一股力如千钧的劲道把他整个人弹出了几米远，从沃纳尔的口鼻中一下子渗出了许多鲜血。

“这里交给我！你去对付赫拉！”此时不知从哪里突然冒出一个手持M4超级90霰弹枪②的女人。她戴着尼姬③的面具，扎着一头乌黑的秀发并穿着一身粉色的紧身皮衣，看起来就

---

① MOD防御大师（Masters of Defense,M.O.D.）：刀具代表着搏击工具工艺的颠峰，其设计师均为业界中著名的搏击专家或是身经百战的特种部队成员。

② M4超级90霰弹枪：又称美国XM1014自动霰弹枪。如果你的工作是清除走廊上的敌人，那么，这把枪可以使你走得更远。

③ 尼姬（Nike）：是胜利的化身，尼姬是提坦帕拉斯和斯堤克斯的女儿。她的形象是长着一对翅膀，身材健美，像从天徜徉而下，衣袂飘然，她所到之处胜利也紧跟到来。

像是上帝派来拯救他们的使者。

沃纳尔突然看到了希望，他吃力地从地上爬起来，然后脚步有些蹒跚地再次走到佩姬面前。

佩姬看着浑身是血的沃纳尔，整个人不由自主地哆嗦了一下。

“亲爱的，收手吧。”沃纳尔的身躯虽然随时都会倒下，不过他的眼神却是无比的坚定不移。

“不可能的！现在只要找到并破译出第三条密码，自然也就可以拿到猛玛俐的解药，到时候即使是神也无法阻挡我征服整个世界！”佩姬的眼神也是同样的坚定不移。

“此时此刻我什么都能答应你、满足你，我甚至愿意把我的生命献给你，以补偿自己曾经铸成的大错。但如果你执意要毁灭人类，那么我说什么也要阻止你！”

“好吧，那就看看你是否有这个本事！”说完佩姬一下子从椅子上站了起来，她从暗紫色的长袍中抽出一柄镀金的沙漠之鹰。与此同时，沃纳尔也将柯尔特蟒蛇型左轮手枪①的枪口对准了佩姬。

四周的空气仿佛已经凝结成冰，时钟的指针似乎也停止了摆动，一对曾经令人惊羡的爱人如今却拿着枪对准彼此。佩姬和沃纳尔一动不动地站在原地，互相注视着对方的眼睛，右手食指则放在了枪的扳机上，这样的姿势一直保持了好几分钟。

“开枪吧！结束这一切！”佩姬沉默许久之后终于开口。

“如果世界没有毁灭，如果我还有来生，下一辈子我还会娶你当我的妻子，那时我会用尽所有的爱去偿还我今世的罪

---

① 柯尔特蟒蛇型左轮手枪：被誉为世界上最好的左轮手枪之一。

孽。”沃纳尔仿佛在进行最后的道别。

“……”

“佩姬，对不起，我爱你。”然后便一前一后地响起了两声枪响。

沃纳尔倒在了血泊之中，这次他再也没有机会爬起来，鲜红色的血从他心口缓缓地流了出来。而佩姬却安然无恙地站在原地，只是感到自己的胸口隐隐有些疼痛。过了几秒，她摸了摸自己的胸口，突然发疯似的跑到沃纳尔身边，从他的手中夺下了枪。

“笨蛋！你为什么要这么做！”佩姬望着手枪中的橡皮子弹顿时痛哭起来。

“你知不知道，虽然我最恨的人是你，但我最爱的人，也是你啊！”佩姬扔掉手里的枪，双手死死地抱住沃纳尔的尸体。

“詹妮弗死后，我的确万念俱灰，在无限的伤痛与仇恨中带着露丝离开了你。之后我无时无刻都想着去报复你、想着你死，所以我才加入箭赞并处处和你作对。现在我终于等到了这一天，我亲手杀了你，可是我却一点也不开心！此时此刻我才明白原来我从没有改变过对你的爱，我心里始终都深爱着你。我是被自己的仇恨蒙蔽了理智，已经失去了一个女儿，如今又失去了你，上帝啊！为什么你要让我一个人遭受人世间所有撕心裂肺的痛苦！”佩姬把沃纳尔的脑袋紧紧地抱在自己怀里。

佩姬吻着沃纳尔的额头，一往情深地吻着 :“亲爱的，你等着我，我马上就去陪你，还有我们的詹妮弗，我此刻好想好想她。我多么期待我们一家人能够再次团聚，我会像以前一样，做一个好妻子、好母亲，我也好希望好希望能够再听你叫我一声佩姬宝贝……”

说完，佩姬从衣袋中取出一个注射器，里面盛装着深红色的药剂。只见她缓缓地将针头扎入自己的手臂，并将药剂全部注射进去。

“沃纳尔……”佩姬再一次用力地抱紧沃纳尔。人生的最后一刻能够和自己心爱的人厮守在一起，佩姬终于露出了会心的微笑。

佩姬和沃纳尔静静地躺在那里，他们已经走完了一生。最终彼此都拥抱着幸福，再无牵挂，再无遗憾。即使连最最冷漠无情的达纳特斯，此时也在为他们吟唱着颂歌。

安德森因为体力不支已昏迷过去。身穿粉色紧身皮衣的女人已经干掉了三名噬梦者，而剩下的最后一名噬梦者似乎完全感觉不到疲惫与恐惧，依然疯狂地张开大口并朝女人凶狠地扑了过来。只见她一个灵巧的闪避躲过了这一击，而噬梦者丝毫没有停手的念头，又从地上抄起两块碎石朝她掷了过去。女人先是用不可思议的速度侧身避过了其中的一块，然后在另一块石头即将碰到自己的一刹那不假思索地将手里的枪闪电般地扔了出去，石头和枪不偏不倚地撞在一起，最终都掉落在了地上。

就在女人稍稍喘口气的工夫，噬梦者又张开双手冲向了她。女人手里已经没有武器，此时她的形势异常危急，不过令人完全意想不到的是女人竟然全速朝噬梦者冲了过去，就好像是要同归于尽一样！就在噬梦者的手抓向她咽喉的一瞬间，她突然鬼使神差般地倒了下去，硬生生地从噬梦者的胯下滑铲过去并迅速地从地上抄起霰弹枪。“呯呯”两声枪响，等噬梦者转过身来的时候，脑门上已经多了好几个枪眼，随即立刻倒在地上再也爬不起来了。

女人查看了一下各人的情况。安德森只是暂时昏迷过去，他的伤势不会危及生命，沃纳尔的脉搏已经停止跳动，完全没有了生命迹象，而佩姬的尸体却不知所踪。女人深深地叹了口气，然后便消失在了大厅之中。

黑暗中还有一双充满仇恨的眼睛，犀利的目光始终注视着沃纳尔和那位神秘女人。

“感觉好些了吗？”

“安德森中尉，您一定要早日康复啊！”

一个噬梦者差点咬中了自己的胳膊，面对犀利的攻势，情急之下只能迅速地转到噬梦者身后，然后用一个抱摔将它狠狠地摔倒在地。

“他还在昏迷之中，不过情况暂时已经稳定下来了，应该不会有生命危险。”

“桑普拉斯医生，安德森就由你多费心了。劳拉，你留下来陪他吧，如果他醒了记得告诉我。”

“亲爱的，今天你要去冰岛执行任务了，把这件保暖内衣穿上吧，这样就不会被冻坏了。”

“安吉丽娜，今天你又起得那么早。我都告诉过你好几次了，休息天就多睡一会，不用那么早起来做早餐，我们应该多享受享受两人世界。”

安德森躺在病床上，他的眼皮不停地跳动着，看上去一会儿充满了喜悦幸福之情，一会儿又陷入了痛苦和恐慌。

躲过了无数次噬梦者的攻击之后，感觉体力慢慢地开始透支。从伤口溢出来的鲜血一滴一滴地落在地面上，这令眼前的噬梦者变得更为兴奋。两个噬梦者张着血盆大口并飞快地向自己抓来，而这次实在已经精疲力竭，根本无法再闪避。在意识逐渐模糊的情况下整个人往后笔直地倒了下去，头部重重地撞在大理石地面上，之后便不省人事了。

“没关系哥儿们，就当我们是来旅游了一次。”

“是啊，这次爱迪生故居之游真是让我对这位最伟大的发明家有了重新的认识。大家同样都是吃着美国的粮食长大，为什么我就只能玩玩军火什么的呢。”

“不要放弃，上帝一定会助我们找到第三条密码，我相信此时此刻尼克也会在天堂里指引着我们。”

“不要放弃，不要放弃，不要放弃……”

安德森终于慢慢睁开了眼睛，看见劳拉正微笑地望着自己。

“你醒了。”

“……”

“感觉怎么样？”

“我昏迷了多久？”

“你已经昏迷三天了。”劳拉的手指轻轻抚摸着安德森的脸颊。

“赫拉呢？”

“她应该死了。”

安德森绷紧的神情终于缓和下来：“沃纳尔那家伙怎么样了？”

劳拉并没有说什么，只是抬头看了看白色的天花板，叹息着摇了摇头。

“他……死了？”

“不止是他，米勒和卢卡斯也都阵亡了。”

“怎么、怎么可能？”安德森睁大眼睛，完全不敢相信自己的耳朵。

劳拉从病床上缓缓站起身来，在宽敞的病房里走了几步，然后伤感地告诉安德森："我们发现卢卡斯的时候，他笔直地靠在墙上，整个身子都是弹孔，手里依然紧紧地握着枪。而米勒则被飞弹击中，炸得尸骨无存了。"

"那沃纳尔呢？他是怎么死的？"

劳拉一动不动地望着安德森。她突然闭上双眼，瞬间两行晶莹的泪水从眼眶中笔直地淌了下来。

天空中下着密密细雨，仿佛是栖息在墓地中的一个又一个灵魂在哭泣。布兰登、安德森和劳拉等人衣装整齐地站在沃纳尔、米勒、卢卡斯和其他烈士的墓碑前，由神父为逝去的人们唱诗并祝福。

"为了获得这场圣战的胜利，我们不惜付出一切代价！"

安德森突然想到了沃纳尔生前说的这句话。他为此已经付出了最宝贵的生命，但神谕计划最终还是没有成功。想到这里，安德森内心不免一阵酸涩。

"我们接下去怎么办？如今所有的线索都已中断，神谕计划最终谁也没有成功。"劳拉和安德森并肩走在一条林荫小道上。

"没想到牺牲那么多人，我们终究还是输给了赫拉，她的确是我遇到过最可怕的对手。"安德森依然心有余悸地说。

"你要知道，爱情可以使人化身为一个神圣的天使，而仇恨却会把人变成一个恐怖的魔鬼。不过现在她已经死了，而你却还活着。"劳拉停下脚步，平静地看着他。

安德森也停了下来，抬头望了望灰色的天空，感慨万千："她是一个胜利的逝去者，而我却是一个失败的幸存者。如果可以选择，我宁愿像她那样死去。"

"箭赞已经研制出了珀佩特，而且那些噬梦者的出现应该和这种药剂有着密切的关联。反正现在一时半会儿也查不出什么头绪，不如我们暂时离开这儿，去一个只属于我们的地方散散心。”劳拉抱着安德森的腰。

“还记得伊利湖南部的米兰吗？那儿的风景实在美极了，不如我们故地重游吧。”安德森吻了吻劳拉的额头。

“是的中尉！属下遵命。”劳拉俏皮地对着安德森敬了一个军礼。

再次来到了爱迪生的故居，这里的山清水秀和鸟语花香依然令人神往和沉醉。

“您好，先生，欢迎来到爱迪生博物馆。”接待他们的依然是上次那位瘦瘦的工作人员。

“嗨，你好，汉克斯，我们曾经见过。”安德森友好地跟他握握手，劳拉则紧挨在安德森身边，幸福地感受着四周的红情绿意。

“哦？您这么一说我好像有点印象。”汉克斯笑呵呵地看着他。

“上次临走的时候你的同伴还特意追出来给我们纪念封。”

“啊，现在我完全想起来了。那时候我确实让马克跑出去追你们，结果……”汉克斯眼神里忽然流露出了一丝惶恐和惋惜。

安德森从口袋里拿出了那张纪念封：“你看，我把它保存得很好。”

“只是有点皱了。”劳拉娇笑着。

汉克斯也附和着笑了笑：“这张纪念封是由圣公会赞助发行的。这个教会长期致力于研究圣经与希腊神话，因此在纪念封里不但有关于爱迪生的介绍，同时还记载着一段描述火神赫淮斯托斯[1]手持铁锤猎杀鹰身女妖[2]的故事。如果您对希腊神话有兴趣，不妨可以看一看。”

在汉克斯的建议下，安德森打开纪念封并阅读了这段神话故事。突然，安德森仿佛看到了美杜莎[3]的眼睛一样，整个人像块石头似地一动不动，眼睛死死地盯着这张纪念封，把身旁的劳拉弄得一头雾水。

“安德森？”

“你不要紧吧？”劳拉拽了拽他的胳膊。

安德森好不容易缓过了神，指着上面的一个十字架：“这是你们教会的标志吗？”他意外地发现这个十字架与尼可密码纸上的水印十字架以及修道院铁门上的六个十字架一模一样！

“是的，先生。”

安德森异常激动地握住了汉克斯的手：“谢谢你的礼物！它对我来说实在太珍贵了！”

汉克斯十分茫然地望着他。

“你怎么了？”劳拉也同样困惑地望着一脸兴奋的安德森。

“我们马上回去，第三条线索找到了！”

“找到了？难道第三条线索就是这张纪念封？”劳拉显得十分惊讶。

“正是！你看，火神赫淮斯托斯手持铁锤猎杀鹰身女妖，这不正是铁门上面的铁锤和鹰人吗？”安德森用手指着纪念封上的文字。

---

① 火神赫淮斯托斯（Hephaestus）：是希腊十二主神之一，是宙斯与赫拉的儿子。

② 鹰身女妖（Harpy）：希腊神话中的一种怪物。

③ 美杜莎（Medusa）：是希腊神话中的一个女妖，她的头发都是蛇，任何直望美杜莎双眼的人都会变成石像。

安德森继续说："所以目前我们已经破译出所有密码了：牛头人、马面人、利矛、钢盾、铁锤、鹰人，分别一一对应着六个十字架，由于三条线索中并不存在利矛、钢盾与牛头人、马面人还有铁锤、鹰人之间的前后关系，所以以上就是正确的排列顺序。"

"天呐！这简直就是一个不可思议的解谜游戏！"劳拉惊叹道。

"所以，现在我们必须赶快回到蒂梅丘拉镇那座废弃的修道院门口，一切谜底马上就可以真相大白！"安德森一把将劳拉搂在怀里。

布兰登和劳拉等人庄严而肃穆地站在修道院门口。一阵阵微风吹过，卷起了地上层层的枯叶，它们在风中漫舞，就像一个个落入凡间的精灵，仿佛正在为逝去的英灵们送别和祝福。

安德森怀着一种十分复杂的心情走到了铁门前，他按照顺序用力地按下了那六个十字架，然而出乎所有人意料的是大门竟然没有打开！而就在此时突然听见一声清脆的枪响，布兰登应声倒地，他的眉心多了一个拇指般大小的血洞！

"散开！"安德森立刻大吼一声，于是同行的CIA纷纷躲进了附近的掩体。

安德森望着地上布兰登的尸体，分析了一下子弹射来的方向，然后给不远处的劳拉做了一个手势。

劳拉心领神会地带着几个CIA慢慢朝后方退去，而安德森则率领众人对着天空一阵乱射，直到将枪匣里的子弹统统打完为止。

过了几秒钟后，立刻有许多脚步声朝这边飞快地接近过来。

“哈哈哈哈！”一阵异常刺耳却又异常熟悉的干笑声突然回荡在这个宁静的小镇里。

安德森和几个 CIA 扔下手里的枪，慢慢从掩体中走出来，然后就看见了一个身穿黑色紧身衣并且戴着面具的男人，跟在他身后的还有十来个陆地勇士。

“真是好熟悉的场景啊，似乎时光又回到了我们刚刚见面的时候，令人尊敬的安德森先生。”

“没想到你还没死，史蒂夫。哦，不，应该叫你阿古斯。”安德森冷冷地看着他。

“哈哈，你看我这张百眼怪的面具是不是很精致？史蒂夫也好，阿古斯也好，我今天是来扮演索你命的达纳特斯！”史蒂夫狂妄地叫嚣道。

“想要我的命？那刚才为什么不直接一枪把我射杀了？”

“那么容易让你死，怎么对得起赫拉大人的一番苦心！我就是要看着你像只无助的老鼠，然后被猫慢慢地折磨至死。”

“临死之前我还有一些问题想问你。”安德森的神情十分镇定，此时此刻丝毫看不出他是一只在猫爪下无助等死的老鼠。

史蒂夫考虑了片刻，然后依然用他那瓮声瓮气的语调说：“对于一个快要死的人，我一贯都是非常慷慨和仁慈的。所以对于你的问题，我知无不言。”

“为什么要杀尼克？”

“因为他手里有我们想要的东西。既然他不肯给，那只有把他杀了，然后再抢过来。”

“这东西就是神谕计划？”

“没错，赫拉大人应该都告诉过你了吧。”

“可是我还想听你再说一遍，我感觉自己对神谕计划简直已经完全痴迷了。”

“既然你这么感兴趣，那我就从头说起。不久前，我们公司两名员工私自研究出了一种富有神奇魔力的药剂猛玛俐以及它的解药。你要知道，这对正处于枯竭状态的箭赞来说无疑是一场及时雨，于是我们开始动用一切手段逼迫他们交出研究成果。可惜无论如何威逼利诱他们始终不肯交出猛玛俐和它的解药，无奈之下我们只有像索马里海盗那样杀人越货。可是尼克那家伙似乎提前预感到了危机，他悄悄地将猛玛俐的解药藏了起来，而他藏匿的地点很可能就在你身后的这扇门里。其实那天晚上我们已经追踪到了尼克的行踪，本来可以将解药顺利抢到手的，只可惜最后被你们搅了局。”

“珀佩特和猛玛俐之间又有什么关系？”

“因为猛玛俐的配方对我们来说并无太大的军事价值，因此我们只能根据他们电脑里遗留下来的这些数据进行分析，然后创造出了伟大的珀佩特。虽然在稳定性和衍生性方面还远远不如猛玛俐，但要研制出超级生化武器的话我们就一定要得到猛玛俐和它的解药。”

“就像天花和沙林那样？先把病毒传播出去，然后再让全世界的人去争相购买它们的解药？这样一来箭赞不仅可以继续保持世界头号生物制药公司的霸主地位和对于军方无可比拟的影响力，同时还可以赚得盆满钵盈。难怪即使美国的世贸大楼倒塌了箭赞大楼也可以永远屹立不倒。”

“……”随后史蒂夫干咳了几下。

“如果箭赞得到了猛玛俐和它的解药，那时候世界恐怕将会变成一所人间地狱。”

“哼哼。”

“那天在华尔道夫饭店里，为什么你没有死？”

“哈哈！其实那天我身上中了六枪，可惜我始终都穿着龙鳞甲①。它可以抵御十一发 7.62mm 枪弹的射击，所以……”

“所以你那时候根本没有死，也没有受伤，你只是倒在地上装死而已。”

“可以这么说。”

“最后一个问题。沃纳尔和我一直都认为我们内部有一个间谍，你现在可以告诉我他是谁了。”

“好吧，现在告诉你也没关系，其实他就是……”

突然间“呯呯呯”的连续几声枪响，史蒂夫踉踉跄跄地倒在了地上，手下人也都瞬间毙命。

“这人十恶不赦，不用再跟他废话了！”劳拉和几个 CIA 此刻出现在安德森眼前。

“我正在询问他关于间谍的事情。”安德森叹了口气。

“我相信总有一天这个间谍会浮出水面的。”劳拉边说边收好了枪。

“你……你……”史蒂夫倒在地上，手指着劳拉。他虽然嘴里吐血鲜血，但还没有马上死去。

劳拉不屑地看着他：“我知道你想说为什么你穿着龙鳞甲结果却还是倒在了我的枪口下。因为我总共向你开了十二枪，而龙鳞甲最多只能抵御十一发 7.62mm 枪弹的射击。”

“哈哈！哈哈！别傻了，我、我不会死！你们不是很想知道箭赞究竟研制出了什么样的超级武器吗？好，我现在就告诉你们！”说完史蒂夫从腰间取出一个注射器，把一管浅红

① 龙鳞甲（Dragon Skin）：是美国尖峰装甲公司推出的一种防弹衣，由小块的陶瓷防弹瓦和新型的防弹纤维编织成鱼鳞状的防护甲，类似中世纪的鳞甲，因而得名“龙鳞甲”。

色的药剂统统注入了自己的手臂中。

不一会儿，史蒂夫便摇摇晃晃地站了起来。只见他的身体开始一点一点膨胀，直到将身上的衣物完全撑破，此时他的体型已经比原来的足足大了两倍！他皮肤和眼睛的颜色都变成了墨绿色，双手也慢慢地变成了利爪。

“吼吼！现在你们眼前所见到的就是噬梦者的高阶形态——觉醒者①！”

“小心！你退到我身后！它可能比噬梦者更可怕！”安德森一把将劳拉拽到自己身后。

“唔嗷！”在一阵怒吼中，觉醒者朝着安德森扑了过来。

安德森他们射出的子弹一瞬间犹如雨点般地打在觉醒者身上。不过觉醒者与噬梦者一样，对子弹都有着完美的免疫能力。

随着一声惨叫，一名 CIA 已经倒在了它的利爪之下。紧接着又有两人一前一后地被噬梦者抓成了碎块，顿时鲜血满地。

“全体分散！”安德森和劳拉立刻躲进了掩体之中。其他人有的被咬死有的被扔出了好几米远，不到一盏茶的功夫，觉醒者已经消灭了对方四分之三的人。

“太可怕了！”劳拉从来都没有看见过如此血腥的惨象。

“噬梦者的攻击力根本不能与它相比，看来我们今天在劫难逃了。”安德森倒吸一口凉气。

觉醒者左顾右盼，正在寻找下一个猎物。正在此时，不知从哪儿突然响起了一个熟悉的女人声音。

---

① 觉醒者（Awakened）：中级阶段僵尸。由箭赞利用珀佩特制造出来的生化武器，眼睛为墨绿色。攻击力70，防御力75，自动修复力80，生命值600。

“集中攻击它的头部！”

就在觉醒者注意力被说话声音所吸引的时候，安德森和劳拉立刻冲出去，举起枪对准它的头部一阵点射。

“嗷嗷！”觉醒者似乎受到了很严重的创伤，只见它张开双爪并闪电般地向他们猛扑过来。

安德森迅速推开劳拉，而自己则被觉醒者狠狠地在胸部撞了一下，嘴里顿时吐出一大口鲜血。安德森就在自己躺倒的一瞬间伸出左手挡住了它的又一次攻击，同时握枪的右手对准觉醒者的头部连射了数枪。

“嘭”的一声，安德森重重地摔在了地上，随后劳拉冲上去对着觉醒者的头部又是一阵狂射。

“呼呼！”觉醒者的脑袋几乎已经被打得稀烂。只见它摇摇晃晃地走了几步，最终巨大的身躯笔直地倒了下去。

劳拉立刻扔下枪，跑过去把安德森抱了起来。

“亲爱的！你千万别死！愿上帝与你同在，我现在就送你去医院！”

“桑普拉斯医生，他怎么样了？”

“还好没有伤及心脏，只要修养几天就会恢复。”

“谢谢！”

“不过他现在还比较虚弱，所以尽可能不要打扰他。”

“谢谢你，医生。”

等安德森醒过来已经是两天后了。

“很遗憾布兰登也死了。”

“不过所幸最终我们都还活着。”

“可惜经历了那么多之后，还是没有能打开那扇门。”安德森躺在病床上。

“没关系，只要箭赞拿不到门里的东西，人类就还有希望。”劳拉坐在他身边，抚摸着他的脸。

安德森伸手握住了她的手，然后轻轻吻了吻她的手背：“已经发生了太多的悲剧，我感觉很累，现在只想安静一下，请让我一个人待会儿好吗。”

“那我明天再来看你，好好休息。”劳拉站起身来，临走的时候还吻了吻他的额头。

等劳拉走后，安德森坐起身来，他给自己点上了一根烟，然后将三条密码并排着放在自己面前。

23 点 14 分，牛群在绵延的草地上漫步，头顶上广阔无垠的浮云蔽日；马儿在清澈的山涧旁奔驰，面对着一望无际的重峦叠嶂。

有一天一个年轻人对大发明家爱迪生说：“我有一个伟大的理想，那就是我想发明一种万能溶液，它可以溶解一切物品。”爱迪生听罢，惊奇地问：“什么！那你想用什么器皿来放置这种万能溶液？它不是可以溶解一切物品吗？”

最后是一张纪念封。

按照这三条密码所提供的线索，顺序应该就是：**牛头人、马面人、利矛、钢盾、铁锤、鹰人，**可为什么还是打不开铁门？难道顺序不是这样？难道还遗漏了什么？

“同样的情况，因为尼克害怕被对方获取到信息，所以他的第二条密码依然令人无比困惑。”

“这封信是谁送来的？”

“是 FedEx 昨天**傍晚**的时候送来的。”

“目前有几个人看过信的内容？”

“除了我之外，现在就只有你了。”

安德森努力地回忆着与密码相关的一切事情。

童年的爱迪生常在树林里出没并且喜欢在斜坡上玩耍，因此才涌现出了源源不断的灵感。小木屋前挂着爱迪生出生地的标志，门口贴着开馆时间，**下午 1 点**。

想到这里，安德森突然恍然大悟！他一下子从病床上跳起来，迅速掐灭烟头，匆匆忙忙地换上衣服，走出了病房。

安德森再一次来到了修道院门口，这一次他十分从容地按下大铁门上的六个十字架，之后终于听到一阵吱呀吱呀的声音。

安德森独自望着缓缓升起的铁门，心中顿时百感交集。当他脑海中一一浮现沃纳尔、米勒、卢卡斯和布兰登的身影时，只觉得鼻尖一阵酸楚，两行热泪终于忍不住从眼眶中流淌下来。

为了这一刻，已经牺牲了太多人。为了这一刻，他已经等得太久太久。

安德森从门里取出一个上了密码锁的乌黑牛皮手提箱，还有一封被套在塑料袋里的信。

他拆开信封，打开信。只见上面写道：

尊敬的 CIA，

当你们看到这封信的时候，或许我已经不在人世了。

恭喜你们终于打开了这扇神谕之门，手提箱里锁着的就是箭赞千方百计想要得到的东西。几年前，我和我的同事迈克尔合力研制出了一种充满魔力的药剂，它就是猛玛俐。这种药剂本身具有无法想象的可怕功效，同时也存在着一些极为不稳定的因素，后来我在现有的基础上成功地研制出了它的解药，这样就能防止一些心术不正的人利用猛玛俐给全人类带来毁灭性的灾难。

当迈克尔和我的研究被箭赞发现了之后，他们开始计划掠夺我们的研究成果。你们要知道，虽然箭赞表面上是一家历史悠久的生物制药公司，其实它长期向军方提供全球最可怕的生化武器，天花和沙林便是箭赞最杰出的代表作。

不久前我得知迈克尔死于一起车祸，但我相信那起车祸绝对不是一个巧合！我深知自己最终也将步他后尘，于是我决定将猛玛俐的解药交给你们，这样即使箭赞利用猛玛俐为所欲为，人类最终也将可以获得救赎。我联系沃纳尔，让他派人来拿解药，可惜我的行踪还是被箭赞发现了，无奈之下我只能先想方设法将解药藏匿起来，然后再留下让你们可以找到它的线索。我相信你们一定会找到。

请原谅我并接受我最诚恳的忏悔。

我依然会在天堂中默默地为你们祈祷。

最后祝福人类，祝福每一个灿烂而可贵的生命。

三根苜蓿[①]汇聚浪琴，时间再度开启光明。

---

① 苜蓿（Medicago）：俗称“三叶草”，是幸运的象征。现在四叶的三叶草已经被国际公认为幸运的象征。幸运草（Four Leaf Clover）第一片叶子代表真爱（Love）；第二片叶子代表健康（Health）；第三片叶子代表名誉（Glory）；第四片叶子代表财富（Riches）。传说谁能找到四叶的幸运草，谁就能得到幸运，享有幸福。

署名：

一名跪在耶稣圣像前忏悔的罪徒

III 血 祭 Blood Sacrifice 135

轮 回

SAMSARA

Iris Xi

一阵阵急促的呼吸声从一间灯光忽明忽暗的卫生间里传来，一个男人蜷缩在门后狭小的角落里，一只手死死地握着手机，另一只手紧紧抱着脑袋。他的脸看上去苍白得没有一点血色，牙齿不听使唤地打着架，浑身哆哆嗦嗦颤个不停。男人的眼神里充满了极度的惊恐与不安，就如同正置身于一个被下了恶毒诅咒的食人岛一样，随时都可能被邪物所吞噬。

他咽了咽唾沫，然后用颤抖的手指艰难地按下911，可惜手机依然没有任何信号。男人懊丧地捂住了自己的脸，对他来说，也许连最后的希望都已经彻底破灭了。

突然男人的眼前一片漆黑，连原先忽明忽暗的灯光都莫名其妙地消失了。他感觉四周越来越恐怖，危险也正在一步一步逼近自己，他蜷缩着丝毫不敢动弹，卫生间里安静得只能听见阵阵急促而又微弱的喘息声。

真希望自己是在做一个马上就能够结束的噩梦。

“咔哒咔哒。”就在这时候，男人听见了有人在用力转动卫生间的门把手。门把手每次被转动一下，他的心脏也同时剧烈地跳动一下。

男人颤抖着取出手枪里的弹匣，摸了摸剩下的唯一一枚子弹，十分沉重地吸了口气，然后又小心地把弹匣装了回去。此时此刻除了喘息声就只剩下水龙头里的滴水声，滴答滴答的声音就好像在为生命进行着倒计时。看着即将被打开的门，他吃力而缓慢地抬起握枪的手，最终将枪口抵在了自己的太阳穴上，准备随时与这个世界告别。

这几秒钟漫长得犹如是几个世纪，而一声清脆的枪响最终将这一切画上了一个鲜红的句号。

“您好，这里是英国独立电视台，本次将继续为大家播报有关莱斯特①的疫情蔓延情况。截止昨晚十点，当地警方和医院声明较昨日又新增病例七百三十六名，其中重症人数为两百二十三人。当地出现疫情的居民已被英国陆军的特别空勤团（SAS）②及警方有效地控制，目前为止没有再次出现人吃人的恐怖事件……”

“早上好，这里是阿根廷国家电视台，现在我们所在地是位于布宜诺斯艾利斯以南550公里的埃佩丘恩小镇，我们正在为您现场报道一小时前刚发生过的恐怖袭击事件。据最新消息，今天凌晨大约有三十名暴徒闯入镇上的民宅并进行了惨绝人寰的屠杀，武装警察赶到时死亡人数已经达到一百六十二人，受伤的居民已被送往首都各大医院进行救治。很显然这是一起有组织、有系统的恐怖袭击事件，目前警方正在全力搜捕嫌疑犯……”

“连日以来全球游行的队伍正在不断壮大，政府和警察局门口到处可以看见数以万计高举反恐怖标语的示威群众。华盛顿、纽约、芝加哥、旧金山等主要城市的交通已经全部瘫痪……”

“欢迎收看生命探索节目，今天我们十分荣幸邀请到了箭赞的卡尼尔博士。”

“大家好。”

“那么卡尼尔博士，可以请您谈谈珀佩特为什么可以有效

① 莱斯特（Leicester）：位于英格兰中部索尔河左岸，莱斯特郡首府。
② 特别空勤团（SAS）：英国反恐怖特种部队的前身。

地抑制目前全球各地所发生的恐怖疫情吗？”

“当然，想必各位都知道珀佩特是一种可以高度抑制人体脑神经活动，从而使人进入深度睡眠的药剂。当初我们研发它纯粹是为了帮助那些患有精神分裂症的病人，这种药剂可以使他们的大脑处于沉睡状态。因此一旦将它注射到暴徒的体内，那么这些恐怖的暴徒们将迅速平静下来并进入深度睡眠，这极大地有利于我们全球社会的安全和稳定。”

“原来如此。您的言下之意就是如果我们拥有了珀佩特，我们就可以很好地对付那些令人发指的暴徒们。”

“是的，完全正确。所以我在此十分郑重地呼吁所有人，如果你想躲过这场浩劫，那么请你尽快通过任何途径去获取珀佩特吧！”

23 点 09 分。莫拉。

“丹尼尔。”

“是的，妈妈。”

“亲爱的快去睡吧，明天一早你还要去约翰老师那儿呢。”西蒙娜走到丹尼尔身旁，摸了摸他的额头。

“我马上就睡。”丹尼尔拿起遥控器关上电视。

“明天斯考特会和你一起去。”

“思考特也去？那家伙上周不是跟着他母亲去了洛杉矶吗？听说要去三周时间呢。”

“他们已经回来了，思考特的母亲莫妮卡昨晚打电话告诉我他们会乘坐今天傍晚的飞机回来。”

“太好了！我还让斯考特从洛杉矶给我带东西回来了，正好明天去约翰老师那儿的时候问他要。”

“什么东西？又是那些 PSP 游戏吗？”西蒙娜有些无奈地

看着丹尼尔。

“不是，这次不是，妈妈。”从八岁的丹尼尔脸上突然显现出了他这种年龄不该有的严肃。

“丹尼尔……妈妈爱你。”西蒙娜忽然紧紧地抱住他，仿佛自己会随时失去自己最最心爱的宝贝。

“我也爱你，妈妈。”

汪汪汪！院子里的菲多突然从狗窝里猛地蹿了出来，这只只有三个月的金毛猎犬像发了疯一样不停地朝着围墙外吼叫。

西蒙娜和丹尼尔不约而同地朝菲多叫唤的方向望去。

西蒙娜有些不安地摸了摸丹尼尔的脸颊：“亲爱的，你回房里去，我出去看看。”

丹尼尔一声不吭，双手牢牢抱着母亲的胳膊，眼神里充满了惶恐。

西蒙娜伸过头去吻了吻丹尼尔的额头：“听我说，菲多可能只是感觉到了别的狗从外面经过。妈妈现在带着菲多出去看一下，很快就会回来，没事的。”

说完西蒙娜先把丹尼尔送回了他的房间。看着他躺在自己的小床上，替他轻轻盖上了被子，又吻了吻他的额头，然后关上灯走出去并掩上了房门。

西蒙娜拿上手电筒，打开院子里的小木门，带着菲多走出了院子。

一路上顺着菲多叫唤的方向，最后西蒙娜来到了斯考特的家门口。这时菲多一个劲地朝着大门吼叫，感觉有些不安的西蒙娜站在门口犹豫了好一会儿，之后才伸出手小心地按下门铃。

令人奇怪的是斯考特家没有任何动静，正在西蒙娜打算放弃的时候，菲多突然冲进了大门！原来门只是虚掩着。

“菲多！菲多！”西蒙娜连忙叫唤自己的爱犬。过了一会儿仍不见菲多回来，西蒙娜只能轻轻地推开门，走进了斯考特家。

在一片漆黑的房子里，西蒙娜首先摸到了灯的开关，她试图打开灯，可惜墙上的开关没有任何作用，仿佛只是一具摆设。无奈之下，西蒙娜只好打开自己随身携带的手电筒。好在平时自己也会常来这里跟莫妮卡闲聊，所以对于这幢房子西蒙娜倒也轻车熟路。

“莫妮卡。”她轻轻叫唤了一声。

“莫妮卡你们在吗？菲多，你在哪里？”

连续叫唤几次之后，西蒙娜心底里产生了一股无法形容的恐惧。这幢房子此时此刻变得非常陌生，它就像是耸立在乱葬岗里的一座墓碑，被无尽的黑暗和静寂所包围，走进这里的任何生命仿佛都会被这世上最邪恶的怨灵所吞噬。

凭着手电筒微弱的亮光西蒙娜走到了客厅，她惊异地发现客厅里一盏西班牙云石吊灯微微晃动着，而沙发上和地上也到处散落着各种书刊和报纸。如果不是因为四周窗户都严严实实地关闭着，她真以为这里刚被翻窗而入的盗贼洗劫过。

现在西蒙娜更加小心了，她尽可能让自己走路的时候不会发出声响。她来到了厨房，西蒙娜拿着手电筒非常仔细地观察厨房里的每一个地方，大理石地面上横七竖八地躺着好几个碎盘子和碎碗，一定发生了什么事情！她现在至少可以确信这一点，所以她不敢再发出任何声响去叫唤莫妮卡和自己的狗。

摸索到厨房的工作台边，细心的西蒙娜发现刀具盒里少了两把刀，无论如何，此时此刻正需要一样有力的武器用来防卫，于是她选择了一把最宽阔的切菜刀。

搜索完一楼，此时西蒙娜正在一楼通往二楼的楼梯口，她情不自禁地踌躇起来。从心里突然传来了两种声音，这里到底是怎么了？楼上一定发生了什么，菲多、还有整件事的答案也一定就在楼上，应该立刻上去！哦不！现在千万不可以再上去了，或许莫妮卡、斯考特和菲多都已经惨遭毒手！如果此刻凶手仍在楼上，那自己贸然上去的话必定也会被杀害，应该立刻报警！

最终，在西蒙娜的心里，第一种声音战胜了第二种声音。

西蒙娜像只全神戒备的猫，十根手指紧紧抓着刀，弓着身子缓慢地上了楼梯。

来到了斯考特的房间里，她端着手电筒把房间的每个角落都照了一遍。柜子上的东西都整整齐齐地摆放着，电脑桌上的笔记本电脑也安静地躺在那里，只有小床上的枕头和被子显得有些凌乱，似乎是斯考特起床以后忘了整理。

西蒙娜继续来到莫妮卡的房间，她此前的种种不安现在终于变成了现实！微弱的亮光下，她隐约看见地上躺着一个人，而菲多正埋着头趴在旁边。

“菲多，菲多你在干吗？快回来。”西蒙娜压低了嗓门。

菲多平时只要一听见她的召唤便会十分乖巧地回到自己身边，而此时菲多似乎完全变成了一条陌生的狗，任凭自己怎么叫唤它就是没有任何反应。

西蒙娜感到事情越来越不对劲了，于是她举起刀，一步一步朝地上躺着的那个人靠近。

走到跟前的时候西蒙娜完全被眼前的景象吓得惊声尖叫，手电筒指向处居然是一张莫妮卡残缺不全的脸！她躺在血泊中，身旁有两把长短不一的刀，菲多正在一旁舔食她的半截手指。

西蒙娜再也忍不住，大口大口地呕吐起来。正在此时，菲多好像被惊动了，它离开了莫妮卡的身躯，径直向自己的主人迎面扑来！

“哦不！”西蒙娜大喊一声，本能地挥刀挡住了菲多的攻击，然后迅速向后退去。然而菲多并没有放弃，它继续不依不饶地向西蒙娜追了过去。

凭借着对环境的熟悉，西蒙娜立刻奔进了不远处的卫生间，然后风驰电掣般地关上了门。

“嘭！嘭！”门外只听见菲多猛烈的撞击声。

我的天呐！这究竟是怎么了？难以想象菲多杀害了莫妮卡！

昏暗的灯光下，惊魂未定的西蒙娜打开了水龙头，把手电筒和刀搁在一旁，然后低下头开始冲洗自己的脸。等她抬起头的时候她发现在盥洗镜上写着两行红色的字：

SACRIFICE！
结束只是意味着即将开始。

西蒙娜摇摇晃晃地往后退了几步，她似乎突然想到什么。*不对！莫妮卡并不是菲多杀害的！菲多和我先后进入斯考特家中，虽然期间相隔了两分钟，但是莫妮卡一旦遭受菲多的攻击她一定会大声求救，而自从我来到这里之后根本就没有听到过任何声音，那么莫妮卡是被……*

想到这里的时候，西蒙娜突然感觉到有一只手搭在了自己的肩膀上。她一下子跳了起来，等她转过头去的时候，发现原来是斯考特，西蒙娜不禁舒了口气。

“嗨，斯考特，你怎么会在这儿？”

“这儿究竟发生了什么？你妈妈是被谁杀害的？”西蒙娜望着毫无表情的斯考特，感到有些疑惑。

斯考特没有回答，只是目不转睛地盯着她。

可能是这孩子受到了极大的惊吓才会变成这样。西蒙娜顿时充满了同情："亲爱的你还好吗？我知道发生了很可怕的事情，但一切会好起来的，不要害怕。”说完她张开双臂，向斯考特慢慢走了过去。

等她看清楚斯考特脸的时候，她不由一惊！几乎是在同一瞬间，先前一动不动的斯考特突然闪电般地伸出左手，西蒙娜只感到一个异常冰冷的东西戳入了自己的咽喉。还没等她完全反应过来，斯考特的右手似利刃般地又插进了她的胸口。

“哦不！”西蒙娜凄惨地大叫一声，顿时鲜血飞溅而出。

她缓缓地倒在地上并用尽最后的力气往门口爬去，在洁白的地面上留下了一条鲜红色的血迹，她无论如何也不会想到和丹尼尔同龄的斯考特居然会攻击自己。斯考特的脸上依然毫无表情，一动不动地站在原地，仿佛是一尊塑像。

“救……救命……”西蒙娜发出极其微弱的呼喊声。忽然她听见门外响起了一阵脚步声，此时西蒙娜的内心似乎重新燃起了希望。她一个劲地拼命往门口爬去，而正当她快爬出门口的时候，却看到了她一生中最意想不到的情形，莫妮卡和菲多夺门而入，对着西蒙娜张开了血盆大口。

“不！不要！”

“啊！啊！”

一幢漆黑的房子里，莫妮卡和斯考特满嘴都淌着鲜血，他们蹲在地上尽情地啃食着西蒙娜的胳膊和腿。菲多叼着几根肋骨趴在边上，一同享受着这顿人肉美餐。

美国兰利空军基地。

两队全副武装的士兵精神抖擞地站着，一架阿帕奇武装直升机杀气腾腾地傲立在停机坪上。

作战会议室里，一位年逾五十的少将军官坐在一张宽厚的椅子上，仔细地看着手里的一份机要文件，站在他面前的是一个看上去十分精炼的中年男人。

“安德森中尉，我想这次我们是遇到真正的麻烦了。”

“贝茨少将，有什么最新情况吗？”

“情况比我们预料的糟糕许多，瘟疫已经蔓延到了世界各国。目前最新统计的感染人数已达到五千六百七十一万，地球上平均每天都会有三百多万人受到感染，而且感染的速度正在不断地加快。科研部门已经测算出如果照此速度扩散下去，人类将在未来的两年之内全部灭亡。”贝茨把文件合上，然后站起身来，将它放入了保险柜里。

“上级的命令是？”安德森交叉着双手背在身后。

“在我们被毁灭之前，毁灭它们！”

安德森看着保险柜的门缓缓地关上：“我们什么时候开始行动？”

贝茨走到安德森面前，握着他的肩膀：“这次我从内部抽调了四名最精锐的士兵，他们将配合你完成任务。”

没等安德森开口，贝茨继续说道：“你带着他们要在明天下午三点之前进入箭赞的生化研究所，然后必须在四十八小时之内获取珀佩特的原始数据并带回来给我。”

“难道这次的恐怖事件跟珀佩特有关？”

“噬梦者、觉醒者还记得吗？你别忘了你曾身临其境。经我们调查，这些僵尸的出现都跟箭赞密切相关，最近他们研发的珀佩特投入市场以后，全球各地便相继爆发了许许多多恐怖袭击。所以，我们一定要破解出珀佩特的化学成分，然后尽快研制出相应的抗体血清来挽救这次人类浩劫。”

“除了找到珀佩特的原始数据之外，我们没有其他办法了吗？”安德森的语气十分沉重。

“在美国，我们投入了好几个步兵师去消灭僵尸。可是没过多久我方的力量就只能进行消极的抵抗，兵力越来越少，而僵尸越来越多。目前疫情最严重的洛杉矶已完全陷于失控状态，最终军方已经决定用核弹来让这一城市成为历史。”贝茨又重新坐了下来。

“贝茨将军！那里还有许多生还者，难道我们要抛弃这些无辜的人民？”安德森显得异常激动。

“你要知道，有时候牺牲一部分人是为了拯救更多的人，更何况最高统帅部已经通过了这项核弹计划。”

“离核弹攻击洛杉矶还有多久？”

“四十八小时。”

“那我们还等什么，马上出发吧！”安德森边说边向门口大步走去。

贝茨和安德森刚走出门口，就迎上来四名全副武装的军人。

“这是杰克，海豹突击队队员，这是德瑞克，CIA的精英特工。”贝茨看着左边的两个军人。安德森向他们一一点头问候，脸上却不见一丝笑容。

“卡夫，我们这里最勇猛的战士，曾经是拳台上的常胜将军，如今在第五步兵师效力。还有这位美女战士，她叫疾影，你可不要小看她，她背后的剑已经夺去三百七十二名敌人的生命了。”贝茨转过头看向右边。

当安德森的目光扫过疾影时，他突然发现疾影的脖子上戴着一条四叶三叶草铂金项链。安德森不以为然，并没有说什么，只是神情严肃地快步赶路。

“这是份箭赞生化研究所的地图，你带着它务必要在限定的时间内找到珀佩特的原始数据。”在一架阿帕奇武装直升机前，贝茨将一张地图小心地递给已经上了直升机的安德森。

“一定完成任务！”安德森接过地图，对着贝茨敬了个礼。他最后看了看这片土地，这片天空，然后关上了舱门。

阿帕奇武装直升机慢慢地上升到空中，犹如一只蓝天里的铁鹰一般，向远处呼啸而去。

美国，洛杉矶。

“请大家排好队，按秩序接受检查！”从一座高高的岗哨中传来了广播，数百名荷枪实弹的陆军士兵整齐地分列在道路两旁，枪口统一对准了人群。

“放我过去！你们这帮没有屁眼的家伙！你他妈的知道我是谁吗！让我走！”一个戴着白色牛仔帽的中年黑人竖起中指并对着岗哨不断地咒骂。

“让我们过去！我抗议你们侵犯人权！”人群中时不时传出愤怒的指责声。

“再重复一次，再重复一次，请大家排好队，接受我们的检查！”

黑人抬腕看了看表，一脸焦急地继续咒骂：“耽误了我的事后果你们承担得起吗！一帮有眼无珠的狗屎！你们看清楚，我可是康纳利上将的贵宾！我现在要打电话给他，把你们这些人统统枪毙！”

“我看你还是别抱希望了，军方已经切断了这座城市的全部通讯。”正当黑人掏出手机准备打电话的时候，一个女人的声音在他耳边响起。黑人顿时转过头，看见一个一脸英气的三四十岁的女人，她穿着非常合身的深灰色小套装，齐胸的金黄色直长发披洒而下。

“记者？”黑人看到了她胸前的工作牌。

“是的，卡琳娜•卡普，幸会。”卡琳娜与黑人相互握了握手。

“托尼。”

“你有急事？”

“没什么。对了，记者怎么会在这种鬼地方？难道是想采访那些行尸走肉？”

卡琳娜微笑了一下：“现在除了这些还能有别的新闻内容吗？”

“当然有！不过不是在这里。”后面半句话托尼说得特别小声。

“不在这里？难道还有比洛杉矶的疫情更特别的新闻吗？”

“疫情？你知道为什么会发生这场该死的瘟疫？”本该表现出愤怒的托尼，说这句话的时候脸上似乎还显露出了一丝幸灾乐祸。

卡琳娜诧异地盯着他：“你知道？”

“现在不是谈这些的时候，总之我们先要想办法离开这里。”托尼很小声地说，同时不停地四处张望。

此时突然从人群中挤进来一个扛着摄像机的男人，他气喘吁吁地挤到卡琳娜身边：“搞、搞定了，我们可以通过了。”

正当卡琳娜和男人要离开的时候，托尼突然叫住了卡琳娜：“等等！我想我们可以做个交易，如果你能带我一起过去的话，我就带你去你想去的地方。”

“你真的知道那地方在哪里？”卡琳娜有些狐疑地望着托尼。

“你不就是为获取最有价值的新闻而来吗？你一定很想知道那些被诅咒的东西是怎么来的。”

卡琳娜没有接口，只是等着托尼继续往下说。

“我向你保证这次的交易对你来说是非常划算的！只要你能帮助我离开这个鬼地方，说不定明年的普利策奖[1]就归你所有了。”

“好吧，合作愉快。”卡琳娜对着他微微一笑。

男人带着卡琳娜和托尼从人群中挤了出去，走到一扇大铁门前，他向一位长官介绍：“这位就是我们美国CNN电视台的记者卡琳娜女士，这位先生是我们的节目策划。”

长官看了看卡琳娜胸前的工作牌，又看了看托尼：“这位先生怎么没佩戴工作牌？”

托尼赶紧向他解释：“刚才一路上我们都在躲避僵尸，可能是不小心丢在哪里了。你知道那些东西很可怕，一旦被他们包围那就……”

“行了，过去吧。”长官似乎并没有兴趣听他没完没了的唠叨。

“谢谢，谢谢。”一连说了好几声谢谢之后，托尼马上跟着卡琳娜他们通过了岗哨。

“说吧，现在我们去哪儿？”卡琳娜走了几步之后停了下来。

---

① 普利策奖：也称为普利策新闻奖，是美国新闻奖的最高奖项。1917年根据美国报业巨头约瑟夫·普利策（Joseph Pulitzer）的遗愿设立，七、八十年代已经发展成为美国新闻界的一项最高荣誉奖。现在，不断完善的评选制度已使普利策奖被视为全球性的一个奖项。

托尼看了看她身旁的男人。

“他叫希尔，摄像师，是我的老搭档。”

“你好。”希尔一只手扛着摄像机，另一只手握了握托尼的手。

“好吧，因为刚才说话不方便，现在可以告诉你们，我知道这场瘟疫的源头在哪里。如果你能爆料这条天大的新闻，我想明年除了普利策奖外，你直接当CNN的副台长也毫不夸张。”托尼露出一副得意洋洋的样子。

“我对当副台长并不是很感兴趣，不过我的确很想知道这个源头的所在之处。”

托尼想了一下：“这样吧，我们先去附近的一个地方，那儿有交通工具可以载我们。”

“我们跟你走。”卡琳娜顺手取下胸口的工作牌，将它放进了衣兜里。

大约走了半小时左右，他们远远看到两辆黑色的路虎。

“到了，你们等一下。”说完托尼从背后抽出一把金色的沙漠之鹰，对着天空连开四枪。

“你还有枪？”

托尼好像并没有听到卡琳娜的提问，他一动不动地站在原地，探着头向前张望。

“为什么我们不直接走过去？”

托尼好像还是没有听见她在说话，他望着远方的车辆，脸上的神情似乎开始变得紧张了。

“不太对……不太对……”

“什么不太对？”

托尼终于回应卡琳娜的话了：“你看我刚才明明开了四枪，可是那两辆车却一点反应都没有。”

这时希尔也已经忍不住了："你开枪车怎么可能会有反应？"

"你们有所不知，我跟几个朋友约好了在这里碰头，开四枪就是信号，他们听见枪声就会开车过来接我。"

"那你朋友呢？"卡琳娜问。

"我也想知道他们在哪里！"

"我们过去看看吧。"希尔向前走去。

托尼突然一把拽住了他："我感觉情况不太对，他们好像出事了！"

卡琳娜无奈地摊开双手："莫非是被僵尸吃了？"

"看！快看！那、那是……"希尔突然脸色惨白，失魂落魄地指着前方。

"哦！该死的！果然是那些被诅咒的东西！"托尼又从背后迅速抽出一把金色的沙漠之鹰，塞到了希尔手里。

"哥们儿，知道该怎么使用吧？"托尼望着惊魂未定的希尔。

"我……我……"希尔拿着枪，双手颤抖个不停。

"我看还是交给我吧。"卡琳娜谈谈地说了一句，同时从希尔手里夺过了枪。

托尼吃惊地盯着她："你不是在开玩笑吧？"

"现在没时间开玩笑了，我可不想变成它们口中的食物。"卡琳娜还未说完就率先向僵尸们走了过去。

"还等什么，难道让女士一个人去拼命？"托尼推了推呆若木鸡的希尔，然后跟着卡琳娜一起向前走去。

希尔祈祷了一下亲爱的上帝，终于也艰难地迈开脚步。

"哥们儿！快用你的摄像机看看那些是噬梦者还是觉醒者。"托尼看着身后的希尔。

“什么、什么是觉醒者？”希尔结结巴巴地问。

“哦拜托，CNN 的摄像师竟然连这个都不知道……”

“噬梦者是僵尸的初级阶段，它们的眼睛是死灰色，而觉醒者拥有墨绿色的眼睛，属于中级阶段的僵尸，攻击力很强。”还没等托尼告诉希尔，卡琳娜已经把有关僵尸的信息如数家珍般地说了出来。

“我说你还真是对那些被诅咒的东西感兴趣啊！”托尼有些挖苦似地说。

“这就是我的工作。”

转眼间僵尸已从四面八方朝托尼他们聚拢了过来。

“有、有三十几个僵尸！他们的眼睛都、都是死灰色！”希尔一边走，一边死死地盯着手中的摄像机。

“还好不是觉醒者，否则我们都得完蛋！不过你下次说话的时候可不可以别口吃？听上去真他妈的操蛋！”托尼转回头瞥了希尔一眼。

“呯！”刹那间卡琳娜已经击倒一个噬梦者。

枪声吓得希尔差点一屁股坐在了地上，托尼示意让他紧紧地跟着自己。

“呯！呯！”又有两个噬梦者接连倒在了距离托尼不远的左前方。

“小心！它们快靠近我们了！”托尼大声吼道。

“我去启动车，你们吸引它们。”卡琳娜朝路虎的方向移动。

托尼无奈地点了点头：“谢谢你交给我的任务，真他妈好极了！”

两个噬梦者张开双手，从左右两侧快速接近卡琳娜，只见卡琳娜的枪口似乎安装了 GPS 一样，精准地将两颗子弹在两秒钟内分别射中了它们的脑袋。

“你当记者实在太可惜了！”托尼一边射击一边趁着间隙调侃。

“注意你后面。”卡琳娜看着托尼身后。

托尼立刻转身，眼见一个噬梦者正要伸手去抓希尔，托尼立刻对着它一阵点射，噬梦者摇摇晃晃地倒了下去。希尔浑身已经湿透，探着头看了看躺在地上的噬梦者，发现它直挺挺地躺在那里一动不动，于是小心地举起摄像机准备去拍它的特写。

“你可真有敬业精神！CNN 的雇员都他妈的太牛 X 了！”托尼继续对着周围的噬梦者射击。

在击倒离车门最近的一个噬梦者后，卡琳娜迅速打开车门然后钻了进去。

“真该死！”在尝试了好几次之后，车依然无法发动。

此时又有两个噬梦者来到车前，用力地敲打着挡风玻璃，就在卡琳娜举枪准备射击时却发现子弹已经用完。

“见鬼！真是可恶！”

无奈之下，卡琳娜只好打开车门。刹那间两个噬梦者朝她猛扑过来，她飞快地往后闪躲，同时想着对付它们的办法。看准一个噬梦者举起双手准备抓向自己的前一秒，卡琳娜使出浑身力气将手里的枪狠狠砸在了它的脑袋上，噬梦者顿时倒了下去。就在另一个噬梦者的利爪即将触及卡琳娜脑袋的时候，突然一声枪响，它的眉心多了一个血红色的洞。

卡琳娜喘了口气：“我欠你一次。”

“希望能有让你偿还的机会。”托尼得意地挥了挥手中的枪。

“救、救命啊！”希尔往这边飞奔而来，后面有十几个噬梦者紧紧地追赶着他。

“没子弹了，我们必须马上发动汽车。”卡琳娜迅速打开第二辆路虎的车门，托尼和希尔立刻上了车。

“把车门锁上！”卡琳娜看着疾步向这里赶来的噬梦者：“希望这辆车可以带我们离开这里。”

不到一分钟时间，噬梦者已经把车围得水泄不通，它们使劲敲打着车身，似乎不把眼前的一切砸烂决不罢休。

“快啊！快发动车！”后座的希尔急得都快哭了。

“该死的！难道我们真要当它们的美食了？”看着车依旧没有发动，托尼怒吼了起来。

突然车的引擎发动了。

“我们可不能就这么容易地死。”卡琳娜猛踩一脚油门，路虎犹如一只力大无穷的猛虎，咆哮着从僵尸群中闪电般地窜了出去。

托尼回过头去看了看被压成血泥的三四个噬梦者，深深地舒了口气：“看来我们以后可以去夏威夷开家烤肉饼店了。”

失魂落魄的希尔听到这句话的时候，立刻在车里大口大口地呕吐起来。

“现在我们去哪儿？”卡琳娜看了一眼托尼。

“莫拉。”

“莫拉？”

“是的，在明尼苏达州中部。”托尼停顿片刻，然后压低了嗓门：“现在我们也算是患难中的朋友了，我就实话告诉你们吧，这次席卷全球的恐怖瘟疫是箭赞公司一手搞出来的。”

“哦？”卡琳娜脸上突然闪过一丝异样的神色：“你是怎么知道的？”

“别管我是怎么知道的，先听我把话说完。箭赞有一家生化研究所，就在莫拉的东南部，珀佩特你知道吧？”

“当然，这已经家喻户晓了。”

“但这该死的东西并非是那些专家嘴里可以高度抑制人体脑神经活动，从而使人进入深度睡眠的药剂。它不是用来帮助那些患有精神分裂症的病人，更不会让全球变得安全和稳定。那些整天胡说八道的家伙简直就是他妈的狗屁！牛屎！”托尼的情绪异常激动。

“那、那珀佩特用来干吗？”希尔已经擦干净了自己的嘴。

托尼瞪大了眼睛：“事实上它是一种极恐怖的生化武器，只要将珀佩特的配方稍作改动，它就会变成一种可以让活人和死人变成僵尸的药剂！”

“那些僵尸就是由此而变成的吗？”希尔追问。

托尼瞥了他一眼：“难道还是母鸡孵出来的？”

“我们现在要去箭赞的生化研究所，然后彻底摧毁珀佩特？”卡琳娜打断了托尼。

“是的！我们必须找到珀佩特的原始数据，然后彻底摧毁它，否则人类就该走向灭亡了。”

“不过这样的话我们不仅可能会面对箭赞的大批安保人员，还可能遭遇数以百计的僵尸。”

“没错，无论遇到哪一方都有我们好受的！”托尼啐了一口。

“更何况我们现在连像样的武器都没有。”卡琳娜一只手把握方向盘，另一只手将一把没子弹的沙漠之鹰扔给托尼。

托尼先是怔了怔，随后放声大笑：“你是说武器？哈哈！那东西简直比我身上的腿毛还多！”

“武器在哪儿？”

“后备箱里，那里有各式各样的机枪、自动步枪、手枪、肩扛式火箭筒、高爆手雷、军用刀具等等。只要你拿得了，随便你想拿多少都行。”托尼伸展了一下四肢，从衣袋里取出两根雪茄递给卡琳娜和希尔。

“我不抽这个。”

“我、我也不用。”希尔礼貌地做了个拒绝的手势。

托尼给自己点上一根，略带惋惜地望着卡琳娜：“好吧，看来你们真是没有口福，连全球最好的高斯巴都不试试。”

“留着你的宝贝，等我们做完我们该做的以后再庆祝吧。”卡琳娜不削地看了他一眼，踩足油门向莫拉全速驶去。

一架阿帕奇武装直升机在一片灌木丛上方盘旋着。

“好了，所有人员就位！我们只能自己下去了，飞机无法在这里降落。”安德森首先站在了舱门口，杰克、德瑞克、卡夫和疾影紧随其后。舱门一开启，一根长蛇般的绳索“唰”的一声甩了出去，接着五个人就像是从天而降的神兵一样沿着绳索迅速降落到了地面上。

“注意警戒！保持队形！”安德森手持AK47，灵蛇般地在灌木丛中指引众人前行。

“你拿的是什么剑啊？”卡夫好奇地看着疾影手中的武器。这是一柄纯银色的双刃剑，长约1米，宽度为20公分，精铁的剑柄上还镶嵌着一颗血红色的宝石。

疾影并没有满足卡夫的好奇心，只是按照安德森的指示十分小心地警戒着四周。正当卡夫准备再次询问她时，一旁的德瑞克做手势示意卡夫闭嘴，卡夫只好把这个疑问吞进了肚子里，悻悻地向前继续走去。

又前进了大约1公里，安德森看着手里的地图小声说:“再往前200米就是箭赞生化研究所的入口位置。”

杰克一言不发，握紧着枪，两只炯炯有神的眼睛不停地扫视着四周的一草一木，卡夫则始终盯着疾影手中的剑。

就在此时，突然一阵急促的脚步声从左前方响起。

安德森小队立刻分散，每个人都占据了有利的地形，疾影选择了紧紧跟在安德森身旁。

两分钟不到，在他们眼前便出现了四五个死灰色眼睛的僵尸，都是噬梦者。

安德森对杰克、德瑞克和卡夫分别做了一个手势，然后枪声几乎同时响起，噬梦者一个接一个地倒在了灌木丛中。

卡夫率先冲出去，跑到噬梦者面前兴奋地挥舞起手里的枪："这些丑陋的东西简直比我们练习用的靶子还不堪一击！"

就在卡夫话音未落时突然又响起了两声枪响，两个从正前方猛窜出来的噬梦者被安德森闪电般地击毙了。

"快跑！它们到处都是！"德瑞克一边喊叫一边对着围拢过来的僵尸群扫射。

杰克精准地击倒了率先扑过来的三个噬梦者，卡夫也火力全开，端起机枪狂扫一通。安德森估计了一下当前的形势，他一边朝右前方突围，一边告诉身边的疾影："用枪射它们的脑袋！"

疾影冷冷地笑了笑，突然举起手中的剑，灵狐般地向噬梦者纵身跃去。只见她在刀光剑影中身形忽左忽右，但凡靠近她的噬梦者不是身首异处便是四分五裂，连昔日的黑市拳王卡夫都为她的一身功夫连连称赞。

不到 5 分钟，几十个噬梦者全部横七竖八地躺在了地上。卡夫清点了一下现场，然后兴冲冲地跑到疾影跟前："太强悍了美女！你竟然一个人干掉了十六个！我真想有机会跟你较量一下。要不这样，明年我邀请你去纽约参加世界银河格斗大会吧，那里可都是来自世界各地的武术顶尖高手！"

疾影擦去剑上的血迹，只是扫了卡夫一眼，便回到了安德森身旁。卡夫怔怔地望着这位沉默而又冷酷的美女侠客，就好像自己刚刚吞了一只苍蝇，一脸哭笑不得。

安德森稍稍留意了一下她脖子上戴着的那条四叶三叶草项链，竟然没有溅到一滴血，也不禁对她的高超武艺暗暗称奇。

“障碍已经清除。”一向沉默寡言的杰克此时走过来向安德森报告。

“好，现在直奔研究所。”

这是一幢毫不起眼的建筑，它没有宏伟的外形，没有时尚的设计，在外观看来只不过是用混凝土简单筑造而成的一幢平房而已。

安德森一行人走到门口，仔细观察后发现这只是一扇没有把手的普通民用铁门，唯一奇特的地方就是门上刻着一串奇怪的数字：19，1，3，18，9，6，9，3，5。安德森尝试推开门，但门却没有被打开，卡夫走过来使劲地推了好几下，铁门依旧纹丝不动。

“见鬼！我还很少遇到过推不开的门！”卡夫擦了擦额头，显得有些恼怒。

正在大家想办法如何打开门的时候，卡夫突然举起肩扛式火箭筒：“你们快让开！我要把它轰成一堆烂泥！”

安德森等人一惊，他们刚刚退开就听见“轰”的一声巨响，整扇门顿时不见了。卡夫拍了拍手，哈哈大笑：“竟想用这破东西来阻挡拳王！等老子进去以后把这幢房子都夷为平地！”

疾影鄙夷地瞥了他一眼：“粗线条。”

“什么？粗线条？你是在说我吗？我没听错吧，你终于对我说话了！”卡夫不但没有生气，反而露出一副很高兴的样子。

“你不动脑子把门打烂，如果僵尸来了我们怎么抵御它们？”德瑞克无奈地对着卡夫叹了口气。

“好了，总之我们先进去再说。”安德森看了看地图。

五个人进入屋子以后，开始地毯式搜索每一个角落。在此之前，谁也没有想到一个堂堂的箭赞生化研究所居然会是如此一幢毫不起眼的民居，如果地图不是贝茨亲手交给自己，安德森还真以为这是张假地图。

“奇怪，这里怎么看也不像是生化研究所。”卡夫望着天花板自言自语。

“你们快看！那里好像有个地下通道！”疾影指着地板上一处凹陷的地方。安德森和其他人走近一看，脚下果然有扇可以打开的秘门。

“我先下，疾影随后，德瑞克和卡夫火力掩护，杰克断后。”

德瑞克和卡夫同时将枪口对准了这扇门，紧接着安德森果断地拉起脚下的秘门。

“没有情况。”安德森看了看下面，随后与疾影沿着狭小的楼梯一前一后地走了下去。

德瑞克和卡夫互望一眼，也先后下了楼梯。等全部人下去之后，杰克又扫视了一下四周，然后才走下楼梯。

空气中渐渐地弥漫开一种腐臭的气息，达纳特斯似乎已经编织了一张硕大无比的网，等待着一批又一批人跌入这万劫不复的深渊之中，这里是否真的会成为安德森一行人的长眠之地呢？

“大家小心点，这里就是最危险的地方了，所有的瘟疫都从这里开始！”托尼背着冲锋枪，手握两把沙漠之鹰走在最前面。卡琳娜端着自动步枪紧随其后，希尔则一只手扛着摄像机，另一只手拿着手枪走在最后。

他们来到了箭赞生化研究所的地下一层，这里有一间可以容纳一千五百人的大厅、一间豪华的圆桌会议室和一间十分现代化的接待室。从装修风格来看根本不像是一家生化研究所，反倒更像是从事金融贸易的大型公司。

“跟我来。”托尼引领他们来到了接待室。

托尼熟练地打开电脑，输入安检密码之后屏幕上立刻显示出了整幢建筑的内部结构图。

“你们看，我们现在就在这里。”托尼指着地下一层的一个红点：“这个接待室其实就是生化研究所的主机房，也就是可以操控整个研究所安全系统和防御系统的核心区域。”

“你是怎么知道这些的？”卡琳娜皱了皱眉头。

“我的兄弟曾经就是这里的安保主管，不过他现在……”托尼有些伤感地望着远方。

“哦对不起，我很抱歉。”

托尼无奈地摇了摇头：“已经过去了，都是因为该死的珀佩特！我们这次一定要亲手毁灭它们！”

“好在我们已拥有足够强大的武器来实现这个想法了。”卡琳娜举着手中的自动步枪。

“那我们接下去怎么办？”希尔看着面前的两个人，脸上依然充满了惶恐与不安。

“我们所在的地下一层并没有遇到任何安保人员和僵尸，所以现在可以很顺利地进入到地下二层。那儿是箭赞的一级病毒实验室，他们通常会研究一些诸如脑炎、黄热病、肝炎之类能够引发较严重疾病和传染病的病毒。”托尼指着屏幕说。

卡琳娜盯着屏幕，神情十分严峻：“你们看，在它下面还有四层，是不是更危险的还在后面？”

“没错，地下三层是二级病毒实验室，从那里箭赞成功研制出了 CCHF 病毒①、埃博拉病毒②和尼派病毒③等。地下四层是三级病毒实验室，当年天花和沙林病毒便在这里孕育而生。”

“天呐！这些该死的病毒！”希尔大声咒骂。

“那还有两层呢？”

托尼指着屏幕的下方：“看这儿，箭赞的究极病毒实验室，可以说这个实验室完全是为珀佩特所准备的。如果说天花和沙林可以夺去全人类的生命，那么珀佩特则是让人类完全脱变成僵尸的究极病毒。”

“十恶不赦的箭赞！”卡琳娜紧握双拳，咬牙切齿地吼道。

“我们来这里的目的地就是这层，我们必须把实验室里所有的珀佩特病毒都彻底毁灭，这样才能从源头根治这场瘟疫。”托尼一边说一边快速地在电脑中输入了一连串的数字和字母。

“那么最底下的那层又是什么？”卡琳娜留意着托尼的一举一动。

“那儿是出口，任务完成之后，我们得从最底下那层出去。”托尼告诉卡琳娜。

“对了，你刚才在电脑中输入了什么？”

“哦，是这样，我兄弟生前将这里主机的操控指令告诉了我。我刚才只是启动研究所的防御系统，这样我们就不必再去面对那些没完没了的僵尸了。”

“你是说防御系统可以将这里的僵尸统统清除？”希尔看上去十分激动。

“当然不是，防御系统只是暂时将它们隔离了，这样我们

---

① CCHF病毒：克里米亚-刚果出血热（CCHF）病毒是一种罕见但可致严重的人类感染，造成内脏出血、器官功能衰竭、最终导致死亡。

② 埃博拉病毒（EBOV）：是引起人类和灵长类动物发生埃博拉出血热（EBHF）的烈性病毒，由此引起的出血热是当今世界上最致命的病毒性出血热。

③ 尼派病毒：是新近发现的致死性动物源性病毒，携带病毒的猪很容易将病毒传染给人。

等会儿就可以通过安全通道直达地下五层。”

“只要不会再遇到那些僵尸就好！”希尔扛着摄像机，长长地舒了口气。

“好了，跟我来吧。”托尼锁上了电脑主机，然后带着卡琳娜和希尔来到了会议室。

“你们都坐上去吧。”

“坐在这上面？”希尔不解地看着眼前的一圈铁椅子。

“当然，难道只有开会的时候才能坐？”托尼还没说完，卡琳娜已经坐在了最靠近自己的椅子上。

“好吧，好吧。”最终希尔选择了坐在卡琳娜身边。

托尼坐在了最中间的椅子上：“抓紧扶手，现在电梯马上启动了。”他按下扶手上的数字键，突然所有的椅子都一起沉了下去。

“哇！这下面居然别有洞天啊！”卡夫望着眼前的景象。

安德森给杰克和德瑞克使了使眼色，两人心领神会地开始检查大厅和会议室。

“这里是主机的位置。”安德森仔细地看着手里的地图。

“那我们还等什么？开始行动吧！”卡夫不耐烦地嚷道。疾影凶巴巴地瞥了他一眼，卡夫立刻就不说话了。

“等下由德瑞克负责主机，卡夫守住入口，其余人跟我去地下六层。”

“守住入口？哦不！堂堂的拳王当然要跟大伙一起去杀僵尸！”卡夫一脸不愿意地抱怨。

“这里我一个人就行了。”此时德瑞克出现在了安德森面前，他和杰克已经检查完了地下一层。

卡夫非常高兴，他用力地拍了拍德瑞克的肩膀：“哈哈！

还是你小子够意思！回头我请你去我们那儿喝啤酒，很纯正的德国黑啤！”

“你要多少时间才能搞定主机？”安德森看着德瑞克。

德瑞克拿出设备开始破译主机的主程序：“进入操控系统要二十分钟，破解主控程序的话我需要一个小时左右。”

“我们待会儿要连续下潜五层，每个人都必须准备充足的弹药。”安德森叮嘱大家。

“放心吧，我的火力足够把整幢楼都轰成稀巴烂！”卡夫信心十足地说。

疾影搓了搓双手：“你以为这里是比武擂台？我们要对付的可是一群僵尸。”

杰克独自看着地图，仔细研究着这里的每一条通道及可能遇到僵尸的地方。

安德森指了指地图上的每扇门：“这家研究所的构造很奇特，这四扇门就是通往每一层的唯一通道。”

杰克有些疑惑地看着最底下的那层：“只是最后我们怎么从地下六层出去呢？地图上并没有标记任何通道。”

“问得很好，这点我也反复想过，照理设计这幢建筑的人不可能不考虑这一点。地图上既然没有标明地下六层的出口位置，也许是需要我们到那儿以后寻找出某条暗道吧。”

“万一我们找不到出口，那我们就只能原路返回了。”杰克显得异常镇静。

安德森点了点头：“是的，除此之外毫无办法。”

“美女，你的剑法是在哪儿学的？”卡夫对疾影依然兴趣十足。

疾影只是安静地站在原地，这位看上去二十几岁的金发美女穿着一身黑色的紧身皮衣，一双黑色的过膝皮靴外还分别藏了两柄乌金匕首，性感之中夹杂着几分夺命杀气，令人见了之后只敢远远地欣赏这位尤物的美艳。

“你知道吗，我很崇拜那些真正的武术家。我六七岁的时候因为父亲去世了，母亲无奈之下只能送我去打拳挣钱，后来为了赚更多的钱，我又被迫去了黑市……”卡夫的脑海里似乎浮现出昔日的痛苦和无助。

“那是个只有血腥与死亡的地方。”安德森深有感触地说。

“是的！在那里死人的尸体堆得就像小山一样，为了活下去我就必须打死对方。”卡夫的口吻突然变得有些冷酷。

“有没有想过这里比黑市更令人恶心和恐惧？”疾影问。

卡夫停顿了片刻，望着疾影宝蓝色的眼睛：“对我来说已经体会不到什么是恐惧，我就像战斗机器一样随时等待着杀与被杀。”

疾影此刻感受到生命对于眼前这个粗线条的男人来说似乎显得毫无意义，她心中不免产生了一丝伤感。

“好了，我已经顺利进入系统。”德瑞克的声音打断了所有人的思绪。

安德森等人回到电脑屏幕前：“我们就从大厅的回廊直接下到地下二层，德瑞克负责继续破译主控程序，然后启动安全系统，越快越好。”

“收到。”德瑞克开始破译密码。

“现在所有人都打开通讯设备，确保我们互相之间都能随时保持联系。”安德森一行人各自准备完后便迅速从大厅走进了回廊里。

地下二层，一级病毒实验室。

四周一片漆黑，处处都透出一股来自地狱的气息。安德森等人打开了手电筒，小心翼翼地向前方边搜索边行进。

“这里有五个房间，现在起两人一组，由杰克和我负责左面的三个房间，疾影和卡夫你们搜索右面两个。”安德森通过通讯设备传达指令。

“收到。”疾影和卡夫朝着右边的方向继续行进。

安德森和杰克来到左下方的房间，安德森做了个手势，杰克心领神会地去往左上方的房间。

安德森轻轻旋动门把手，慢慢地打开了门。他用手电筒几乎照遍了各个角落，并没有发现可疑情况之后，安德森走进了房间里。

很显然这是一间行政办公室，办公桌上和地上到处都散落着大量的资料和文件，几把椅子也横七竖八地倒在了一边。

安德森摸索着走到一块电子白板前，他拿起手电筒照了照，眼前突然呈现出了三个不同的数字：19，1，3。安德森虽然不知道为什么会在这里出现这些数字，但他本能地记在了脑子里。

当他快走到文件柜的时候，安德森突然发现文件柜的旁边躺着一个人。他拿起手电筒照了照，只见地上的人面朝下，静静地趴在那里。安德森轻轻叫唤了几声，他依然纹丝不动，似乎已经死了。

安德森缓缓地向他靠近，正当他想伸手去把他翻过身来时，地上的人突然一下子站了起来！安德森淬不及防地往后退了好几步，用枪指着对方的脑袋：“站在那里别动！双手举过头顶！让我看清你的脸！”

那人似乎完全没有听见，他耷拉着脑袋，双手平举，向安德森一步一步走来。

安德森见状再次向他发出警告：“现在我命令你呆在原地！我是CIA，奉命来拯救你们！如果你再靠近，我将对你开火！”

话音未落，那人迅速向安德森扑了过来，安德森一个侧身闪了过去，紧接着枪声响起，那人的四肢连续被好几发子弹击中，晃晃悠悠地倒在了地上。

这时门突然被一脚踹开，只见杰克端着枪冲了进来。

“你没事吧？”

“我没事，不过我不明白他为什么要攻击我。我只是打伤了他，他暂时无法行动了。”

“我看看。”杰克走上前去，他蹲下身子，用手电筒照了照躺在地上的人，却看见了一双死灰色的眼睛。

杰克猛地跳了起来：“它是噬梦者！”

就在此时噬梦者突然猛地抱住杰克的腿，杰克重心不稳，一下子倒在了噬梦者身上。

“快闪开！小心别被它咬到！”安德森举着枪好几次想射击，可是怕在漆黑的环境下误伤杰克。

他们互相扭打在一块儿，噬梦者的力气大得出奇，它一边用两只手死死地掐住杰克的脖子，一边张开血盆大口疯狂地向他咬去。杰克只能十分勉强地举枪架住它的脑袋，这样至少可以确保自己不被咬到，但他清楚地意识到如果继续这样下去的话自己即使不被它咬死也会被它活活掐死。

杰克在招架的同时右脚有意识地蜷缩起来，趁着噬梦者脑袋稍稍缩回去的一瞬间杰克飞驰电擎般地腾出右手，从军靴中以不可思议的速度抽出了一把刺刀，将它狠狠地扎进了噬梦者的脑门！它没有发出任何声音便彻底不再动弹了。

安德森赶紧跑过去，一把将杰克从地上拽了起来。杰克气喘吁吁地看着刚刚被自己击毙的噬梦者，暗暗庆幸自己死里逃生。

“看来在这儿会有不少僵尸来迎接我们，必须赶快恢复电力。”安德森说。

“根据地图显示供电系统是在地下三层。”

“是的，不过在德瑞克破译主控程序之前，我们只能依靠自己到达地下三层。”

杰克点点头，把刺刀依旧插进了军靴里。

疾影和卡夫进入了右面的一个房间，疾影拿着手电筒照了一下，发现这是一间摆放着许多铁笼，用于收纳各种动物的样品实验室。

“上帝啊！那么多笼子，可想而知该死的箭赞残害了多少可爱的小生命！”卡夫愤愤不平地吼道。

疾影依然显得十分冷静，她仔细观察着这些铁笼，突然闪过一丝不祥的预感：“糟了！”

“什么糟了？”

“平时这些铁笼里应该会有许多动物才对，但你看现在这里面都是空的，铁笼都已经被破坏了！”疾影用手电筒来回照着，一个又一个笼子里空无一物。

“怎么会被破坏呢？是谁干的？”卡夫一头雾水地望着疾影。

“赶快退出去！”疾影边说边往门口退去。

“什么？”

“我让你赶快……”还没等疾影说完，从房间的角落突然传来了一阵悉悉索索的脚步声。

卡夫顿时也感觉到了危险，他体型虽然高大，但动作却异常敏捷，身形一晃便已经和疾影一起退到了门口：“看来又要跟噬梦者大干一场了！”

“这次可不是噬梦者。”疾影在黑暗中看见了一双双血红色的眼睛，虎视眈眈地朝自己逼近。

说时迟那时快，卡夫已经飞快地射出一梭子弹，对面立刻响起了嗷嗷的吼叫声，同时疾影清晰地感觉到许多脚步声已经近在咫尺。她瞬间从背后拔出了剑，电光火石般地向脚步声的方向掠去。

“疾影！小心啊！”卡夫对着前方连连射击。

就这样持续了大约两分钟，整个房间突然变得鸦雀无声。卡夫端着机枪不知道该射哪里才好，正在此时一个黑影猛地朝他蹿了过来，眼看利爪将触及卡夫的咽喉。

“卧倒！”耳边忽然响起了疾影的声音。

卡夫自忖已经来不及了，于是他本能地往后倒下，“嘭”的一声自己厚实的身躯和地面狠狠地撞在一起。几乎是在同一秒，从疾影的剑上传来了“嗖嗖”两声。

卡夫躺在地上，似乎还没从鬼门关里回过神来。疾影走到他身边，伸出双手将他硬生生地拽了起来。

“你这家伙真够沉的，得减减肥了。”疾影拍了拍自己的手。

卡夫愣愣地望着她，一脸迷茫：“是你救了我？”

看着他呆头呆脑的样子，疾影忍不住笑了笑：“记着，你欠我一次。”

卡夫顿时有了精神：“终于看见你笑了！哈哈，我终于看到女神的微笑了！”

疾影立刻收回笑容，冷冷地说：“我可不希望再让你欠我第二次。”说完就走了。

“好好！我一定会还你的！”卡夫拍着胸脯，咧开一张可以吞下半只鸡的大嘴，随着疾影一起走出了房门。

这里就好像是一个小型屠宰场，地上血淋淋地躺着许多猫和狗的尸体，有的已经四分五裂，只剩下一堆腐臭的肠子。

成群的老鼠纷纷从通风管道中下来，将这些当作美食佳肴一样滋滋有味地啃食着。

“仔细搜索一下这间储物间，或许会有什么发现。”

杰克掏出手枪，小心翼翼地开始检查堆放在架上的每一个箱子、盒子。安德森走到一排柜子边上停下脚步，举起手电筒，他看到这些银白色的铁柜每个门上都有一个编号，他用力拉了拉把手，发现这些铁柜都上了锁。

安德森感觉这些柜子里应该会有一些重要的东西：“杰克，仔细搜索那些箱盒，看看里面是否有钥匙。”

“收到。”杰克加紧检查那些架子上的箱子、盒子。

“嗷！”突然一阵钻心的疼痛！当杰克翻开一个红色盒子的时候，手背不知被什么东西咬了一下。

安德森闻声赶来：“怎么了？”

杰克看着自己的手：“见鬼！好像有什么东西咬了我。”

安德森拿起手电筒照了照，发现他的手背上有一个绿豆大小的血洞。

“还好，应该没什么。”安德森从背包中取出了酒精和纱布，进行消毒之后把纱布紧紧地缠住了伤口。

处理完伤口，安德森用枪挑翻了那个红色的盒子，盒子里没有钥匙，只掉落出来一张纸，杰克立刻上前将纸捡起并交给了安德森。

靠着手电筒的亮光，安德森清楚地看到了几行字：

诺贝尔文学奖争夺赛经过一番激烈的角逐，这顶耀眼的桂冠远涉重洋，戴到了一个东方人的头上。他就是印度著名诗人、作家和社会活动家拉宾德拉纳斯·泰戈尔。

了解之后你将获得重生的机会。

“这是什么意思？”杰克看着纸上的文字，一头雾水。

安德森默不作声，反复咀嚼着最后一句话。

过了一分钟，安德森将纸折起来，小心地放进衣袋里：“走吧，我们还要检查最后一间。”

正当安德森和杰克要走进左面第三个房间时，疾影和卡夫快步赶来。

“头儿，我们已经把右面的两个房间都检查完了。在该死的样品实验室里我们遇到了攻击，不过它们已经全部成了我的枪下亡魂！”卡夫说完最后一句话的时候，偷偷瞄了疾影一眼。

“这次攻击我们的都是动物，现在看来不止是人，就连动物都可以变异，情况变得越来越糟糕了。”疾影顿了顿：“还有，我们在另一间病毒实验室里击毙了两个噬梦者，从其中一个噬梦者身上我们找到了这个。”疾影将一把青铜钥匙递给了安德森。

安德森接过钥匙看了很久，然后将它和那张神秘的纸放在了一起。他抬头望着眼前的房间：“还剩这最后一间，我们一起行动。”

话音刚落卡夫便走上前去旋动门把手，门“吱呀”一声打开，从房间里一下子传来许许多多脚步声。

“立刻后退！”安德森喊道。

所有人都意识到遭遇了噬梦者，立即不约而同地举起枪。不到两秒钟的时间大群噬梦者便夺门而出，张牙舞爪地向安德森他们袭来。

“哒哒哒！”枪声响起，一条条火舌从枪口中蹿了出来，子弹犹如雨点般地打在噬梦者身上，它们就像多米诺骨牌似地跌倒在地。一会儿，有些噬梦者又从地上摇摇晃晃地爬了起来，和后面的噬梦者一起成群结队地向安德森他们靠近。

“对准它们的头部射击！”安德森大声喝道。疾影紧紧握着剑，寸步不离地贴身保卫安德森。

“他妈的！这些狗杂种离我们太近了！否则老子赏它们一颗高爆手雷！”卡夫一脸愤怒，端着机枪狂扫。

噬梦者几次想接近，无奈都被十分强大的火力压了回去，只是面临数量极多的噬梦者，安德森一时也没有找到突围的办法。

“你能用枪吗？”安德森问身旁的疾影。

“可以。”

“那你就用这把 AK47 压制它们，我去打开通道。记住，通道一旦开启你们必须迅速撤退，不能恋战。”

“明白。”疾影接过安德森手里的枪，异常精准地击中了最前面几个噬梦者的脑门。

安德森一路狂奔，根据地图上的指示来到了地下二层的通道处。他一手握着手电筒，另一只手握着手枪，站在一扇十分普通的大石门前，整扇门由金刚石铸成，上下没有丝毫缝隙。

奇怪，整扇门既没有把手，也没有门锁，怎么才能开启它？安德森仔细观察着门上的每一个地方，终于在左下方的位置发现了近百个米粒大小的圆孔，他立刻意识到这些小孔很可能就是打开这扇门的关键所在。

“你们那边怎么样？”安德森用通讯设备询问自己队友的战况。

“它们的数量太多了！怎么杀也杀不完！我们现在只有集

中火力才能勉强抵挡住它们。”一向自信满满的卡夫此刻也焦急万分地吼叫着。

“再坚持一下，我正想办法打开通道。”

“我们不是有把钥匙吗？”

“哦，对了！”疾影的话突然提醒了安德森。安德森立刻从兜里取出钥匙，对准了一个小孔去插，可是却怎么也插不进去，他拿着钥匙又去插另外一个孔，结果也是无功而返。

“伙计们，我们似乎有麻烦了，这把钥匙不是用来打开通道的。”安德森再次呼叫同伴。

“是不是还有别的什么办法离开这个鬼地方？”

安德森脑海里飞快地思索着从开始到现在的每一个场景，试图寻找任何有用的线索。他突然想起了纸上写的那段话，如果没有记错，这一定和第一位东方获奖者拉宾德拉纳斯·泰戈尔有关系。

“谁知道拉宾德拉纳斯·泰戈尔和诺贝尔文学奖之间的关系？”安德森大喊道。

“这恐怕只有上帝才知道！”卡夫一边射杀僵尸一边回答。

“德瑞克，快查查拉宾德拉纳斯·泰戈尔。”安德森发出指示。

“好，我这就查。”

仅过了短短的几十秒。

“有了！拉宾德拉纳斯·泰戈尔是1913年获诺贝尔文学奖的，除了这个好像其他也没什么特别的。”无线电里传来德瑞克的声音。

“这里的噬梦者越来越多了，该死的东西！都见鬼去吧！”卡夫怒不可遏地咆哮起来。

忽然从安德森的眼前蹦出了先前在行政办公室电子白板

上所看到的那三个数字，安德森恍然大悟！他急忙拿起手中的钥匙，只见青铜钥匙的柄上果然刻着一个小小的数字“3”，不仔细看是很难发现的。

安德森马上举起手电筒再次检查石门上那些密密麻麻的小孔，这次他终于发现在每一个小孔的上方均刻着一个不同的数字。

“伙计们，终于发现打开通道的办法了！”安德森找到数字“3”对应的小孔，然后顺利地将钥匙插了进去，可惜石门依然没有开启。

“疾影，刚才你给我的钥匙是从噬梦者身上找到的？”

“是的，怎么了？”

“要打开通道的话现在还缺两把钥匙，我们必须从噬梦者身上尽快找到它们，否则我们就无法离开这里。”

“明白。”

“我现在来支援你们。”安德森边说边往疾影所在的方向跑去。

疾影将手里的枪交还给安德森，然后从背后抽出剑，朝噬梦者冲了过去。

“伙计们，给我好好招呼这些行尸走肉！让它们知道人类是不可战胜的！”安德森、杰克和卡夫端着枪对准噬梦者一阵扫射。

“戴上这个。”托尼将两个特制的防毒面具递给了卡琳娜和希尔。

希尔不知所措地捧着这个奇怪的东西，托尼拍了拍他的肩膀：“哥们，你要知道我们现在处于地下五层，也就是究极病毒实验室的入口，如果你还不赶快戴上它，我很难保证你不会在接下来的短短几秒钟内变异成僵尸哦。”

希尔吓得脸色惨白，立刻戴上了防毒面具。

“这儿就是这场全球瘟疫的源头？我们终于来到这里了？真是难以置信……”卡琳娜戴着防毒面具喃喃自语。直至此时此刻她依然不敢相信眼前所发生的一切，或者说是她无法承受那些已经发生的和即将要发生的。

托尼带着他们穿过一条具有古希腊风格的长廊，卡琳娜看见长廊两侧耸立着奥林匹斯山上众神庄严的雕像。对于希腊神话颇有研究的她留意到在众神像之中唯独缺少了天后赫拉，不过卡琳娜并没有把这个疑问说出来，而是把它暂时储存在了大脑里。

“这里和你们想象中的究极病毒实验室不太一样吧？谁都想不到这个堪称世界上最恐怖的地方居然像一座帕特农神庙①，老实说，我对此一直就感到无比困惑。”托尼叹了口气。

“他们在这里怎么研究那些该死的病毒呢？”希尔欣赏着那些巧夺天工的神像，不由发出连连赞叹。

“呵呵，等会儿你就知道了。”在长廊的尽头是一扇电子感应门，托尼带着他们来到门前，他示意卡琳娜和希尔待在原地，接着他往旁边的红外线探测仪挪了几步。

正当卡琳娜和希尔对托尼这一举动感到不解时，电子感应门突然发出了一个女人的声音：“防御解除。”

“好了，现在让我们去参观一下箭赞是如何研制出世上最恐怖的病毒的。”托尼大摇大摆地从电子门中走了进去，卡琳娜和希尔对视一眼，也尾随他走进了门里。

---

① 帕特农神庙：雅典卫城主体建筑，为了歌颂雅典战胜波斯侵略者的胜利而建。帕特农神庙之名出自于雅典娜的别号Parthenon，是供奉雅典娜女神的最大神庙。

“哇！太不可思议了！我从来没见过那么庞大、那么现代化的实验室！”希尔立即开启了摄像机，他要把这个箭赞的母巢完完整整地拍下来。

这里是一个拥有皇家歌剧院般大小的巨型实验室，整间实验室都是敞开式的，因此那些CSPM图形化纳米加工系统①、扫描探针显微镜②、强子对撞机③、离心机④等高科技仪器一览无遗，唯一与众不同的是在实验室的正中央躺着一具用纯金打造的雕像。卡琳娜立刻走到金光灿灿的雕像旁边，她先前的那个疑惑顿时有了答案，原来天后赫拉的神像竟在这里！

她痴迷地看着这具栩栩如生的神像，仿佛赫拉此刻正对着自己微笑，又好像她在仰望苍穹，与天界的众神们娓娓而谈。

“这得值多少钱啊！”希尔瞪着赫拉神像，情不自禁地感叹。

“你说是吧？”希尔追问了一句。

“卡琳娜？”见卡琳娜灵魂出窍似地盯着神像，希尔拽了拽她的胳膊。

卡琳娜这才回过神来：“怎么了？”

“问你怎么了，盯着它像丢了魂似的。”

“哦，我很抱歉。”如梦方醒的她拍了拍自己的额头。

卡琳娜似乎想起了什么，她转过头去看了看：“托尼呢？”

希尔四处张望：“咦，刚才还在我后面的，怎么突然不见了！”

---

① CSOM图形化纳米加工系统：可以在纳米级尺度上加工任意需要的复杂结构。

② 扫描探针显微镜（scanning probe microscope）：基于扫描隧道显微镜的基本原理设计出的超近扫描高分辨率显微镜。分辨率可达纳米级，并可将观察的原子或分子形成三维图像。

③ 强子对撞机：高能物理对撞机可以按照其加速粒子的种类进行分类，强子对撞机是其中一种，它加速的粒子是强子。

④ 离心机：离心就是利用离心机转子高速旋转产生的强大的离心力，加快液体中颗粒的沉降速度，把样品中不同沉降系数和浮力密度的物质分离开。

“不管他，我们先分头检查一下，一旦找到那些该死的病毒就立刻想办法彻底摧毁它们。”

“好的。”此刻希尔看上去精神抖擞。

卡琳娜走到一排容器前，逐个查看上面的标签。珀佩特，我一定要销毁你。

“卡琳娜！”希尔在一排显微镜旁挥着手。

卡琳娜迅速跑到他身边：“有什么发现？”

希尔指着其中一个显微镜：“你看看这是什么。”

卡琳娜将眼睛凑近显微镜，眼前立刻出现了不可思议的景象！只见血液中白细胞正在互相攻击，存活下来的一方慢慢将死亡的白细胞全部吞噬，然后迅速变异成另外一种前所未见的细胞。

“这、这太不可思议了！”

“可怕的病毒。”希尔瘫软地坐在靠背椅上。

“原来珀佩特是先让白细胞的数量在人体内迅速减少到一定程度，这样人便会因为极度虚弱而进入到自然睡眠状态。一段时间之后剩下的白细胞开始吞噬同伴的尸体，此时人体内部开始变异，等这些白细胞全部进化，形成Z病毒，人自然也就成了僵尸。”卡琳娜终于了解了病毒的演变过程。

随后她又观察另一个显微镜，这次她的发现更令人咋舌：“这些恐怖的Z病毒需要寄宿在人的大脑内部，它们通过吸取脑汁来获取养分，同时它们又可以分泌类似脑汁的稠状液体，所以构成了一个史无前例的循环链。”

“我明白了，所以要消灭僵尸就必须打它们的脑袋，破坏Z病毒的寄宿体。”希尔显得有气无力。

“是的，幸好我们发现了这些极为重要的情报！我们一定要尽快采集这些样本，再找到有关病毒的数据。”

卡琳娜突然感到自己正肩负着一种非常光荣而又神圣的使命。

“你看，我找到剩下的两把钥匙了！”疾影紧握着左手，飞快地跑了回来。

还没等安德森开口，疾影已经将两把青铜钥匙交给了他。安德森接过钥匙的同时瞧见她黑色的紧身皮衣上已经沾了好几滴血，但那条四叶三叶草项链依然干净完好地悬挂在她脖子上。

安德森伸手擦去她脸上的一丝血迹，他心里十分清楚疾影方才经历了一场十分艰苦的恶斗，除了她没有人可以从那么多噬梦者中找到这两把钥匙。

一个个噬梦者的头被打爆，暗红色的血里夹杂着白色的脑浆，在空中犹如一道道喷泉般四处溅射。疾影默默地站在原地，面对安德森，她眼睛一眨不眨地望着这位战神。

安德森最后看了疾影一眼：“所有人向通道撤退！”他随即发出撤退的命令。

杰克和卡夫听到指令后对准噬梦者又打出一梭子弹，随后同时往通道奔去。疾影紧紧跟着安德森，手里的剑随时准备刺向来袭的僵尸。

安德森首先到达石门，他掏出钥匙，只见两把钥匙的柄上分别刻着“19”和“1”。

“大伙儿马上从这些小孔上方找出数字 19 和 1。”安德森一声令下，杰克他们便举起手电筒立刻在石门上找寻起来。

“上帝啊！拜托快点让我们打开这该死的门！我可不想被尾随而来的僵尸吃掉！”卡夫气急败坏地吼道。

此时安德森隐隐听见背后传来了若有若无的脚步声，噬梦者正往这里聚集。

“1 在这里！”杰克兴奋地喊。

安德森立即将刻着 1 的钥匙插入小孔内:“只剩下 19 了！”

两个噬梦者已经非常接近通道，疾影不假思索地从背后抽出剑，身形一晃便出现在了它们面前，手起剑落将一个噬梦者的脑袋劈成了两半。

另一个噬梦者速度奇快地向疾影后背抓来，疾影一个前空翻，避开了这次攻击。她凝神静气，噬梦者扑过来的一瞬间，疾影整个人高高跃了起来，噬梦者扑了个空，她从空中下落的时候剑尖朝下，自噬梦者头顶笔直地插了下去。

疾影双脚着地，紧接着使劲把剑柄往下一压，只听见“嗖”的一声，血花飞溅，噬梦者的身躯顿时分成了几半。

可惜这一连串精彩绝妙的剑技并没有人看到，大家都在焦急地寻找着 19 号小孔。谁都知道如果无法在噬梦者赶来前打开通道的话，任何人都在劫难逃。

疾影看着地上七零八碎的尸块，稍稍喘了口气。她的双眼依然炯炯有神地注视着前方，随时准备迎战越来越多的噬梦者。

“可恶！怎么就是找不到！”一贯沉着冷静的杰克此刻也变得怒不可遏，比起他自身的安危，此刻他更关心同伴们的生死存亡。

仅仅一句话的工夫，疾影又击倒了四五个噬梦者。

“你们继续找！我跟疾影一起去消灭那帮操蛋的东西！”卡夫听见背后的打斗声再也按耐不住，咆哮着向噬梦者冲了过去，他担心疾影一个人无法应对越来越多的来犯者。

石门前只剩下安德森和杰克两人，他们依旧没有放弃任何希望，全力地寻找着。身后的疾影和卡夫已逐渐被大群噬梦者压制住，他们不断地往通道退却，眼见距离安德森只有七八米。

“难道就这样结束了？终于可以见到安吉丽娜了……”安德森在生命的最后时刻突然变得十分平静，纵使身后此起彼伏的喊杀声也无法扰乱他此时此刻坦然的心绪。突然，一个令人无比激动的数字出现在了他眼前：19！

“找到了！”安德森迅速将最后一把钥匙插入小孔中，沉重无比的石门瞬间“吱呀”一声打开了。

安德森和杰克兴奋地拿起枪跑到疾影和卡夫身旁，面对噬梦者一阵狂射：“大家立刻进入通道！”

在安德森和杰克的火力掩护下，疾影、卡夫都跑进了通道里。安德森和杰克又击倒眼前几个噬梦者后，也迅速通过了石门。

“嘭”的一声闷响，等所有人都通过后，疾影和卡夫合力关上了石门。

看来前面的战斗将会更为残酷，安德森望着刚刚浴血奋战的同伴们，心中突然涌起一阵莫名的酸楚。这位战神曾经历过太多太多生死离别，昔日的战友如今都一个又一个地躺在了墓地中，那些英灵的笑容将永远回荡在自己的记忆深处。

了解之后你将获得重生的机会。安德森看着纸上最后一句话，他想了片刻，一把将它撕成了碎片。

“走吧！继续为重生而战！”安德森正义凌然地望着前方。

“走吧！虽然没有找到有关珀佩特的数据，但只要我们将这些病毒样本带回去，科学家们依然可以找到摧毁它们的有效方法。”卡琳娜十分小心地将病毒样本按等级分别装进了三根试管里。望着这些透明色的东西，卡琳娜顿时感到心头发憷。

她将试管放入一个密封盒中，再将密封盒放进随身的采访包里。卡琳娜摘下头上的防毒面具，异常郑重地看着希尔：“这些都是关系到人类生死存亡的东西，我们必须不惜一切保护好它们。”

“你们想把它带到哪儿去？”说话的并不是希尔，而是方才失踪了的托尼。

卡琳娜和希尔同时回过头去，只见托尼的身上不知什么时候多了一个浅蓝色的牛筋双肩包。

“你去那儿了？”卡琳娜盯着他的包。

“我当然是去了我应该去的地方，你们呢？已经来到了想来的地方，还想带些纪念品回去？”托尼阴阳怪气地问。

“这些都是箭赞研制出的病毒样本，你不觉得科学家们得到它们以后，就能据此研制出彻底消灭病毒的方法吗？”

“哦，是啊，这确实是个好主意！我十分赞成你的决定，要不我来帮你背包吧？”托尼几步走到卡琳娜跟前，伸手想去拿她身上的采访包。

卡琳娜迅速后退几步，语气坚定地说：“不用了！托尼先生，这是我们记者吃饭的工具，总得由我们亲自保管吧！”

托尼怔了怔，随即露出非常友善的笑容：“那好吧，不过你可别怪我不够绅士啊，哈哈！”

三人原路返回，托尼走在最前面，卡琳娜和希尔紧随其后，始终跟他保持着三四步距离。

“你的包里是什么？”希尔脱口而出的一瞬间卡琳娜立即示意他闭嘴。

可惜已经晚了，托尼的脚步突然停了下来，慢慢转过身去，凶巴巴地盯着他们。

“你、你想干什么？”卡琳娜往后退了一步，希尔则茫然地待在原地。

“你在害怕？你害怕什么呢？怕我？还是怕我身上的包？”托尼把身上的包卸了下来，做了一个递给希尔的姿势：“你很想知道这里面是什么吗？为何不直接拿去看看？”

希尔摆了摆手，一个劲地摇头：“不、不用了，我、我只是随口说说的。”

“真不要了？不是我小气不肯给你看吧？”托尼微笑地望着眼前这只胆怯的小绵羊。

“我们继续赶路吧。”一旁的卡琳娜看着他们。

托尼十分赞许地点点头：“当然，谁也不愿在这个该死的地方多待一分钟。”

一行人走到电梯口，托尼仍然坐在中间的椅子上，卡琳娜和希尔也分别坐回了原来的椅子。托尼轻轻敲打着扶手上的数字键，但并没有立刻启动椅子的升降功能。

“你知道那些东西值多少钱吗？”托尼指着卡琳娜手里的包。

“我不知道它们值多少钱，但我知道它们可以拯救全人类的生命。”卡琳娜振振有词地回答。

托尼放声大笑并不停地鼓掌：“太好了！太好了！难得我能够认识一位这么崇高、这么伟大的记者，你的大公无私实在太令我自惭形秽了。不过我依然要告诉你，你包里装的那些东西最少可以卖十亿美元。”

“哇！十、十亿美元！你不是开玩笑吧？我这辈子从来都没见过那么多钱！”希尔顿时流露出非常惊羡的样子。

托尼锐利的目光从两人脸上扫了过去，然后他压低了嗓音：“记者女士，如果你对这个价格还不满意的话，我可以介绍更富有的买主给你。这样吧，保证你到手五十亿美元，这下你总该满意了吧？”

希尔几乎已经不敢相信自己的耳朵了，他感觉自己随时都会晕倒。卡琳娜的脸上始终没有任何表情，相反，她有些鄙夷地瞥了托尼一眼："难道你就没有一点点责任感吗！如果人类都灭绝了，即使你拥有再多的金钱又有什么用呢？你不用再说了！多少钱我都不会卖的！"

"责任？哈哈，多么义愤填膺的言辞啊！如果我们总统听见了这番话，估计他会立刻在白宫接见你这位人民英雄。不过请你反过来想一想，既然是人类发明了它们，那又怎么会让它们灭绝全人类呢？人类一边可以有效地控制它们，一边又可以利用它们创造出惊人的财富，这有什么不好呢？"

"唯利是图的家伙，真是无药可救！"卡琳娜白了托尼一眼。

托尼再次哈哈大笑："记者的眼光就是要比一般人敏锐许多啊！是的，我是唯利是图、无药可救，虽然你们拥有良好的洞察力，但也缺乏基本的判断力，当前你实在不该拒绝我的一番美意……"

托尼刚说完，卡琳娜和希尔只感到浑身一阵麻痹，两人同时在椅子上晕了过去。

托尼微笑地站起身来，从卡琳娜手上一把将包夺了过来，他伸手摸着她那张俏丽且略带傲气的脸："宝贝，给你赚钱的机会你不要，现在可别怨我人财双收了。"

安德森他们来到了地下三层，此时德瑞克终于破解了主控程序，他正设法进入操控系统。

"伙计们，再给我 15 分钟，我马上就可以控制这里的主机了。"德瑞克通过通讯设备与众人进行联系。

"德瑞克，我是安德森，我们现在的方位是地下三层的入口处。请你先尝试通过操控系统打开电机房的门，这样我们就能尽快恢复供电系统。”

“是啊！鬼才愿意在黑暗中跟这些该死的臭腐尸拼命！有种就光明正大地来场对决！”卡夫愤恨地吼道。

“收到，我立即打开它。”德瑞克在屏幕上锁定电机房后迅速输入指令。

此时从不远处传来了一阵“咔咔咔”的声响。

“我想门应该已经开启了。”安德森告诉德瑞克。

“我会尽快启动监控装置，随时留意你们周围的情况，伙计们，祝好运。”

安德森做了个变换队形的手势，杰克与疾影同时闪到了安德森身后。卡夫呆若木鸡似的站在原地，一脸无奈地望着他们，眼睛睁得犹如铜铃一般大。

这显然也在安德森的意料之外，他有些尴尬地使了个眼色，疾影心领神会地走到卡夫面前，先前一脸沮丧的卡夫看到她顿时咧开嘴笑了起来。

“万一遇到什么情况可不要拖我后腿。”疾影冷冷地看了他一眼。

“当然不会！它们敢来我这拳王就把它们全部揍成墨西哥肉饼！”卡夫有力地挥舞了几下拳头。

“你们待在原地保持警戒，由杰克跟我去电机房恢复供电。”安德森的话马上令卡夫安静了下来。

“嗯，你们小心。”疾影看着安德森。

卡夫不屑地把头扭了过去：“明显跟头儿说话的态度要比对我温柔多了。”

安德森经历过之前的遭遇，此时丝毫不敢怠慢，他身体上的每一根神经几乎都已经竖了起来。杰克紧随其后，炯炯有神的双眼在黑暗中犹如雷达一般地扫视着周遭。

四周寂静得令人发憷，似乎连空气也停止了流动。安德森和杰克端着手电筒十分小心地往前走着每一步，一段平时只需 3 分钟就能走完的路两人足足花了将近 10 分钟。等他们来到电机房的门口时，发现门已经被顺利打开了，安德森示意杰克等在原地，自己举起手电筒将电机房的各个角落都仔细地照了一遍，然后独自走了进去。

“你说他们会不会又遇到了那些被诅咒的东西？”卡夫斜着头看看疾影，见她默不作声，卡夫用手电筒晃了晃她的眼睛。

突然听见“噌”的一声，不知何时疾影手里的剑已经抵住卡夫的咽喉，如果再深入半寸他就得一命呜呼了。

卡夫望着她那比剑锋更锐利的眼神，无奈地摆了摆手:“哎哎，美女，我只想跟你说说话，你不觉得我们像傻瓜一样站在这里很无聊吗？对了，你每天都穿得这么酷？”

疾影并没有想回答他的意思，而正在此时四周所有的灯一下子都亮了起来，黑暗瞬间变成了光明。

卡夫趁疾影闭上眼睛的一刹那突然一个闪身，避开了自己咽喉处的剑并绕到她背后。他伸出铁柱般的双手，从疾影的腋窝由下而上，紧紧地锁住了她。

疾影一惊，她怎么也没想到一个体型硕大的男人居然可以在短短的一秒内接触到自己的身体。她立刻扭动全身，使劲地想要挣脱，怎奈这两只力大无比的胳膊就像两只精钢浇铸的环一样，死死地箍住了自己。

“放开我！快放开我！”疾影即便再强、剑术再高，可毕竟是个女人，力量和卡夫相比差得太远，一旦被缚只能束手就擒。

“哈哈哈！我力气大吧！”一向被美女打压着的卡夫第一

次占据主动，不禁开心得连声大笑。

“你、你……”疾影红着脸，依然在卡夫宽厚的身躯中顽强挣扎。

卡夫突然从这冷酷的女剑客身上感觉到了火热，在敞亮的灯光下头一次看到她绯红的脸。不知是被气红了还是被羞红了，他只觉得自己从来没有看到过如此美丽的一抹绯红。

疾影只感到阵阵急促而又猛烈的喘息吹起了耳旁的秀发，倾尽全力依然无法挣脱，渐渐地疾影放弃了抵抗，不再动弹，任由自己被一个男人禁锢在他的枷锁里。

卡夫完全没有松手的念头，他只希望这个姿势可以永远保持下去。这一刻他仿佛忘却了这里是一个僵尸横行，充满血腥与死亡的恐怖之地。此刻在他脑海中所呈现出的画面是自己怀抱着最美最性感的女友幸福地站在世界之巅。

“你们在干吗？这两个是被你们干掉的噬梦者吗？”从卡夫背后传来了安德森的声音。

卡夫一惊，突然松开了铁箍般的双手。疾影顿时失去重心，她一个踉跄，差点跌坐在地上。

由于刚才所有的注意力都集中在了疾影身上，卡夫竟然对距离自己不到十米的角落里躺着两具尸体浑然不知。

“头儿，我……”卡夫尴尬地抓着自己的头皮。

疾影已经窜到了尸体边上，她探下身子，发现其中一具尸体面部朝下，死者是名男性，穿着一身黑色西装。旁边还仰天躺着另一名男性尸体，他比前者略胖，额头上刺着一个鲜红的数字“9”，此外胸口上有一个黄豆大小的弹孔。

“小心它们复活！”此时安德森和队员们也已赶来。

疾影指着一具尸体：“看来他是被射杀的，子弹正中心脏部位，一枪毙命。奇怪的是他额头上还有一个数字，应该是凶手杀人后再刺上去的。”

安德森蹲下身子仔细检查了一番，发现除心脏的致命伤以外身体其他部位并没有任何伤痕。

“死者的脸部表情不见异常痛苦的神色，可以排除生前发生过激烈的搏斗，也许是在冷不防的情况下被杀害的。”杰克喃喃自语。

安德森点了点头，当眼光扫过他右手时见他拳头紧握，似乎攥着什么东西。于是安德森抬起他的手，用力掰开五根手指，果然发现了一根宝蓝色的尼龙带。

安德森拿起这根带子，皱着眉头看了好一会儿，然后才将它放入了自己的衣袋里。

“这是什么？为什么他手上会有这个？”卡夫一脸不解地望着安德森。

“现在我还不知道，不过这东西可能和死者有着非常重要的关系。”

“好吧，那我们接下去怎么做？”卡夫偷偷瞧了疾影一眼。

正当安德森思索着下一步的行动计划时，躺在地上的另一具尸体突然动了一下！所有人立刻不约而同地往后退了好几步，纷纷举起枪准备射击。

“咳咳，咳咳。”尸体竟然从地上缓缓地爬了起来。

“可能是噬梦者！大家小心！”安德森和队员们全神贯注地盯着前方。

等他完全站起身来，安德森他们一个个全都惊呆了，仿佛看到一件世上最不可思议的事！

“这、这是哪儿？我怎么了？”

安德森怔怔地望着墨菲，他怎么也想不到自己竟然会在这种地方遇到他。

“你、你是墨菲！”还是卡夫喊出了他的名字。

墨菲晕晕乎乎地抬起头，见到的是一个虎背熊腰的壮汉。

“你是谁？”

卡夫立刻对他敬了个军礼：“报告长官，我叫卡夫，现效力于第五步兵师。”

其他队员也一一向墨菲说明了自己的身份，除了安德森。

“我们又见面了。”

“哦，是你啊。我们真是有缘，好像在哪里都能撞见。”墨菲脸色惨白地看着安德森。

“只希望这次遇到你不会再发生任何不幸。对了，你怎么会在这里？”安德森问。

“我收到道格拉斯将军的命令，带领情报处的人来这里负责取回珀佩特的原始数据。没想到在这层遭遇了觉醒者，我和队员们被打散了，之后我就跑到这里，但不知怎么回事就晕倒了。”

“你也是来取回数据的？”

墨菲愣了愣：“怎么，难道你也是？”

“是的，贝茨将军下达的命令。最高统帅部也已通过了决议，将在四十八小时内对洛杉矶进行核摧毁。”

“什么？摧毁洛杉矶？咳咳，这群人是疯了吗，竟然想要毁灭一座城市！”墨菲的身体似乎还没有完全恢复。

安德森看了看表：“现在离发射核弹的时间还有三十个小时。对了，旁边那人是你杀的吗？”

“他？怎么可能是我杀的！我记得晕倒前周围并没有任何人，真不知道他是从哪儿冒出来的。”墨菲望着尸体。

“你还记得你是什么时候晕倒的吗？”

“让我想想，可能是五六个小时之前吧，怎么了？”

安德森点点头："按照这具尸体的僵硬程度来判断，他应该死于两个小时前。"

"被一枪毙命。"墨菲看着他胸口的弹孔。

"是的，看来凶手并不想给他任何活命的机会。"

"这个数字是怎么回事？"

"不知道，可能是凶手想留给我们什么信息。"安德森感到事情的复杂性超过了先前的想象。

墨菲伸手拍去外套上的灰尘："既然我的小队已经散了，那请让我跟你们一起行动吧，我对这里的情况已经有所了解。"

安德森和队员们互相对视。

"这里的主机拥有安全系统和防御系统两种模式，现在我们正处于防御模式下，所以每通过一层都会十分困难。我们要想办法重新开启安全模式，这样接下去麻烦就会少很多。"墨菲告诉安德森。

安德森沉思片刻，然后通过通讯设备下达了命令："德瑞克，我是安德森。"

"是的，头儿。"

"现在请你立即开启整个实验室的安全系统。"

"收到，我已发出指令，安全系统五分钟后就会启动。"

"很好。"

安德森看着众人："既然墨菲加入我们，那以后的任务就由我们五人统一行动，所有人依然听我指挥。"

"你的小组当然由你来领导。"墨菲点点头，微笑着说。

"所有人注意，接下去我们要仔细搜索这里。检查一下是否还有生还者，然后迅速到达下一层。"

杰克突然皱了皱眉头，细心的安德森看到了："你怎么了？"

“没、没什么，可能是有些兴奋。”

“嗯，那我们就出发吧。”

美国兰利空军基地，作战会议室。

室内的空气冷得令人仿佛置身于西伯利亚，一张椭圆形的会议桌围坐着六名准将。贝茨神情严肃地站在星条旗前，望着桌子上一摞摞刚刚从各地送来的最新战报。

“离核弹发射的时间只剩下不到三十个小时了，安德森还是没有送来任何消息。”詹姆斯准将说。

“我们的主要城市都已相继失守，防线一退再退，如果美国毁灭那地球也就彻底完蛋了！”另一名准将大声吼道。

“我觉得我们从一开始就不应该指望安德森能够顺利完成任务，毕竟他们只有五个人，不是五十个、五百个，我们应该立刻调动一支精英特战队去生化研究所才行。”

“底特律的保卫部队司令费舍尔传来急电，要求我们马上增派部队前去支援，否则底特律将在十小时内彻底沦陷！”

“我想应该马上召集劳拉和亚瑟回来，协助安德森拿到珀佩特的数据才是最要紧的！”

“我们必须马上致电中国和俄罗斯，让他们一起参与建造诺亚方舟。这样天舟计划就可以大大缩短完成的时间，从而让更多的地球精英能移殖到Gliese 581号行星①上去。”

“大家安静。”贝茨威严的声音让所有人都立刻噤声，詹姆斯与众人的目光都集中到了贝茨身上。

贝茨沉重地叹了口气：“目前我们丝毫没有多余的力量可以去支援安德森。现在只能祈祷上帝保佑他们能够顺利完成

---

①Gliese 581c号行星：由11名欧洲天文学家组成的观测小组第一次在太阳系外发现了一颗可能适宜人类居住的行星，这颗行星具有和地球类似的温度。

使命，否则这次恐怕会成为人类的最终浩劫。”

在座的各位准将面面相觑，他们的表情告诉贝茨似乎谁也不信光凭安德森他们五人可以完成使命，甚至是活着回来。

“各位！现在最重要的不是我们还能派出多少援军，更不是猜忌自己的战友和伙伴。对我们来说，目前最需要的就是信任！我们必须坚信他们一定可以光荣完成这项任务！我希望你们马上停止那些无谓的猜忌和非议，与我一同虔诚地向上帝祷告，安德森和他的同伴们必将凯旋归来！”

男人的眼前一片漆黑，连原先忽明忽暗的灯光都莫名其妙地消失了。他感觉四周越来越恐怖，危险也正在一步一步逼近自己，他蜷缩着丝毫不敢动弹，卫生间里安静得只能听见阵阵急促而又微弱的喘息声。

真希望自己是在做一个马上就能够结束的噩梦。

“咔哒咔哒。”就在这时候，男人听见了有人在用力转动卫生间的门把手。门把手每次被转动一下，他的心脏也同时剧烈地跳动一下。

男人颤抖着取出手枪里的弹匣，摸了摸剩下的唯一一枚子弹，十分沉重地吸了口气，然后又小心地把弹匣装了回去。此时此刻除了喘息声就只剩下水龙头里的滴水声，滴答滴答的声音就好像在为生命进行着倒计时，看着即将被打开的门，他吃力而缓慢地抬起握枪的手，最终将枪口抵在了自己的太阳穴上。

“他妈的！眼看就快胜利了却被这些吃屎的东西给困住，真是倒霉透了！等老子变成鬼再跟你们拼！”男人的手指随时准备扣下扳机。

门一下子被打开，同时也响起了一声清脆的枪响。

“啊！”男人发出杀猪般的尖叫声。

一具噬梦者的尸体倒在了他面前，男人简直不敢相信自己的眼睛。他抱住脑袋蜷缩着蹲坐在地上，害怕得浑身瑟瑟发抖。

“把枪扔出门口，举起双手，让我看见你的脸。”

男人突然听见一个女人的声音，他猛地抬起头，却不见半个人影。

“如果你不想成为它那样，我建议你按照我说的去做。”

“好吧，我听你的。”男人乖乖地把手里的枪扔出门口，然后战战兢兢地举起双手，他的胳膊和腿依然颤抖个不停。

“很好，现在笔直往前走三步。”

男人按照她的指令又往前走了三步。虽然现在还是没有摆脱危险，但至少得庆幸自己仍活着，他想。

“老实地告诉我你是谁？”

“我、我叫托尼。很高兴你来救我，女侠。”

“听着，我不是专程来救你的，现在告诉我你的身份。”

“我的身份？呃……我从事军火生意。当然，也经营一些珠宝、古董之类的东西。如果你喜欢的话我可以赠送你一枚卡地亚钻戒，2 克拉的，当作感谢你救命之恩的礼物吧。”

“你知道珀佩特吗？”

托尼怔了怔：“知道，听说这东西现在很抢手，用来对付僵尸一针见效！市场上几乎已经供不应求了，所以价格高得离谱！”

“那你知道这儿是哪儿？”

“当然，这里是箭赞的生化研究所，专门研究珀佩特的地方。”

“嗯，很好，所以请你告诉我为什么你会出现在这里。”

这下托尼想了片刻，然后略带尴尬地说："咳咳，你也知道像我们这些生意人总是以赚钱为目标。现在外面珀佩特卖得这么火爆，我当然希望能够找到它的发源地，那样我就可以得到更多珀佩特了！女侠，顺便告诉你，目前很多人正拿着黄金去黑市兑换它呢。如果我们这次能够带一些珀佩特出去的话，我想我们的财富几辈子都花不完。"

"哦？听起来你已经有所发现？"

"是的，我把东西都藏在卫生间右边的第二个马桶里了。"

"你准备带出去卖？"

"哈哈，如果不卖难道我还给自己注射吗？"托尼笑了起来。

"就你一个人？"

"我们来的时候有三个人，不过我的两个同伴都被僵尸杀了。刚才如果不是你出手相救，那我现在也已步他们后尘了。"

"现在你去把珀佩特拿出来，放在门口。"

托尼迟疑了一下："这个……那好吧，我这就去。"说完托尼便从马桶里提了一个浅蓝色的牛筋双肩包出来，按照女人的要求轻轻地放在了门口。

"都在这里了，女侠。"

"我不是什么女侠，也不想把这些东西占为己有。"突然一个身穿粉红色紧身衣，一头乌黑的秀发并扎着一个马尾辫的女人出现在了托尼面前。

虽然卫生间的光线十分微弱，但还是可以看见她那火辣的身材。她穿着一条黑色的超短裙，两个鲜红色的枪套一左一右地贴着她两条修长的大腿，其中一个枪套里还有一把纯银色的沙漠之鹰。最底下的则是一双黑色的牛皮长靴，看起来性感无比。

托尼看得合不拢嘴。从刚才差点成为僵尸口中的美餐到现在被一位性感美艳的女人相救，他真想狠狠掐一下自己，看看是否置身梦境。

女人右手握着枪对准托尼，左手从地上一把抓起了双肩包。

“怎么，你还想继续在这里等更多的僵尸来吃你？”女人冷冷地看着他。

托尼这才回过神，连忙用力拍了拍身上的尘土：“当然不，你是打算继续把我救出去吗？”

“虽然像你这种人并不值得去救，但既然被我撞见了，我也不会扔下你不管。”

女人一边说一边把托尼的枪交还给他：“我叫索菲，在走出研究所大门之前我们是伙伴，出了门之后就是陌生人。明白？”

托尼接过枪，嬉皮笑脸地看着她：“明白，明白，我都听你的。”

索菲有些鄙夷地看了看托尼，将双肩包递给他：“等下还会进行战斗，所以这东西暂时由你保管，出去之后交还给我。”

托尼接过双肩包，连连点头，随后跟着索菲一同走出了卫生间。

安德森一行人在地下三层已搜索完三分之一区域，他们并没有发现任何生还者。这层与上一层不同的是这儿有一些铁门是锁死的，从外部根本无法打开它们，所以安德森也无法查探到里面是否还有幸存者。

“没时间了，我们只能加快搜索其他区域，然后通过这层。”安德森看了看表，距离启动安全系统还剩下不到一分钟。

“要不我们还是分成两组吧，这样可以缩短搜索时间。”墨菲向安德森提议。

安德森转过头，冷冷地盯着墨菲：“我已经说了，接下来我们五人统一行动。别忘了，虽然我们拥有研究所的地图，但谁也不知道这里究竟有多少僵尸！这次任务我绝不希望再看到有人从我身边倒下！”

墨菲同样冷冷地盯着安德森。正在此时突然所有的灯都熄灭了，不到一秒钟灯又亮了起来，同时从研究所的广播里传来了声音。

“大家请注意，现在启动安全模式。大家请注意，现在启动安全模式。”

紧接着听到一连串“咔咔咔”的响声，原先那些无法开启的铁门一下子都自动打开了。

安德森他们待在原地，心中忽然涌起一种不祥的感觉。

此时从通讯设备中传来了德瑞克的声音：“头儿！从屏幕上突然出现许多不明物体，就在你们周围那些房间里！”

“马上调整队形，准备交战！”安德森和队员们瞬间围成一个圆圈，五个人背朝里、面向外，盯着那些刚刚开启的门。

果然就像之前所预感的，灾难犹如潮水般地正向他们袭来！一个个僵尸看起来就像是一只只饥不择食的恶狼。

“小心！是觉醒者！”杰克突然狂吼一声。

安德森看着它们墨绿色的双眼，背脊上只感到一阵阵凉意。不久前他曾与这些来自地狱的亡灵们亲自较量过，最终因为身负重伤而昏倒在了战场上。

“疾影，千万要小心！它们的战斗力要远远高于之前的噬梦者。”安德森立刻叮嘱一旁的疾影，生怕自己再牺牲任何一位战友。

疾影点点头，她右手依然握着剑，左手则从腰间抽出一把乌兹冲锋枪[1]，此时她也不敢轻敌了。

说时迟那时快，一个觉醒者已经跑到了距离卡夫 10 米近的地方。卡夫发出一声冲天怒吼，火力全开，子弹瞬间流星般地射在了觉醒者身上。

“嗷嗷！”觉醒者被打得往后翻滚了好几下。不过丝毫感觉不到疼痛的它立刻又重新站了起来，再次朝卡夫迅疾扑来。

“呼！”一颗子弹破空而出，从觉醒者的脑袋笔直穿了过去。这次它连声音都没有发出一声便仰面倒在了地上，不再动弹。

“要射它们的头部，否则再多子弹对这些东西来说也毫无作用。”墨菲斜着头看着卡夫。

此时越来越多的觉醒者从门里跑出来，安德森和队员们纷纷对准它们脑袋射击。觉醒者突然散开，有的爬到了四周的墙上，有的一下子窜上了天花板。

“妈的！这帮狗崽子居然还能上天入地！”卡夫狠狠地啐了一口。

疾影对着一个墙上的觉醒者射出一梭子弹，同时她的身体也迎了上去。觉醒者以飞快的速度进行闪避，让子弹全部都打在了自己的四肢上，而它万万没有想到后面还跟着鬼魅一般的杀手。面对寒光闪闪的剑锋觉醒者再也来不及做出第二次反应，它发出一声吼叫之后便被斩去了脑袋。

周围的觉醒者亲眼目睹疾影的攻击力，于是纷纷张牙舞爪地朝她扑了过来。

---

① 乌兹冲锋枪：同UZI冲锋枪，该枪结构紧凑，动作可靠，且造价低，使用9mm巴拉贝鲁姆手枪弹。有木托和折叠托两种型号，木托为早期产品，折叠托为标准型。

“大家赶快掩护疾影！”卡夫一边吼着一边冲了过去，安德森根本来不及喝止他。

疾影又以同样的手法干掉了最接近她的一个觉醒者。她忽然望见卡夫面对三四个觉醒者竟然毫无惧色，完全不顾死活地往自己这边飞奔而来。他那刚毅的眼神，冲天的气概仿佛就像是一个古罗马角斗场里最英勇的斗士。疾影第一次领略到从这个铁汉身上所散发出来的魅力，她有些被震撼了。

“你快退回去！这里很危险！”疾影躲过了又一个觉醒者的攻击。

卡夫丝毫没有理会她的话，反而精神更加抖擞：“要回去就一起回去！让你一个人面对恶魔，我可不干！威震四方的拳王怎么能输给一个邻家女孩呢！”

一向沉着冷静的疾影此时心乱如麻，她不知道自己是在担心这个铁汉的安危还是被他的义无反顾所感动。

“疾影！小心你身后！”眼见一个觉醒者准备从疾影的后方进行偷袭，安德森马上大声疾呼。

疾影闻声而动。就在她侧身闪避的时候，觉醒者的利爪刚好触及到她的头部，疾影的一缕头发被那只比钢刀更锋利的爪子割成碎片。

如果不是安德森提醒，恐怕我现在已经身首异处了。不行，看来我必须倾尽全力才能应付它们。

“吼吼！”两个觉醒者一前一后朝着疾影疯狂扑来。

疾影以静制动，等靠前的觉醒者距离自己只剩 4 米时她突然对准它的头部射出一连发子弹。但觉醒者反应神速，庞大的身躯竟如鸿雁般地高高跃起。疾影微微一笑，然后像一支离弦之箭一样笔直窜向了后面那个觉醒者。

两道寒光在空中交汇成了一个十字形状，觉醒者在完全没有预判的情况下整个脑袋被切成了四瓣。疾影得手之后并没有喘息，只见她抬头一瞥，算准了另一个觉醒者的下落点，然后将剑尖朝上等待它自取灭亡。可觉醒者毕竟是中级僵尸，在攻击力、速度都大大提高的同时连智商都要高出噬梦者不少。它情急之下硬生生地掰断自己一只胳膊，然后以这只断臂连同上面长长的利爪作为武器，朝疾影大力掷了过来。

疾影万万没有料到它居然有此一招，而且在空中都可以使出如此巨大的力量！她只能侧身一闪，断臂碰撞在地面后弹射起许多碎石，其中一部分都打在了疾影身上。这样一来她整个人都失去了平衡，重重地摔了下去，背部着地。疾影躺在地上，嘴里吐出一口鲜血，觉醒者在空中伸出剩下的一只利爪，准备下落之后抓向她的咽喉。

“疾影！疾影！”卡夫利用交战时仅有的几次空隙瞧见疾影正陷于危难之中，他焦急地放声大喊。无奈自己被几个觉醒者团团围住，随时都有死亡之虞，无法分身再去驰援她了。

疾影知道纵然自己能够勉强起身却也无法在那么短的时间内避过对方倾尽全力的一击。她已放弃了求生的念想，转而考虑如何与它同归而尽。

眼看觉醒者离自己越来越近，疾影忽然想到了那虎背熊腰却有时还似小孩一般天真无邪的卡夫。如果能有机会在世界银河格斗大会上与他一较高下的话，我一定会把他打得落花流水、狼狈不堪。算了，一切只能等到来生了……

就在觉醒者的利爪快要接近疾影的咽喉时，突然有个黑影从她身旁一跃而起。他在空中抱住觉醒者之后紧接着又是一个漂亮的后空翻，最后与觉醒者一同狠狠地摔在了地上。觉醒者身躯在下，被这次重击压得几乎都快成了肉饼，他从靴筒里抽出军刀，一下子割下了它的头颅。

“快起来吧，卡夫那里还需要我们的支援呢。”一只宽阔的大手伸在疾影面前。

“是你！头儿！”万念俱灰的疾影最终从鬼门关里被拯救了出来，她激动得差点掉下眼泪。

安德森拉起疾影后扫视了她的浑身上下：“怎么样，有没有受伤？”

疾影一把抱住安德森：“没事，我没事，谢谢你。安德森，我以为我……”

安德森的手指突然压在了她嘴唇上：“我说了，我不会再让你们之中的任何一个人离开我。你们既然跟我来了，我就必须把你们全都活着带出去。”

无边无尽的死亡之地仿佛有一丝温暖的阳光透了进来，带着生机、带着希望、带着人类对生命、对和平的渴望。

这时墨菲、杰克和卡夫他们也暂时击退了觉醒者，纷纷赶来与安德森会合。

“你怎么样了？伤势重不重？”卡夫扶着疾影的胳膊。

疾影摇了摇头：“我还好，只是受了点轻微伤。”

“这样下去不是办法，觉醒者越来越多，我们坚持不了多久。”墨菲给自己的枪换了一个弹匣。

“我们是不是应该放弃搜索幸存者，尽快去下面取回珀佩特的原始数据？”杰克咬着牙，脸色惨白得发紫。

所有人都在等待安德森的指示，在战场上一贯雷厉风行、斩钉截铁的战神此时此刻心中充满着无限的彷徨。他十分清楚如果就此放弃拯救任务，那些尚存一息的人就再也没有任何生还的机会了。如果现在边战斗边搜寻幸存者的话，那么随时都会将自己的队员们置于死地。

“头儿！你们在干什么？为什么原地不动？屏幕上有非常

多的红点正朝你们靠近！”从通讯设备中传来德瑞克焦急万分的呼喊。

“快点下命令吧！不用一分钟我们便会被它们团团包围了！”墨菲远远看着觉醒者如洪水般地从一扇扇门里汹涌而出，就像是一个个刚从地狱之门里破牢而出的暗黑邪灵。

“咳咳。”疾影没有说什么，只是在一旁轻微地咳嗽。

望着卡夫一脸视死如归的神情，安德森艰难地做出抉择：“全体放弃拯救任务。杰克和墨菲去开启通道，其他人原地阻击，为他们打开通道争取尽可能多的时间！”

“是！”所有人都敬了一个庄严的军礼，杰克和墨菲一起向通道跑去。

安德森看了一眼自己的队员，勉强挤出一丝笑容：“不要在这里白白送死，这是命令。”

疾影和卡夫也笑了笑，异口同声地说：“遵命！”

一条弯弯曲曲的下水道错综复杂地伸向四周，两边古老而冰冷的灰墙使这里看上去犹如一座断壁残垣的荒芜之城。石顶上隔三差五地悬挂着一盏盏忽闪忽暗的煤油灯，把一男一女两个人的身影又斜又长地照在了墙上。

“我们现在是什么方位？”

“你可以安静点吗？”

“我总得知道我们是不是快接近出口了吧。”托尼环顾四周。

“现在是地下三层。”

“哦，那我们只用再通过地下二层就可以到地下一层啦！哈哈哈！”托尼高兴地开怀大笑，仿佛出口就在眼前一样。

索菲突然停住了脚步，她回过头盯着托尼，一个字一个字地问:“怎么，你也知道出口在那儿？”

托尼愣了一下，脸上的那副笑容转眼间就变成了愁云惨淡。他显得十分哀怨:“我的兄弟曾经就是这里的安保主管，不过他现在……已经被僵尸杀害了。”

“他生前曾将这里的地图复制了一份给我，所以我才知道研究所的入口其实就是出口。当然，他这么做是违反公司禁令的。”

索菲冷笑了一声，径直往前走去，托尼立刻紧跟上去。

“既然你熟悉这里，为什么之前还故作疑问？”

托尼连忙一脸无辜地双手一摊:“上帝可以替我作证！地图上只标明了研究所入口、出口及层与层之间通道的位置，还有每一层的平面结构，但我从来不知道第三层还有这么一条腐臭、阴暗的下水道。”

这里是研究所平时运送尸体以及活体标本的秘密通道，地图上的确没有相关标注。这家伙虽然拥有研究所地图，但地图上确实不会标注所有密道,看来他并非是在说谎。索菲想。

“本来我们不该走这里，不过广播里已经说了，现在整个研究所处于安全模式。由于那些原本封闭僵尸的门都已再度开启，所以目前外面应该到处都是那些东西。这条路看起来虽然不怎么样，但我们却很安全。”索菲疾步走在前面。

“我一直有个问题，我……这个……”托尼欲言又止地望着她的背影。

索菲再次停住了脚步，托尼差点儿撞到她。

“你有什么问题？”

托尼捧着包，断断续续地说了几个字:“你、你究竟是干吗的？”

“如果你不方便说或者不想说，那就当我没问好了。”托尼赶紧又补充一句。

索菲嘴角微微一翘，似乎对这个问题感到有些好笑。

“我就知道你不会告诉我，不过没关系。”托尼自言自语。

下水道的路面上漫着一层薄薄的积水，犹如墨汁一般的黝黑，还带有一股萦绕不去的腐臭，鞋子踏在被积水覆盖的地面上“噌噌噌”地溅起了许多水花。索菲他们绕过弯道后进入了一条狭小得几乎只允许两人并肩通过的小道时，他们都看见了前方距离自己七八步左右的地方有一张类似医院里的病床，一床已经发霉的白被单下似乎还有一具尸体。

索菲和托尼原地观察了一下这张奇怪的病床。在靠近尸体头部位置的被单上还有一滩明显的血迹，从被单和血迹来判断它应该在这里摆放了很久。

“你看，这血迹的形状是不是好像一句话？”托尼喃喃自语。

索菲留心观察，发现被单上的血迹的确好似几个奇怪的单词：

KNIFE CURVE HELL

不对！公司一直都明令禁止在这里停放运尸床，而且在我印象中也从来没见过这里有这么一张床，这是怎么回事？索菲满腹狐疑。

“还看什么，那顶多只是一张摆放死人的床，我们过去吧。”托尼正想迈开脚步往前走的时候突然被拽住了胳膊。

还没等托尼回过头索菲已经走到了他前面：“小心点，你跟在我身后。”索菲双手紧紧地握着枪，一步一步朝前走去。

当索菲走过运尸床时她本想揭开被单看个究竟，不过最终她的理智战胜了自己的好奇心。

托尼看见她安然无恙地通过后，他终于如释重负地喘了口气："我就知道是你多心了。"

可轮到托尼通过这张床的时候，索菲根本来不及出手阻止，他已经用枪尖挑去了覆盖在尸体上的被单。

"哇！这个人死的时候一定非常痛苦！面目全非，脑浆溢得到处都是，估计他的脑袋是被大货车的轮子给碾压了。"

"赶快过来！"从索菲的潜意识里突然闪现了一种不祥的预感。

"急什么，我还没看清楚呢。"当托尼转过头跟索菲说话的时候，这具死尸竟然缓缓地坐了起来！索菲马上举起了枪。

托尼大吃一惊，吓得脸色都变了："你、你要干什么？"

索菲没有说话，随即只听见"呼呼"两声枪响。

托尼根本没有做出任何反应，瞪大着眼睛站在原地，似乎已被吓得魂不附体。两颗子弹从托尼的耳旁穿过去，不偏不倚打中了尸体的脑袋，尸体立刻倒在了床上。

"噢，天呐！你刚才差点杀了我！"托尼话音刚落索菲便闪电般地掠到他身旁，一把抱住他往前猛扑了过去。

两人还未落地便听见一声震耳欲聋的巨响！运尸床旁边的墙壁轰然倒下，连天花板上的石顶也同时爆裂，飞溅而出的碎石打在他们身上只感到一阵撕心裂肺的剧痛。

"啊呦！我的肋骨好像断了！"托尼凄厉地惨叫着，他和索菲双双倒在了地上。

索菲一翻身站了起来，又咬紧牙齿从地上拽起托尼："该死！连下水道都出现僵尸了！我们必须马上离开这里！"

"上帝啊！这究竟是怎么回事？"

"你还不明白吗！我们遭遇觉醒者了！"索菲边说边拉着

托尼往前跑去。

整个下水道突然就像世界末日般，墙壁和地面从中心向四周一点一点地裂开。紧接着便听见一阵阵雷鸣般的嘶叫声，觉醒者潮水般地从地底深处以及天花板中冒了出来。震撼无比的场面仿佛就像是撒旦从地狱中派出最恐怖的邪灵军团，前来人间肆意掠夺所有生灵的魂魄。

一个觉醒者的利爪突然从地下伸出，一下子抓住了索菲穿着黑色牛皮长靴的腿。

“啊！”失去重心的索菲顿时重重地摔倒在地，由于两条腿被一双巨爪紧紧地抓住，因此一时无法动弹。

只一会儿的工夫觉醒者便从地底下钻了出来，它轻易就将索菲提了起来，令她脚在上头部朝下。它张开一张足以吞噬牛羊的大嘴，伸出一条沾满着粘液的舌头，像巨蟒一般地缠绕在索菲腰上。

“可、可恶，放开我！”索菲顿时感觉自己的五脏六腑都快被挤爆了，呼吸也变得越来越困难，看来觉醒者是要以最痛苦的方式将自己折磨至死。

就在千钧一发之际托尼不知从哪里冒了出来，只见他手里拿着一把形状奇特的枪，瞄准不远处的觉醒者然后按下了扳机。

“丑陋的魔鬼，下地狱吧！”一枚又细又长的火箭弹在空中拖着红红的尾巴，精准地打在觉醒者脑袋上。顿时发出一声沉闷的响声，觉醒者的上半身瞬间被炸成了肉酱。

开枪后托尼便扔下手中的包并向前奔去，正好将半空中摔落下来的索菲一把抱住。

“美女，幸好我接住你了，真是万幸！”托尼笑嘻嘻地望着满脸都是污血的索菲。

索菲大口喘着粗气:“放、放我下来。”

于是托尼十分听话地将索菲放了下来,然后飞快捡回地上的包:“等我们逃出去后,我会好好替你擦干净你那张俏美的脸。”

索菲毫不领情地瞥了他一眼,然后继续往前跑去。托尼笑了笑,紧随其后。

这儿就像上演着一场猫捉老鼠般的游戏。一男一女在前面狂奔,后面紧紧跟着一大群僵尸,死神随时都有可能夺取他们脆弱无助的生命。

“前面就是下水道的出口!”索菲看见通道右前方的光线逐渐明亮了起来。

托尼听到这句话就像注射了一针兴奋剂:“哈哈!终于脱离鬼门关了!”

不过令他们都没想到的是从下水道逃出来时有两把枪齐刷刷地对准了自己。

“被诅咒的东西,回冥界吧!”

“不要开枪!我们是人类!”正当对方要扣动扳机的一刹那,托尼立刻放声大吼。

对方怔住了,两个男人目光相视,其中一个人马上说道:“现在回答我,你们的姓名、年龄、国籍、职业以及来这里的目的。如果有遗漏或者编造事实,我发誓我会将你们就地正法。”

骤然间被询问那么多问题,此时此刻托尼都快急得哭了出来。

“两位,虽然我很想仔细地回答你们每一个问题,不过现在绝对不行。”索菲显得异常从容镇定。

“为什么不……”对方还未说完索菲突然往顶上一看。就在所有人的目光都随她去看顶上时索菲已鬼魅般地掠到对方两人中间，双手各持一枪，精准地抵在了他们的太阳穴上。

托尼回过神时不免被这神奇般的绝技深深震撼，连声叫好。

“你是特工？”一个男人问。

索菲冷笑了一下：“有机会你自然会知道，不过现在要借用一下你的高爆手雷。”话音刚落索菲便将他腰间悬挂的一个手雷取了下来，往下水道出口的方向掷去。

“卧倒！”索菲和其他人不约而同地趴了下来。

“轰！”一道强烈无比的火光照亮了这片区域。出口上方的石顶顿时坍塌下来，硕大的石块顷刻间便将出口死死封住了。

“现在你总该让我们知道了。”两把枪再次齐刷刷对准了索菲和托尼。

索菲一点都不觉得害怕，她那如刀锋般犀利的眼神望着他们：“如果救人者最终都是这种下场的话，那么我敢保证以后见义勇为的现象将彻底从地球上消失。”

“你说什么？”对方对她的话感到疑惑不解。

托尼再也按耐不住了，他一脸愤慨：“你们不知道吗！刚才要不是她堵住了下水道的出口，我们现在早已成为僵尸嘴里的美味佳肴了！”

对方想了想，终于缓缓地放下了枪。

“我叫杰克，他是墨菲，我们都是CIA的。”杰克分别给他们敬了个军礼。

“啊哈，你们原来是CIA！算了，之前就当是一场误会吧。我叫托尼，这位女侠是……”

“索菲。”索菲说出了自己的名字。

一向很少说话的墨菲此时突然转向托尼："你们来这里干吗？"

"哦，我、我们来找一个朋友。他是这家研究所的主管，等我们到这里时发现这儿已经变成了地狱。"说完托尼叹了口气，他一副既伤感又惋惜的样子让一旁的索菲觉得十分可笑。

"你包里装着什么？"墨菲的目光停留在托尼手中的包上。

托尼本能地将包往后挪了挪："没、没什么，只是我的一些登山工具，像绳索、手电筒、指南针之类的。"

墨菲连连冷笑："看来你对探险还很有兴趣。"

"两位应该是来拿取珀佩特原始数据的吧？"索菲看着脸色惨白的杰克，此时他瞧上去似乎十分痛苦。

"嗯……是、是的，我们受到上级命令来这里取回它的原始数据。咳咳，否则这场瘟疫将夺去千百万人的生命。不过你怎么会知道？"杰克不住地咳嗽。

墨菲看了看他的同伴："你还好吧？"

杰克边咳嗽边点头。

"我已经说了，有机会你自然会知道。现在下水道这条路已被封死了，所以你们只有从另一条路通往地下四层。"索菲告诉墨菲。

"确实只有如此。"

"不过地下四层并没有你们要的东西。"

"那你知道它在哪儿？"

"地下六层，机密档案室。"

墨菲似乎对眼前这位性感尤物产生了兴趣，他上下打量着索菲："不错，你好像对这里的情况了如指掌。"

索菲对他显然没什么兴趣，她的视线一直很少从杰克身上移开过。

“你们是这里的人？研究所的幸存者？”墨菲依旧不依不饶地追问。

托尼焦躁地跳了起来：“拜托老兄，我已经说了我们是来这儿找一个朋友的！什么这里的人，什么幸存者，你看像我这种样子的披头士能他妈的被研究所聘用吗！我背上还有一大片纹身，你说我是不是更适合在地铁上卖唱？或者混迹在小镇的酒吧里找找小姐？”

墨菲走近几步：“让我看看你包里装的东西。”

“你们都给我安静点。”索菲带着警告的口吻。

“哦上帝，我为什么要答应你这种莫名其妙的要求呢？如果换做是我现在要你脱下内裤让我看看你那家伙，你会同意吗？”托尼瞪着墨菲。

“安静！”索菲再次提醒他们。

正当墨菲准备伸手去抢包的时候，杰克突然野兽般地大吼一声，把所有人都吓了一大跳。

大家全都转过头去看杰克，只见他仿佛被电击似的浑身颤抖。不一会儿身体开始迅速膨胀，被撑破了的衣服裤子都像纸片般地散落一地。紧接着他的皮肤开始爆裂、脱落，然后又生长出污泥色的毛皮，手上的指甲也一点一点伸长，最后俨然变成铁钩一样的利爪。再看他的头部，此刻呈现在所有人眼前的是一张异形般的脸，墨绿色的眼睛、河马一样的鼻子、上下两排比虎狼更尖更利的牙齿，还有两只类似蝙蝠的耳朵。

“觉醒者！大家小心！”索菲立刻射出了好几发子弹。

觉醒者一闪身避开了来袭的子弹，再一闪身便出现在索菲身后。索菲早有防备，她一个前空翻躲开了它的双爪，而觉醒者几乎不用停顿便可以再次攻击，因此它已在短短几秒内连续向索菲抓了数十次，每次都被她以不可思议的方式躲避过去。在战斗中，索菲就像是一只充满了速度与韧性的灵猫。

“你想去哪里？”墨菲转头看见托尼背着包正欲偷偷溜走。

“拜托，你别傻了行不行！那妞看起来撑不了多久，我们现在不跑难道还等着被觉醒者当成美餐？”

“现在不能走。”

“哦？那好吧，你不走我走。”

托尼刚走出几步就被一把枪顶在了后脑上。

“我说了，现在不能走。”

“行行，你说了算，那我们就等着被咬死吧。”

“把你身上的包交给我。”墨菲的口气十分强硬。

“这、这可不行，我让你把手里的枪给我你也不愿意啊！”

此时安德森、卡夫和疾影正好赶到，眼前的场景不禁让所有人都十分诧异：一个觉醒者正在追杀一个陌生女人，墨菲的枪并没有对准觉醒者，而是指着一个陌生男人的脑袋，杰克也不见了。

安德森使了个眼色，卡夫立刻跑到墨菲身边，看了看他们两个，指着托尼问：“他是谁？杰克呢？”

“死了。”

“谁死了？”

“杰克。”

“什么？杰克他、他死了？你开玩笑吧！”卡夫以为自己听错了。

墨菲连连冷笑，手指着一边：“你看见那个觉醒者了吧？它就是杰克。”

卡夫简直不敢相信自己的耳朵：“你说什么？杰克是觉、觉醒者？”

“嗯，不过他应该是受了感染才变异的。”

“那么这家伙呢？他也被感染了吧！让我一枪毙了他！”失去战友的卡夫痛不欲生，他一边怒吼一边举起了枪。

“等等！”

“还等什么！一定是他把杰克害死的！我要杀了他！”此时拳王浑身都弥漫着一股极其强烈的杀气，怒火中烧的他看上去仿佛是一头咆哮不止的雄狮。

“他没有受到感染，留着他对我们还有用。”墨菲还是那样冷静，从他的神情根本看不出自己刚刚失去了一个同伴。

远远听见墨菲与卡夫的对话，安德森思索片刻，指示疾影前去帮助那个陌生女人。疾影看清了觉醒者的行动路线，然后疾风般地掠到它面前。

“杰克，你还能听见我说话吗？”疾影双手平举着一柄寒光四射的利剑。

“你还真是风趣，竟然尝试和一个僵尸对话。”索菲已经神不知鬼不觉地出现在觉醒者身后。两大冷艳性感的尤物一前一后，对觉醒者形成了夹攻之势。

觉醒者大吼一声，突然像火箭似的窜向天空。

“它想从空中把我们同时干掉！”

“那就让我们一起在空中干掉它！”

只见疾影和索菲几乎在同一秒凌空跃起。当她们快接近觉醒者时忽然两只夺命利爪闪电般地击出，分别冲着她们面门攻来。正在此时疾影突然手腕一抖，一道剑光笔直地刺向觉醒者，而索菲手中的双枪则迅疾地向它射出好几发子弹。

刹那间时针仿佛停止了走动，所有人都屏住呼吸，亲眼见证这一幕令人叹为观止的较量！

最终他们全部着了地。疾影和索菲一动不动地站着，浑身上下并没有任何伤痕。觉醒者的两只手臂从身体上齐刷刷地掉落下来，其中一只被利剑斩断，而另一只则是被一排子弹硬生生地给打断了。

虽然它感觉不到任何痛楚，但失去利爪的觉醒者已形同一头没有了尖牙的虎豹，不再具有致命的威胁。

“你来了结吧。”疾影低着头，略带惆怅地跟索菲说。

毕竟这个觉醒者是杰克变异后的形体，面对和自己一起出生入死的同伴，疾影即使再从容再冷酷，又怎么能亲手结束它的生命。此时此刻，她内心并没有丝毫胜利后的喜悦。相反地，她感觉有些凄凉、有些落寞，一颗漂浮的心就好似断了线的风筝，漫无目的地随风飘扬。

索菲似乎看出了疾影的难言之隐。她什么也没有说，缓步走到觉醒者面前，举起双枪对准了它的脑袋，只要再扣下扳机就可以随时终结它了。

“等等！”

安德森突然跑到索菲跟前，一个字一个字地说:“让我来。”

索菲收回了枪然后退到一边。

安德森手上并没有任何武器。他十分平静地望着觉醒者，忧怨的眼睛里究竟满是酸涩还是沉痛，恐怕连他自己都已经无法分辨了。

“杰克，我知道你圣洁的灵魂此时还栖宿在这具丑陋的身躯里。你放心，我马上就会帮你解脱，让你安详地去往天堂。”

说完，安德森把头低了下来。

“障碍已经清除。”

“你没事吧？”

“我没事，不过我不明白他为什么要攻击我。我只是打伤了他，他暂时无法行动了。”

“我看看。”杰克走上前去，他蹲下身子，用手电筒照了照躺在地上的人，却看见了一双死灰色的眼睛。

杰克猛地跳了起来：“它是噬梦者！”

就在此时噬梦者突然猛地抱住杰克的腿，杰克重心不稳，一下子倒在了噬梦者身上。

“快闪开！小心别被它咬到！”

“杰克，仔细搜索那些箱盒，看看里面是否有钥匙。”

“收到。”杰克加紧检查那些架子上的箱子、盒子。

“嗷！”突然一阵钻心的疼痛！当杰克翻开一个红色盒子的时候，手背不知被什么东西咬了一下。

“怎么了？”

杰克看着自己的手：“见鬼！好像有什么东西咬了我。”

“还好，应该没什么。”

“大伙儿马上从这些小孔上方找出数字 19 和 1。”安德森一声令下，杰克他们便举起手电筒立刻在石门上找寻起来。

“1 在这里！”杰克兴奋地喊。

安德森把头抬起来的时候，他的双眼已经有点湿润了。

“吼吼。”觉醒者大声喘息着。从它墨绿色的眼睛里似乎看见了一种前所未有的神情，那绝不是僵尸所具有的。

“我宁愿自己死也不想再失去任何一位战友……”安德森缓缓地走到它身后。

“我说过我们五人要统一行动……”安德森双手交叉着抱住了它的脑袋。

“我说过我要把你们全都活着带出去……”

“对不起……对不起……”

令人惊异的是觉醒者并没有进行任何挣扎与反抗，此刻它就像一只温顺无比的小猫那样乖乖地任人摆布。

安德森闭上眼睛，长长地吸了口气，然后双手一用力，只听“咔”的一声响，觉醒者的脖子便断成了两截。

“再见了，杰克，我最亲爱的战友……”有两行晶莹的泪水终于从安德森的眼眶里直淌而下。

此时德瑞克通过监控画面也看到了这一幕。他缓缓站起身来，为牺牲的杰克敬了个的军礼。没过多久德瑞克突然看到屏幕上出现许多红点，他立刻意识到了危机！

“头儿！有许多僵尸正朝你们当前所在的位置快速移动，请赶快撤离！请赶快撤离！”从通讯设备里传来了德瑞克的警告。

“安德森……”所有人的目光都集中在这位昔日战神的身上，一同感受着他内心深处无尽的痛苦和悲恸。

“全体撤退。”最终这四个字艰难地从安德森口中说了出来。

“遵命！”紧接着所有人都向觉醒者的尸体敬了一个庄严的军礼。

“还没请教你们的大名？”安德森边走边看着索菲和托尼。由于先前形势非常紧张，直至此刻他才想起了这两位陌生人。

“这位美女叫索菲，干什么的我也不清楚。我叫托尼，做点小生意的商人。哦对了，我和她是在这里相遇的，之前我们可不认识。”托尼说话时脸上的表情十分丰富。

安德森看了看索菲，不知为什么，他总觉得有些眼熟，似乎很久以前在哪儿见过。

此时索菲走到安德森跟前：“现在从下水道去地下四层的路已经被封死了，我们唯有剩下一条路可走。”

“德瑞克，引导我们以最短的行程到达通道。”安德森用通讯设备联系一楼主机房的德瑞克。

“收到。你们先进入右前方的仓库，那儿应该是安全的，我屏幕上并没有监测到僵尸。通过以后你们会来到血液中心，我看到那儿有六个僵尸，不过要到通道的话血液中心可是必经之路，必须干掉它们。”

“好的，大家跟我来！”安德森带领众人跑进了仓库。

一排一排的铁货架上堆放着许许多多生化试验品和各种器械，顶上几根乌黑而又宽大的通风管道交错地连接在一起，就像一条条令人生畏的巨蟒。

“虽然德瑞克监测到这里没有僵尸，但我们还是必须提高警惕，绝不能再出现任何伤亡了。现在我们分成三组搜索这里，卡夫、疾影一组，索菲、托尼一组，墨菲和我一组。”

安德森看了看索菲和托尼：“虽然你们不是CIA的，但请二位还是暂时听从我的指挥。这是通讯设备，你们戴上它以便于随时相互联系。”安德森将两个微型耳麦递给他们。

“OK，我听你的。”托尼点点头。

索菲没有说什么，只是看了看托尼肩上的背包。

仓库比想象中的要大许多，在四周并不算明亮的情况下一眼望不到尽头。

“真想快点离开这里，这股发了霉的味道简直令人难以忍受！”卡夫怨声载道。

“难道打黑市拳的时候你是在一家铺着大理石地砖，装着按摩浴缸的酒店里？”疾影面带讽刺地笑了笑。

卡夫像个小孩似地跳到她跟前：“嘿嘿，你知道吗，你笑的时候真好看！我现在又不想离开这里了。”

疾影愣了愣，随即一脸正经地问：“为什么？”

“哎。”卡夫叹了口气：“怎么所有的女人都爱问为什么，如果能和你永远待在这儿，如果能让我永远面对面地看着你，就像现在这样，那我宁愿每天都闻这该死的发霉味。”

疾影又愣了愣，然后只觉得脸上一阵发烫，她立刻把头低了下去。

“你说我们能不能活着离开这里？”托尼一边走一边东张西望。

“你很怕死？”索菲每一步都走得很坚定。

“拜托，谁不怕死啊！我在银行里有很多钱，我还要去喝红酒泡法国妞，去拉斯维加斯豪赌，坐游艇去巴厘岛……”

“如果有一天当你发现这个世界变成了一个僵尸横行的死亡之地呢？”索菲打断了他。

托尼默不作声，只好无趣地瞪了瞪眼睛。

“我有一种不好的预感。”

“什么？”墨菲问。

“我总感觉这儿就像一个无形的沼泽，越往下走陷得越深。”安德森皱着眉头。

“有时候人会被自己的感觉所欺骗，当你觉得胜利就在眼前，往往伴随而来的却是一个噩梦般的结果。”

安德森目光炯炯地看着墨菲：“无论前面有多危险，我都会用自己的生命来保护身边的每一个人。”

“我相信你可以，谁让你是战神呢。”墨菲摸着下巴，同时感叹道：“不过有时太自信并不是件好事，过于依赖一己之力只会让身边的人深陷泥潭。”

安德森抬头望着那一根根乌黑的通风管道，好像人生路上一段又一段令人伤感的回忆。不知道源头在哪儿，同样也不知道何处才是尽头。

“全体做好战斗准备！现在我们要进入前方的血液中心，彻底清除里面六个僵尸后迅速通往下一层！”安德森走在队伍的最前方。

“门应该已经解锁了，不过要小心随时会出现的僵尸。”索菲看着这扇可能通往不归路的门。

“让我来打开它！”卡夫把手里的枪交给疾影，然后走到门前，握住了把手。“火力掩护！”安德森和其他人的枪口都对准了门。

卡夫缓慢地转动把手，突然猛地将门往里一推，瞬间子弹犹如雨点般地射进门里。过了一分钟，见里面没有任何动静，安德森便做了个手势，所有人立刻交叉着往前推进。

这是一个比塞尔维亚人民剧院①更宽阔的地方。按地图上所示，这里总共有五间血液储藏室、两间采样室和两间化验室，每一间房间相隔大约两百多米，被好几条走廊相互连接着，形成了一个圆球型的封闭空间。

周围很安静，安静得只剩下六个人的呼吸声。安德森不停地观察四周，他感觉有些奇怪，于是示意所有人按直线前进，以最快的时间通过这里。就在他们刚行进不到20米时忽然有一个黑影从他们头顶上掠了过去。

“它们来了！”安德森和队员们立刻围成一个圈，疾影和索菲负责上方的守卫。

“大家千万不要动，它们随时都可能进攻。”

安德森刚说完这句话的同时收到了来自德瑞克的警报：“紧急情况！紧急情况！我的屏幕上突然显示在你们周围有超

---

① 塞尔维亚人民剧院：位于南斯拉夫，于1861年在诺维萨德建立，创始人是J. S. 波波维奇，是南斯拉夫历史最悠久的剧院。

过二十个以上的僵尸！”

正在此时地面开始剧烈晃动，四周的墙体也不住地颤动，仿佛一场声势浩大的地震来临了。

疾影和索菲瞅见三个觉醒者出现在天花板上，立刻灵猫般地向它们蹿了上去。

“小心！”卡夫一把推开靠近墙体的托尼，然而自己的胳膊却被一只从墙壁中伸出来的利爪狠狠地抓了一下，顿时数道鲜血飞洒而出。

“退后！”安德森立刻对准墙壁射出一连发子弹。一个觉醒者随即和墙体一起倒了下来，所有子弹都不偏不倚地打在了它的脑袋上。

墨菲和托尼一边射击一边往前狂奔，后面紧跟着三四个觉醒者。

“哦，他妈的！真是活见鬼！”

“托尼！我们分开跑，否则就全完了！”墨菲一口气跑入了距离自己最近的采样室。

“好吧，该死的，看来我只有去那儿了。”托尼瞥了瞥前面，也一溜烟地躲进了右前方的血液储藏室。

疾影在空中一个侧翻，避过了一个觉醒者凌厉的攻击。索菲乘势闪到它身后，不加瞄准地射出数发子弹。觉醒者回转身并迅速地伸出巨爪，让这些来犯的子弹统统打在了非致命部位，它大口一张，一条沾满着粘液的舌头灵蛇般地朝索菲伸了过来。

索菲冷静地站在原地，只见她嘴角微微一翘，另一只手里不知什么时候已经多了一柄寒光闪闪的匕首。就在她看准机会要割下觉醒者舌头的一刹那，疾影犹如鬼魅般地出现在了觉醒者的头顶上。她大喝一声，手中的利剑直刺而下，一股墨绿色的液体顿时像喷泉一样从觉醒者的脑袋里飞溅而出。疾影手腕一转，它的头颅便被切成了好几块。

“你的身手不错。”索菲望着眼前这位女剑客。

“这些菜瓜算不了什么。”疾影伸出右脚，踩在觉醒者的尸体上。

“这里的僵尸都被清理了，我们快去看看安德森那边吧。”

疾影点了点头，跟着索菲迅速前去驰援安德森。

一间摆放着各种精密仪器的化验室里，几个显微镜和一些文件都横七竖八地散落在地上。角落里一排银灰色的铁柜门也歪歪扭扭地敞开着，其中有一个柜子里吊挂着密密麻麻的钥匙。

“你的手怎么样？”安德森非常小声地问。

卡夫咬着牙齿：“没事。”他把胳膊上的绷带缠紧些：“这些大耗子，我非杀光它们不可。”

“我们在这里暂时是安全的，我看了一下，现在门外最少有四个以上的觉醒者。”

“在这儿等死还不如马上让我带着手雷冲出去，跟它们同归于尽！”

“嘘，不要冲动，小声点。你看见那些钥匙吗？”安德森手指向左前方的一个柜子。

卡夫点了点头。

“我们从上一层下来的时候就是用钥匙打开了通道的门，所以说不定那些钥匙就是我们通往下一层的关键。”

“那我现在去把它们拿来。”

“你知道要拿哪一把？或者哪几把？那些钥匙看上去足足有几百把，就算我们能够活着到达通道，也没时间一把一把尝试。”

“那怎么办？还是让我杀出去吧！”卡夫焦虑地看着安德森。

“不，等等。”安德森摸了摸自己的额头。

“我总觉得我们置身于一个巨大的陷阱里，捕猎者在跟猎物们玩一个精心设计的游戏。”

“不过……”卡夫正想说下去的时候，安德森做了个示意他安静的手势。

安德森忽然留意到那些散落在地上的纸都写着三个相同的单词。

NUMBER SEWER SAW

安德森捡起其中的两张纸，他做了一下对比：都是血红色的字，一模一样的字迹和大小，只是它们之间似乎没有任何联系。

安德森走到吊挂着钥匙的铁柜前，他凝望着这些钥匙，然后便陷入了几秒钟的沉思。

“还记得在墨菲身边的那具尸体吗？”

“当然！那个到死手里都攥着尼龙带的怪家伙。”

“你记不记得他额头上的那个数字？”

“是9，如果我没记错的话。”

“不错，那很可能就是捕猎者故意留下的线索。”

“故意留下的线索？他为什么要这么做？有本事就出来把我们统统杀光啊！”卡夫看上去十分愤怒。

安德森停顿片刻：“我觉得整件事情远比预料中的要复杂许多。现在根本没有时间去猜透捕猎者的心思，我们只能依照这些留下来的线索求生。也许捕猎者此刻正在某个暗角清楚地观察着我们的一举一动，也许……”

门外突然响起的喊杀声打断了安德森。

“我去帮忙，可能是疾影她们！”卡夫已经按耐不住，还没等安德森允许就冲出了门。

“头儿！果然是索菲和疾影！”卡夫兴奋得差点跳了起来。

“没想到你还活着。”疾影略带嘲讽地扫了卡夫一眼。

“哈哈！还没把你安全地带离这儿我怎么能死呢！”

“那你就先帮我们解决眼前的这两个。”索菲对着卡夫撇了撇嘴。

“杀僵尸怎么不邀请我？”只见安德森举着枪一边开火一边从门里走了出来。

“现在四对二，你们死定了。”索菲也举起双枪，瞄准觉醒者的头部一阵点射。

疾影剑尖一指，浑身顿时充满杀气。她身形一闪，像一只猎豹似地朝最近的觉醒者扑了过去。

“小影！等等我啊！看我这无敌的拳王怎么把它们揍成墨西哥肉饼！”卡夫也边射击边向觉醒者奔去。

“那剩下的这个就是我们的了。”索菲挨近到安德森身边。

“我一直都想问你。”安德森说话的时候眼睛始终盯着前方的觉醒者。

“什么？”

“我们以前是不是在哪里见过？”

“没有。”

“但我觉得你很面熟。”

“现在可不是泡妞的时候。”

“泡妞？”安德森感觉有些无奈。

索菲倒吸了口凉气：“先得除掉眼前这个。”

“你有什么好主意？”

“既然二打一，我们可以一个主攻，一个佯攻。主攻的负责吸引它的注意力，致命一击则由佯攻者来完成。”

安德森点点头：“嗯，不错的战术，那就由我主攻吧。”说完安德森便加大火力，子弹一梭梭地从乌黑的枪管里频频射出。

索菲看准了觉醒者的防御空隙，几个闪身便到了它身后，此时一柄见血封喉的匕首又出现在了她手中。

正在索菲以雷霆万钧之势刺向觉醒者头部的时候它突然转过身来。只见它闪电般地低下头，让安德森射来的子弹全部都打在自己的非致命部位，紧接着它的舌头则以更快的速度将索菲紧紧束缚住了。

此时安德森知道觉醒者只要再挥动一下利爪，索菲的身体随时会被切成碎片。安德森立即朝着觉醒者狂奔而去，进入它攻击范围时觉醒者的爪子飞快地向安德森袭来！安德森早就看透了对方的攻击方式，只见他身体一仰，接着一个滑铲，精准地从觉醒者胯下穿裆而过。他的右手以迅雷不及掩耳之势抽出靴筒里的匕首并将它舌头从中割断，同时左手对准它的头部连射了三枪。

“嗖嗖嗖。”子弹在空气中一路咆哮着，最后全部打在了觉醒者的眉心处，它顿时倒地。

索菲清理了缠绕在身上的东西，然后替自己重新捋了捋头发。

“不是应该说声感谢吗？”安德森依然躺在地上，抬起头微笑地看着她。

索菲上前几步，一把将安德森拽了起来：“这就当做我对你的回报吧。”她露出了一个灿烂的微笑。

安德森突然觉得这种笑容很熟悉，仿佛那是在他记忆最深处，封存最久远的影像。他似乎看到了安吉丽娜轻轻地走到自己身旁，他真想双手温柔地捧起她的脸，望着她清眸流盼的眼睛和月光女神般的笑容。紧紧地抱住她，在她耳边轻轻说出自己一直以来最真切、最炙热的心声：安吉丽娜，我爱你。

“头儿，我们这边也搞定了！”此时卡夫匆匆跑了过来。

安德森回过神：“疾影呢？你们不是应该在一起吗？”

卡夫挠了挠头皮：“她、她去接应墨菲和托尼了。我想跟着去，可她一定要自己去，并让我回来向你汇报。”

“以疾影的身手对付那些觉醒者应该游刃有余，我们就在这里等她回来。对了，在我们身旁这个房间里有许多钥匙，其中应该有可以让我们通往下一层的。”安德森告诉索菲。

“据我所知这家地下生化研究所共有六层。有一条特殊通道可以通往其中的任何一层，不过那条特殊通道只有在防御模式下才能启动，而且必须知道启动指令才行。启动指令只掌握在箭赞极少数高层手里，所以一般人只能由普通的通道来回于每一层之间。”

“那在这里的工作人员怎么办？”卡夫没头没脑地问了一句。

“在箭赞研究所的日常工作中安全模式与防御模式并不存在，只有当研究所遭到外部或内部攻击时系统才会转换成安全模式或防御模式。而这里的每一个工作人员都有一张身份识别卡，利用这张卡就能从地下一层通过普通电梯到达各自权限范围内的楼层，所以外来人员如果没有工作人员的带领是根本无法在研究所走动的。”索菲侃侃而谈，仿佛这就像是她的日常工作一般。

“那我们为什么不在地下一层直接坐普通电梯到最底层呢？还非得一层一层冒险。”卡夫问了一个看上去理所当然同时又相当愚钝的问题。

“很可惜，这里病毒泄漏后，僵尸已经破坏了研究所的大部分设施，这点似乎谁都明白。”

安德森接着索菲的话：“所以我们才由普通的通道前往下一层，那是无奈之举。”

“而这些普通的通道都需要几把特定的钥匙才能打开。”这下卡夫总算说了一句像样的话。

索菲点了点头：“是的，本来地下三层与地下四层之间还有一条下水道连接着，不过现在这条路已被堵死，那我们就只剩下唯一的出路了。”

“我们从地下二层下来的时候是用了这三把钥匙。”安德森将钥匙递给了索菲。

“你看，每把钥匙上都刻着一个数字。”

索菲一边看着它们一边摇着头：“不对……”

“什么不对？”安德森疑惑地望着她。

“没什么。对了，你是怎么拿到这些钥匙的？”

“说起来很奇怪，自从我们来到这里我一直觉得背后有一双眼睛在窥视着我们，观察我们的一举一动。当然，这只是我的个人感觉，不过这些钥匙的确是我们发现一些线索后才拿到的。”

“否则我们早就死在上一层了！”卡夫补充了一句。

“一直忘了问你，你怎么会在这儿的？”

“实不相瞒，我是这家生化研究所的职员。在一次研究事故中病毒泄露，许多人都被感染，然后就变成了你们所见到的那些东西。”索菲告诉安德森。

“那么说你是幸存者？”

“是的，我可能是唯一一个没有被感染的人吧。”

安德森紧锁眉头：“难怪你对这里这么熟悉，可以告诉我发生研究事故的确切位置吗？”

索菲手指着地下：“就在我们下面。地下四层，三级病毒实验室。”

“我们现在要想办法下去。”卡夫看着脚下。

“目前我似乎已经找到了一把钥匙。”

“哦？”索菲显得有些惊讶。

“9，不过应该还有别的。大家回忆一下这一路上是否看到某些类似密语或者符号之类的东西？”

此时突然从索菲的脑海中跳出了几个单词。

“对了，我和托尼曾在一条被单上看到一滩血迹，看上去就好似几个奇怪的单词。”

KNIFE CURVE HELL

“也是三个单词……”安德森喃喃自语。

“什么？”

“哦，我之前在一些废纸上也看到过三个奇怪的单词。”

NUMBER SEWER SAW

“既然都是三个单词，下一把钥匙会不会就是3呢？”卡夫扯着嗓门说。

“不会那么简单。现在我们尝试把这些单词组合一下，看看会有什么发现。”安德森拿出一张纸，把它撕成了六小张，将这六个单词分别写在了每一小张纸上，然后开始排列。

“这六个毫不相干的单词到底是什么意思啊？”卡夫在一旁看得直着急。

“你说你是在一条被单上发现那几个单词的？”安德森蹲在地上，抬头看了索菲一眼。

“是的。”

“当时你在哪儿？”

索菲挨着安德森蹲了下来，看着他的眼睛：“下水道。”

“下水道？”安德森使劲搓着自己的额头：“对了，下水道……”

所有人都一脸狐疑地望着他。此时不远处响起了一阵脚步声，索菲立刻站了起来，卡夫也同时举起枪，严阵以待。

不一会儿疾影出现在众人面前，令所有人都松了一口气。

“看我把谁给带回来了。”疾影朝后方撅了撅嘴。

只见墨菲和托尼随着疾影先后来到了安德森面前。

“你们没事吧？”安德森打量着两人，看他们的外表和神情感觉他们并不像是刚经历过一场恶战的样子。

墨菲轻轻咳嗽几下，显出一副劫后余生的样子：“咳咳，没事，不小心被僵尸给包围了，多亏你手下赶来驰援。”

“是啊！没想到这妞儿的功夫真不错，嘿咻几下就把那些东西给解决了！”托尼兴奋地比划着。

安德森依然蹲坐在地上，双眼紧紧地盯着那六张小纸片，口中反反复复地念着：“下水道……弯道……下水道……弯道……”

索菲又重新蹲在了他身边：“在下水道里的确有不少弯道，怎么了？”

安德森眼睛一亮，他突然一下子握住索菲的肩膀：“有多少弯道？快告诉我准确的数字！”

“让我想想。”

四周立刻安静下来，所有人都在等待着她的回答，仿佛这个答案可以令他们看到胜利的希望。

“大概有七个。”

“七个？”

索菲又细想了一下：“不对，是六个。”

“你确定？”

“是的，我肯定有六个弯道。”

“很好！这样我就知道它们背后隐藏的线索了。”安德森迅速将这些纸片排列出一种新的组合。

SEWER CURVE NUMBER
KNIFE SAW HELL

突然疾影也蹲了下来，指着第二行的三个单词：“我想我知道它们的意思。”

“刀锯地狱？”安德森盯着疾影。

“是的，中国民间传说阎罗王为地狱之首。属下的十八位判官分别主管十八层地狱，而刀锯地狱就是第十八层。”

卡夫瞪大了眼睛：“上帝！看不出你对中国文化竟然还有了解。”

疾影没有过多解释，只是轻描淡写地扔了一句：“我小时候曾在中国待过很长时间，要了解这些并不难。”

“事不宜迟，你们尽快赶往通道等我，我想我已经知道应该去取哪些钥匙了。”

“就你一个人？”索菲显然有些不放心。

疾影马上接口："我和安德森一起去。"

安德森最终还是说服不了疾影，只能让她留了下来。索菲则与卡夫、墨菲还有托尼一起前往通道。

他们走进了化验室，角落里一排银灰色的铁柜门依旧歪歪扭扭地敞开着，疾影看了看柜子里密密麻麻的钥匙。

"是不是感觉我们正在一个五金店？"安德森有些风趣地问。

疾影笑笑："如果真是这样，那我敢保证今后再也不想去五金店了。"

"你之前说你小时候在中国？"

"是的，当我还只有七八岁时父母就把我送到了少林寺，然后开始跟随我师父修习武术。"

"你师父？"

"嗯，别人都叫他拳宗。"

疾影走到柜子前面，拿起其中一把钥匙："那时武术界最著名的有三人，我的师父拳宗少林空藏大师和剑仙火阳真人。"

"那还有一个呢？"

此时疾影的身体突然猛地颤了一下。她缓缓抬起头，静静地望着天花板，然后闭上了眼睛。

"既然不想说那就不要说了。"安德森走到疾影身后，一只手搭在了她的肩膀上。

疾影低头看着他那只宽阔的手："很抱歉，我……"

"我想应该就是这三把钥匙了，我们赶紧去通道吧。"安德森打断了她的话。

"德瑞克，我是安德森，汇报一下现在的情况。"安德森边往通道走边用通讯设备跟德瑞克进行联系。

"一切正常，你们周围已经没有那些该死的东西了。"

“好的，我们现在准备前往下一层，那儿的情况如何？”

“地下四层是箭赞高级研究人员的所在地，迈克的办公室就在那儿。”

“有没有发现僵尸？”

“没有，荧屏上显示那儿非常安全。”

安德森听到“非常安全”这四个字的时候，不知为什么他突然感到十分不安。

“怎么了？”疾影从他脸上看出了端倪。

“没什么……”

安德森还未说完，从远处便传来了一声巨响。

“好像出事了！”安德森和疾影飞快地朝通道奔去。

“吼！吼！”不知从哪儿冒出来的几十个觉醒者都向通道涌了过来。索菲、卡夫、墨菲和托尼面对它们时就像四只待屠宰的羔羊，随时会成为它们口中的佳肴。

“该死的臭虫，回地狱吧！”卡夫使劲地扔出一颗高爆手雷，顿时一个觉醒者被炸得四分五裂。索菲、墨菲和托尼则利用手中的武器十分艰难地压制它们，虽然火力不够强大，但也能够让觉醒者一时无法接近己方。

“这样下去可不是办法，等到弹药用完我们就得去见上帝了！”托尼焦躁地嚷道。

“我可不想在这里全军覆没！安德森这该死的家伙怎么还不来！”墨菲也几近崩溃。

“来了！”一个响彻天空的男人声音犹如惊雷一般，令所有觉醒者都顿住了前进的脚步。一个风驰电掣的身影在空中高高地一跃而下，带过一道犀利无比的寒光，只见一个觉醒者的脑袋被均匀地切成了两半。

“好啊！你们终于来了，我还不想那么快去上帝那儿报到呢！”托尼兴奋地连射四枪。

“接着钥匙！”安德森将钥匙扔向了距离自己最近的墨菲。

墨菲一伸手便拿到了钥匙。

“怎么使用？”

安德森一个后空翻，避过了觉醒者的攻击：“按照钥匙上刻着的数字，将它们分别插入门上对应的锁孔！”

墨菲摊开手掌，看了看上面的钥匙：“18，9，6，让我看看锁孔……”

“动作快点！它们离我们越来越近了！”卡夫顽强地抵抗着。

“真该死，这门上密密麻麻有那么多锁孔！”墨菲唾骂道。

安德森利用一次觉醒者攻击的间隙闪到一边，他趁机看了看目前的形势：“索菲，你快去协助墨菲寻找锁孔！托尼，你去填补索菲那边的火力！”

“哦他妈的，为什么又是我！”托尼就像一只被追赶的小鹿，在通道前左跳右跳。

索菲则已迅速闪到了墨菲身边，帮他一起寻找铁门上的锁孔数字。

“9在这里！”墨菲大吼一声，立刻把钥匙插了进去。

不一会儿墨菲又将一把钥匙插入一个锁孔：“真是奇怪，怎么你一来就把好运带给我了。”

索菲耐心地搜寻着最后一个锁孔。她觉得自己一定能够找到，至于这种自信从何而来，她完全不知道。

安德森头一仰，避开了觉醒者的利爪。紧接着他胳膊一挥，枪托狠狠地砸在了觉醒者头上。觉醒者似乎完全没有受到任何伤害，它的利爪再次击出，一股惊人的大力瞬间就将安德森撞飞出去。

卡夫的火力也正在逐渐变弱，可惜他根本没有时间更换弹匣。托尼不停地左顾右盼，他已经开始计划逃跑的线路了。

眼看一场悲剧性的灾难即将上演，死神亮出了它那把曾夺去过无数魂魄的镰刀。

不过阿兰朵①终于没有让死神成为这一幕的主角。最关键的时刻索菲终于发现了最后一个锁孔，钥匙插入后只听见“啪嗒”一声，铁门应声而开。

一见通道开启，墨菲率先飞奔进去。托尼激动得差点落泪，他面部扭曲着大笑了几声，也追随墨菲而去。索菲并没有马上进入，她返身跑回安德森身旁，举起枪对准觉醒者一阵点射。趁觉醒者进行闪避防御时索菲立刻从地上拽起安德森，扶着他往通道处走。

疾影砍倒一个觉醒者之后迅速跑向了卡夫，她边跑边掷出两枚圆形暗器。一枚被觉醒者迅捷地避了过去，而另一个觉醒者来不及闪躲，暗器打在了它的胸口上。这种圆形暗器十分可怕，它遇到碰撞之后便有数道激光从内部射出，顿时将觉醒者烧成了乌黑的焦炭！卡夫此时才得以脱身，他赶紧跟着疾影一同往通道跑去。

“快点！”安德森冲着自己的队员们大喊。

当跑在最后一个的卡夫安全进入通道后，安德森便立刻关上了铁门，一行人终于从那些来自地狱深渊的僵尸手中活了下来。

卡夫不停地喘着气：“该死的，但愿别再让我遇到它们了！”

“德瑞克发来消息说下一层是箭赞高级研究人员的所在

① 阿兰朵（alano）：古希腊神话中的幸运之神。

地，那儿并没有僵尸。”安德森扶着门，看上去十分疲惫。

托尼拍了拍手：“太好了！那我们休息一会儿就赶紧下去吧。”

“迈克的办公室也在那儿。”说这句话的时候安德森始终看着墨菲。

“哦？那真是令人感到意外。”墨菲轻轻摸着自己的下巴，随后他将三把钥匙递给安德森：“这些还是由你保管吧。”

安德森接过钥匙，将它们和之前的三把钥匙都小心地放在了一起。

地下五层，究极病毒实验室后方。一幢由白色大理石为原料建造的殿堂，十分现代而又宏伟，十分气派而又奢华，足以媲美15世纪到19世纪奥斯曼帝国的中心——托普卡普皇宫了。高耸的角楼和楼顶上的小尖塔、门廊上方三角壁上的浮雕和屋顶栏杆上的雕像均使这座殿堂弥漫着一种浪漫而又神秘的气息。

一个身穿暗紫色水貂皮长袍的女人坐在大厅的正上方，手里端着一杯1787年拉斐酒庄的葡萄酒。她选择了一个能令自己感觉最舒服的坐姿，饶有兴致地欣赏着由意大利画家兼镌刻家卢卡·卡姆比亚索绘制的壁画。

“是谁打扰了我的雅兴。”

“佩姬·卡普。”

“你还是来了。”

“是的，我来了。”

佩姬微笑地把视线转移到前方：“欢迎光临，卡琳娜·卡普。”

在她面前的是一位一脸英气的三四十岁的女人。她穿着非常合身的深灰色小套装，齐胸的金黄色直长发随意地披洒而下。

“佩姬，我们之间就不用再多做介绍了吧。”卡琳娜双手插着裤兜。

“呵呵，的确不用。”

“你对我的到来似乎并不感到意外。”

佩姬依然保持着微笑：“上次我在华尔道夫饭店的新闻发布会上看见你时的确感觉非常惊讶，不过现在我倒是很希望你能够来见我。”

“你很喜欢盗用别人的名字吗？”卡琳娜责问道。

“怎么会呢，我只是太思念我的姐姐，所以才……”

“够了！如果你还有那么一点点人性的话，你就不会研制这些可以毁灭人类的东西！”

佩姬终于收回了笑容，不过她的神情看上去依然显得十分平静。

“你以为换了名字就能抹去你曾经所有的一切吗？我能够明白你失去女儿的痛苦，其实痛苦的人又何止你一个？而你这种将自己的伤痛转化为仇恨全人类的行为最终将受到天谴！”

佩姬突然站了起来，只听她放声狂笑:“哈哈哈哈！天谴！你以为还会出现能够击败我的救世主？姐姐，别天真了！”

“无论你多强，你都难逃上帝的末日审判。”

“就凭安德森那些人？他们此刻应该已经成为深宿者的点心了。”

卡琳娜皱着眉头：“深宿者？”

“哦，姐姐，看来你对僵尸家族还不太了解，那就让我向你介绍一下好了。箭赞研制出的僵尸总共分为四个等级，初级形态的噬梦者相信你已经见识过了。觉醒者是中级形态，虽然只相差一个等级，但相比前者它们的反应、速度和攻击力可是倍增的。”

卡琳娜安静地听她继续讲下去。

“僵尸的高级形态就是深宿者。由于它的研发过程十分复杂，所以目前为止我们也只成功地创造出一个，不过光这一个深宿者就可以彻底毁灭一座城市。”

“毁灭一座城市？哼哼，你少信口开河了。”卡琳娜冷笑着。

“你要知道，凡是被它感染过的人马上就会变成觉醒者，连动物和昆虫也不例外。这点我们之前已经试验过很多次，效果还真是百分之百的好呢。”

“你……”

“先别生气，我还没说完。僵尸的究极形态便是血魔①，只可惜目前我还不知道它的能力究竟有多么恐怖和惊人，哎。”佩姬叹了口气。

“我看你就是血魔！”

佩姬再次纵声大笑：“哈哈哈哈！双胞胎姐妹的心灵感应果然是非同寻常啊！既然不小心被姐姐看出来了，那就别怪我不让你活着走出我身后那扇门。”

“即使我不知道这些，你也不会让我活在这个世上。”

“好吧，看来我所有的想法都被姐姐看透了。那么接下来我要做什么，想必你也一定知道吧？”

“我来这里就是想跟你做个了结，或者你死，或者我亡……”卡琳娜一边说一边从裤兜里抽出两把沙漠之鹰，毫

① 血魔（Gorefiend）：究极阶段僵尸。由箭赞利用珀佩特制造出来的生化武器，眼睛为猩红色。攻击力无限，防御力无限，自动修复力无限，生命值无限。

不迟疑地对准佩姬连射六枪。

佩姬来不及闪躲，她的头部和胸口瞬间被六颗子弹击穿，飞溅出的血花在空中看上去就像一朵朵鲜红夺目的蔷薇。

令卡琳娜诧异的是佩姬并没有倒下。虽然身体所有的要害处均被命中，但她依然稳稳地站在原地，看起来毫发无伤。

“我说了，上帝的末日审判对我根本没用，因为现在的我就是上帝。”一句原本十分霸气的话却被佩姬轻描淡写地说了出来。紧接着所有的子弹都从伤口退了出来并掉落在地上，而她身上的六个血洞竟然迅速地愈合了！

“无论如何我也要阻止你的阴谋！”卡琳娜再次射出六发子弹，它们全部冲着佩姬的心脏而去。

佩姬嘴一张，六颗子弹在空中就像被施了魔法一样全都停止不动了。佩姬有些无奈地望着卡琳娜：“姐姐，究竟要我说几遍你才明白呢？如今我已是不死之身，刀枪对我来说根本没有任何作用，就连我的一根头发都不会伤到。”

佩姬顿了顿：“现在轮到我了。”只见她微微地摇了摇头，一缕秀发瞬间变成了一根粗硬的鞭子，重重抽在了卡琳娜腿上，卡琳娜顿时被打得在地上翻了好几个滚。

“知道了吧，我的一根头发就可以要你的命。”佩姬微笑地看着趴在地上的卡琳娜，显然她还不想那么快就结束自己姐姐的生命。

“为什么不直接杀了我！”卡琳娜咬着牙从地上爬了起来，她的双手仍紧握着枪。

“这么快让你解脱了，只剩下我孤零零的一个人，多么无趣啊。”佩姬摆出一副楚楚可怜的样子。

卡琳娜狠狠地唾了一口：“你是不敢杀我吧！因为杀了我你将失去所有的亲人！你会永远活在黑暗之中，成为一个人神共愤的恶灵！”

“是么？让我想想。”佩姬摸着自己的额头：“是的，詹妮弗的确已经葬身火海，沃纳尔也死在了我的枪下，但你忘了我有两个女儿？”

“露丝？她不是已经失踪很久了吗？听说已经死了。”

“听说？听谁说的？你可曾亲眼见过她的尸体？”佩姬反问。

这下卡琳娜怔住了。她一直以为露丝已经死了，但被佩姬这么一问，她的确从未见过露丝的尸体，甚至连她的墓碑都不知道在哪儿。

“难道她还活着？快告诉我她在哪里？”

“如果现在我告诉你她还活着，你会高兴还是失望？”

“我当然会高兴！”

“哦？那样的话我至少还有最后一个亲人，我又有什么理由不敢杀你？”

“那你就试试。”卡琳娜因为腿部受了伤，此刻她只能脚步蹒跚地走向佩姬。

佩姬瞪大了眼睛，她的目光中流露出一丝杀意：“你以为我真的不敢杀你？”

卡琳娜没有说什么，她盯着佩姬的眼睛，依旧缓慢地走了过去。

“这儿就是迈克尔的办公室。”安德森坐在一张黑色的转角沙发上，望着桌上只剩下三支万宝路的烟盒。

“既然这里是箭赞高级研究人员的所在地，那么一定会有一些重要的东西，我们要不要马上搜索一下？”卡夫看着安德森。

索菲背靠墙，右手支着头："很可惜，原本在迈克尔的电脑里的确遗留下了一些猛玛俐的数据，不过箭赞很快就发现并拷贝了这些数据，并据此研制出了另一种药剂珀佩特。珀佩特的功效和猛玛俐截然不同，并不会注射以后使人产生反复回忆某一段时期内情景的状态，事实上珀佩特已经变成了一种足以令人类灭亡的生化武器。"

此时此刻所有人都在安静地听她继续说下去。

"一开始迈克尔和他的搭档尼克只是想研究一种可以令他们荣膺诺贝尔化学奖的发明，猛玛俐便应运而生。后来迈克尔他们发现猛玛俐的药效并非十分稳定，于是又开始研制它的解药。就在他们快要大功告成的时候，箭赞不知从哪里获得了情报，为了将这一极具价值的伟大成就占为己有，箭赞便策动了疯狂的神谕计划。"

安德森从抽屉里翻出一叠文件和一个纪梵希打火机。他用打火机把火打着了，又灭掉，又打着火："看来有用的资料已经被箭赞拿走了。"

紧接着他又说："虽然箭赞最终没有从尼克身上拿到猛玛俐的解药，但却已经通过猛玛俐的原始数据成功地研制出了超级生化武器珀佩特。也正因为他们没有解药，所以最终无法控制这场席卷全球的瘟疫，甚至连箭赞公司本身也受到了毁灭性的重创。"

"这帮臭鱿鱼！烂跳蚤！简直就是损人不利己！把地球弄成一个僵尸国他们就满意了！"卡夫义愤填膺地吼道。

墨菲摸着自己的鼻子："所以箭赞一直都在苦苦地寻找尼克的解药，显然他们也不想让自己成为僵尸家族的一员。"

"不过遗憾的是我们虽然拿到了尼克的手提箱，但却无法打开它。"安德森有些沮丧地叹了口气。

“电脑里都找过了，没有我们所要的数据。”疾影告诉安德森。

“你怎么会知道那么多？你究竟是谁？”墨菲突然把话锋指向了索菲。

索菲只是淡淡地笑了笑：“我是这家研究所的职员，也是迈克尔的助理。”

话音刚落，所有人都为之一怔，就连安德森也没想到面前的这个女人竟会是迈克尔的助理！

“哼哼，你不会就是那个向箭赞告密的人吧？”墨菲冷笑几声，随即举枪对准了索菲。

“墨菲！把枪放下！”安德森命令似地吼道。索菲依然保持着微笑的姿态，既不承认也不否认。

“如果她不是告密者为什么整个研究所只有她还活着？她一定知道解药的下落。”墨菲握着枪，一步一步逼向索菲。

“对！你一定知道哪里有解药！快点说出来！”此时托尼也从腰间抽出了双枪。

“两个愚昧的家伙。”

托尼气急败坏地跳了起来：“什么？你说我什么？”

索菲看着他就像看着一个有趣的小丑：“难道你不会用你的屁股想想，如果我是告密者，如果我知道解药下落，即使我没被僵尸杀死，箭赞还能让我活着吗？”

“你……你！”托尼气得脸色发青。

墨菲突然伸手握住托尼的枪：“她说得对，把枪放下。”

“吼！吼！”一阵野兽般的叫声响彻了整个空间。

“是僵尸！全体准备攻击！”安德森一下子从沙发上跳起来，率先冲出了办公室。

出现在安德森一行人面前的是一头仿佛来自远古的怪兽。

它的身躯硕大无比，面目异常狰狞，一双宝蓝色的眼睛，上下两排比尖刀还锋利的牙齿，两只又长又粗的剪刀手左右挥舞，后面还拖着一条形似蝎子的尾巴。

“大家千万要小心！保持攻击队形！”安德森紧盯着眼前这头巨兽。

“真他妈的恐怖！”就连一直生活在地狱的黑市拳王卡夫也冒出了一身冷汗。

“是深宿者！这可能是我们遭遇过最可怕的对手了！”索菲提醒众人。

“不对！为什么这里突然出现了深宿者而德瑞克却没有提前给我们任何预警？”安德森有一种不祥的预感。

他立即用通讯设备联系德瑞克：“德瑞克，我是安德森，你听到吗？”

安德森没有收到任何反馈，他只有再次呼叫自己的同伴：“德瑞克！德瑞克你听到吗？我是安德森！”

“他可能已经遭遇了不测。”疾影决心将自己的忧伤转化为愤怒。

突然一只剪刀手闪电般地袭来！卡夫本能地一个闪身，虽然躲过了致命一击，但身体却被这股大力撞飞了出去，重重地摔在好几米以外的地上。

“见、见鬼……”卡夫大口大口地吐着鲜血。

“开火！”安德森下达了进攻的命令。顿时子弹满天飞，全都雨点般地打在了深宿者的脑袋上和胸口上。

深宿者丝毫没有感觉，它另一只剪刀手又电光火石般地激射而出，这一次是对着安德森迎面而来。

“小心！”疾影大喝一声，同时她已经掠到了安德森身前。

面对如此庞然大物，疾影唯有双手举剑极力抵挡。骤然间发出一声金属相击的巨响，把所有人的耳膜都震得嗡嗡作响。

“疾影！”等安德森反应过来时，疾影已被远远地弹飞出去。

“可恶！浑蛋！我要杀了你！”此时安德森的双眼充满了杀意。

索菲突然握住了安德森的胳膊：“像这种高阶的僵尸光凭我们几个是不可能战胜它的。以深宿者的能力即使要毁灭一座城市也不在话下，所以我们只能智取。”

“你有什么办法？”安德森转过头看着索菲。

“左前方就是箭赞的冷冻库，那儿零下 272℃的低温平时用来冰封三级病毒和究极病毒。相信深宿者就算再强大也无法抵御这个近似绝对零度的低温，因为达到零下 273.15℃时所有的原子和分子热量运动都将停止。”

安德森点点头：“不错，不过我们得先吸引它去冷冻库。”

“所以我们需要一个人来充当诱饵。”索菲说话的语气显得十分沉重。

安德森迅速环顾四周。卡夫和疾影已经先后受伤，墨菲和托尼则龟缩在附近的掩体里不敢露面，能担负起这个任务的就只剩下索菲和自己了。

安德森笑了笑：“你等会儿去照看一下卡夫和疾影。墨菲和托尼这两个家伙虽然不怎么样，但我也不能让他们去白白送死，所以之后也得麻烦你了。”

“不，你是他们的指挥官，也是大家的精神支柱。你不能去，还是由我来当诱饵。”索菲坚定地望着安德森。

安德森依然笑着，看他的神情令人丝毫感觉不到这是一场悲壮的生离死别：“其实我早就应该放下一切然后去见我的家人了。我经常会看到安吉丽娜对我微笑地挥着手，她很希望我能尽快回到她身边，而我也很希望与自己心爱的人早日团聚。无论是在天堂，还是在地狱。”

刚说完，安德森便一个箭步跨了出去。他举起枪对着深宿者一阵狂扫：“被诅咒的东西！有本事就来杀我！”

深宿者吼了两声，一只巨大的剪刀手再次射了出去！这回安德森已看清了它的攻击路数，在剪刀手刚射出时他就已进行闪避。

“轰隆！”一声巨响，墙壁瞬间被抓出一个很大的窟窿。这次攻击被安德森有惊无险地避了过去，他浑身上下没有丝毫损伤。安德森并没有给自己任何喘息的机会，他拼命地朝左前方跑，安德森知道只要能够活着进入到冷冻库中就有了一线生机。

深宿者也不想放过安德森，它开始追赶眼前的猎物，一条形似蝎子的尾巴流星般地击出！

安德森听着身后的风声，只见他左闪右避、前蹿后跳，侥幸躲过了几次深宿者的攻击。不过令他没有想到的是突然从袋状尾节的最后方伸出一根尖锐的毒针，径直射向了安德森。

毒针像长了眼睛似地钻入安德森右背，安德森只觉得一阵麻痒，他立刻意识到自己已经中毒了！

正如蝎子能释放毒液，有麻醉动物和毒死动物的作用一样，没多久安德森便感觉到自己的右半部躯体开始逐渐麻痹。他奔跑的速度越来越慢，所幸毒针没有射在左背上，否则恐怕还会伤及心脏。

索菲远远地看着，此时此刻她只能眼睁睁地看着这场残酷的猎杀。她无法支援安德森，因为只要她的枪一响深宿者就会立刻掉过头来攻击自己，那就无法再将它顺利地引入到冷冻库中了。

索菲呆在原地，右手握枪的五根手指已经通红。她紧紧地咬着牙，然后闭上了眼睛，刹那间两滴眼泪从她眼眶中顺着脸颊滑落下来，犹如两颗晶莹无比的珍珠。

安德森不顾一切地继续往前跑。此时他的脑海里已是一片清澈，没有战火与仇恨，没有胜利和喜悦，只有他对妻子、对家人深深的追念。

“安吉丽娜，我来了。”

“安吉丽娜，我来了。”

安德森不停地喃喃自语。他眼前突然出现了妻子那清新可人的脸庞和令人熟悉的笑容，安吉丽娜在前方微笑着伸出了双手。

安德森突然来到了一片浩瀚无垠的冰山上，他惊异地看见安吉丽娜平静地躺在一个冰柩内，里面铺满了五颜六色的鲜花和各式各样的宝石。

“安吉丽娜，终于见到你了！”安德森使劲地敲打冰柩。

安吉丽娜安详地躺在那里，她看上去依然那么年轻，即使已经过去了那么多年。

安德森继续拼命地捶打冰柩：“你等等！我现在就带你回家！”

“嘭！”的一声，冰柩顿时裂成两半！一股迎面而来的冻气刺入心肺，瞬间就让安德森失去了所有的意识。

当索菲、墨菲、托尼、卡夫和疾影看到眼前的景象时，索菲不禁泪如雨下，她悲痛万分的感觉比任何一个人都要强烈！卡夫拿起机枪对着已经被冻成冰块的深宿者一阵扫射，深宿者立刻变成了无数个碎块，散落一地。

疾影走到安德森身边，她蹲下身子，用一只颤抖不止的右手摸了摸他的脉搏。

“太好了！他还没有死！”疾影兴奋地大喊。

卡夫一下子抱起了身旁的索菲：“哈哈哈！你听到了吗？我们的战神还没有死！不死战神安德森！”

墨菲看了看托尼，然后和托尼相视一笑。

“终于可以结束这场噩梦了！”疾影从地上轻轻抱起了一息尚存的安德森。

“你们看！那儿有张纸条！”索菲指着前方。

卡夫把索菲放了下来，然后从方才的一堆碎块中捡起纸条。

“这应该是深宿者身上的。”卡夫将纸条交给索菲。

索菲立刻打开纸条。

光明 ÷ 黑暗 = 黑暗

把握你现在的光明与黑暗。

“该死的！这是什么意思！”卡夫怒吼道。

索菲仔细地看着纸条：“这似乎又是一条线索，看来我们得继续解谜了。”

卡夫咬牙切齿地挥起拳头：“没完没了的线索！解谜！线索！解谜！我都快要疯了！”

“生气有什么用，还是让我们一起想想这条线索吧，否则我们统统都会被困死在这地下四层的。”墨菲说。

托尼点了点头：“是啊，眼下找到出路最要紧。”

卡夫和疾影一左一右地扛着安德森，一行人来到了通道口。

“果然又是一扇同样的铁门。”墨菲仔细打量着门上的数字锁孔。

托尼已经急不可耐了：“反正我们手上已经有六把钥匙，要不拿出来随便试试看吧，总比在这里等死好。”

索菲冷冷地看了托尼一眼：“你不知道这些数字锁孔是不能够插错钥匙的吗？”

“如果插错又会怎样？”托尼反问。

“那门锁就会永久性失效，我们将被永远关在这里。”索菲抬头望着天花板。

“实在不行我们可以从原路杀回去！”卡夫昂首挺胸地望着众人。

“哼哼，难道你忘了上面还有成百上千个僵尸等着我们？”墨菲冷笑着。

索菲突然一把抓住托尼的衣领：“把你刚才的话再对我说一遍！”

托尼显然被这突如其来的举动吓了一大跳：“我、我……”

“快把你刚才的话再对我说一遍！”

“我、我是说反正我们手上已经有六把钥匙，要不拿出来随便试试看……”托尼吓得掌心里都渗出了汗。

“如果纸条上的线索与钥匙有关的话，那么把握你现在的光明与黑暗应该就是指我们现在手上所拥有的这六把钥匙！”

索菲的话立刻让所有人都恍然大悟。

“剩下的只要满足了这个等式，那我们就可以找到打开通道的钥匙！”墨菲补充道。

“哈哈！那你们还等什么！耍拳我在行，不过数学我可是门外汉。”卡夫一边大笑一边挠着头。

“依照提示，前一把钥匙上的数字除以后一把钥匙上的数字，得出的结果必须得跟后一把钥匙上的数字一致。”索菲自言自语。

“我们现在总共有 19，18，9，6，3，1，唯一能够满足等式的数字就是……”

疾影说完便和索菲一同露出了喜悦的笑容。紧接着索菲便拿出两把钥匙开启了通道，一行人终于进入到地下五层——究极病毒实验室。

“卡琳娜，你究竟还要我说多少次你才相信呢，你是不可能击败我的。”

卡琳娜头朝下，整个人倒悬在半空中。她四肢仿佛被一种神秘的力量所束缚着，浑身都无法动弹。

佩姬依然站在原地，用同情的目光看着自己的姐姐：“你现在全身上下能用的只剩下五官了，所以你可以听到我说的话。放弃吧，我会考虑给你留条活路，毕竟我们是亲姐妹。”

“不阻止你我绝不罢休！”卡琳娜坚定不移地吼道。

“哎，为什么一定要手足相残，为什么我们就不能和其他姐妹一样，开开心心地相处。”

“谁是你姐姐！我妹妹早就死了！你现在只是一个披着人皮的魔鬼！”

佩姬皱了皱眉头：“好吧，既然你不再认我是你的亲人，那我也用不着对你保留半点仁慈了。”

“赶快杀了我！”

佩姬突然放声大笑：“哈哈哈哈！你放心，我一定会亲手杀了你，但还不是现在。我真没想到安德森他们竟能活着来到这里，看来深宿者终究还是废物！不过他们的生命也快走到尽头了，因为自古以来人类是无法打败神的。”

“呸！真恶心！居然自诩为神！其实你就是一个最腐臭、最邪恶、最黑暗的僵尸！”卡琳娜十分鄙夷地唾骂道。

“随便你怎么说。等消灭了安德森他们之后，我一定会用最有想象力的方法杀死你，只有这样才配得上你给予我的评价。”

正在此时一阵雨点般的子弹射了过来。佩姬动也不动，让这些子弹统统打在了自己身上。她连声冷笑，然后伸展了一下四肢，看上去就像是用这些子弹洗了个澡。

紧接着两颗高爆手雷朝佩姬一前一后飞了过来。佩姬左手一伸，前面的手雷居然硬生生地在离她手掌一米远的半空中停住了！她手掌一推，手雷又神奇地往后飞去，不偏不倚撞上了后面那颗。只听见一声震耳欲聋的巨响，两颗手雷产生剧烈的爆炸，硕大无比的火球顿时便吞没了佩姬的身体，卡琳娜也从半空中重重地摔落在地。

此时索菲等人出现在了大厅里，卡夫和疾影依然一左一右地扛着陷于昏迷的安德森。

“看来我们成功了！”

卡夫高兴地拍了拍手。他手一松，疾影立刻双手抱住差点摔倒的安德森，同时恼怒地瞪着卡夫：“瞧你干的！赶快扶住他！”

卡夫赶紧扛起安德森，随即不好意思地吐了吐舌头：“对不起，对不起。”

“墨菲和托尼呢？”索菲环顾四周。

“不用管他们了。索菲，你先去救人吧。”疾影看了看躺在地上的女人。

“好，那安德森就交给你们了。”

话音刚落索菲便看到那个躺在地上的女人已经挣扎着爬

了起来，只见她摇摇晃晃地向前走去。

“不要过来！佩姬没有死！”卡琳娜大喝一声。

索菲、疾影和卡夫听到这句话都怔住了，正在此时突然听见一个清脆的女声：“哈哈哈哈！姐姐你终于明白了，我已是神，凡人根本不可能打败我！”

转瞬间索菲鬼魅般地挨近到佩姬身边。她一挥手，划过一道寒光，佩姬的脑袋便掉了下来。

“看你还怎么说话！”

令索菲完全没想到的是佩姬掉落在地上的脑袋居然还能开口：“愚昧无知的人类居然妄想跟神对抗，那就别怪我对你们施以神罚了！”

刹那间佩姬脑袋上的头发变成了一条条漆黑的毒蛇，一下子蹿到索菲身上，把她浑身上下都给紧紧地缠住了。

“索菲！”疾影和卡夫大失惊色。

“现在我只要轻轻地咬一口，她就立刻去见上帝了。”

此时索菲吊在半空中，整个人变成了一个“大”字形。无数条蛇死死地缠绕在她雪白的脖子上、躯体上和四肢上，它们吐着黑黑的信子，就像是随时准备着要将眼前的猎物分食干净。

“真是个性感漂亮的女人，如果我是男人的话说不定还舍不得杀你。哼哼，不过你命不好，我最讨厌那些冰肌玉骨、天生尤物的女人！说吧，想让我从哪里开始咬呢？”佩姬瞪着一双猩红色的眼睛。

“够了佩姬！你要对付的是我！立刻放了那些无辜的人，我的命就交给你！”卡琳娜厉声说道。

“卡琳娜，你以为你还可以跟我做交易吗？你们全部人的命都在我股掌之间，我先杀了她，再杀你！”

“不要！”卡琳娜放声大喊，她不想再看到佩姬伤害任何人。

“只要你的血和她的血融合在一起，她就会失去自我修复的能力，然后你们便可以轻而易举地消灭她。”不知从哪里传来一个男人的声音。

“我的血……融合……”卡琳娜迟疑片刻。虽然她无法判断这个方法是否有效，但她现在已没有其他选择。如果不想再发生惨剧，她只有……

只见她慢慢地靠近佩姬，十分温柔地看着她的眼睛：“妹妹，你这样杀了她又有什么意思呢？”

“你、你叫我什么？”佩姬被她一反常态的举动和语气吸引了注意力。

“我是你姐姐，当然叫你妹妹……”冷不防卡琳娜冲到了佩姬背后，一把抱住她并对着两人心脏的位置连开数枪。子弹穿透了两人的身体，此时她们的鲜血也融合在了一起。

“卡琳娜……”疾影第一次喊出了她的名字，这个好听而又伟大的女性名字。

“我的傻姐姐，我和你说了多少次，我已是神，你这样根本伤不了我。”佩姬脸上的笑容还未退去。

此时索菲身上的毒蛇慢慢化为了灰烬，她整个人从半空中重重地摔落在地。

卡琳娜不知从哪儿拿出一颗手雷，微笑地看着佩姬。

“你、你想干什么……你这么做简直就是自杀！”佩姬不解地望着卡琳娜。

卡琳娜抱着佩姬的躯体躺在血泊中：“难道你忘了我们是双胞胎吗？当我们降临人世之时我们的命运注定已被上帝紧密地联系在了一起，一组相同的DNA同时依存在了我们的身体内。我们不仅心灵相通，就连血液也是相通的，你变异的血遇上了自己原来的血液，现在已经彻底失去自我修复能力了。”

“什、什么？你别开玩笑了！作为神，我怎么可能会和你这个人类一起香消玉殒！”

“那就拭目以待吧。”

紧接着便响起了一声震耳欲聋的爆炸声。

“姐姐！”佩姬再一次呼喊着卡琳娜，只是这次她的声音已经微弱了许多。佩姬现在变成了一个真正的人类，只是这一次她却无法再使自己复原。

“原来……哈哈……好吧，既然是上帝的旨意，那就让我们一起继续相依相偎、相守相伴、世世代代，永不分离……”

佩姬的身躯已经变成了尘埃。此刻她的嘴，她的鼻子、耳朵和眼睛，也慢慢开始自燃，最终消散成一缕青烟。

“太悲壮了。”卡夫反复回味着那一刻。

疾影闭上眼睛，双手紧紧地抱着安德森。此时她忽然有一种难言的情感，深深地，狠狠地触痛着自己的内心。

“怎么了？这儿究竟是怎么了？”托尼不知从哪儿冒了出来。

“佩姬呢？”墨菲也幽灵般地现身了。

“死了。”

“死了？怎么死的？”墨菲惊讶地看着疾影，只是疾影却没有再回答他。

“好吧，无论她是怎么死的，既然现在一切都已经结束了，那我们还是赶紧离开这个鬼地方吧。”墨菲扶起了倒在地上的索菲：“你还好吗？能不能走路？”

索菲的鼻孔和嘴角都淌着鲜血，她显得异常痛苦，不过还是坚强地点了点头。

“托尼，你去看看那儿是什么。”墨菲指着方才佩姬消失的地方。

托尼几步跨了过去，从一堆灰烬中捡起一把钥匙，上面刻着“5”。

“是把钥匙，看来是通往下一层的！”托尼挥了挥手中的钥匙。

墨菲笑了笑：“你过来扶着这位美女，疾影和卡夫负责安德森，我们现在就去通道。”

“好，就这么办！”托尼笑嘻嘻地跑回来，将索菲的手搭在了自己的肩膀上。

“不过刚才我跟托尼把整个地下五层都翻遍了也没找到通道。”墨菲把脸凑近索菲：“美女，你是否可以告诉我通道的位置呢？”

索菲面无表情地盯着墨菲，冷冷地扔了一句：“佩姬的宝座下方就是通道入口。”

“我真服了这个女人。”墨菲没好气地说。

顺利开启通道后，一行人便沿着梯子下到了地下六层。正在此时顶上传来“嘭”的一声，通道的铁门紧紧地关闭了。

“怎么回事？为什么门会自动关上？”托尼不解地望着众人，可惜大家都有着相同的疑问。

“这儿就是箭赞的机密档案室，也是整个研究所的最后一层。”索菲有些吃力地说。

“机密档案室？哈哈！这下我们发大财了！我猜这儿一定有珀佩特的原始数据，让我找找！”托尼难掩心中的激动，他把索菲放在一张椅子上，然后立刻开始搜寻档案室里的所有资料。

“别浪费精力了，箭赞在发生意外之后已经清理了所有的数据。”索菲看着托尼。

“那我们如何离开这个研究所？”疾影问索菲。

“当然是把这该死的铁门给打开！”卡夫将安德森轻轻地平放在桌面上，然后跑向了门。

“咦！这扇门好像有点不太一样！”卡夫惊讶地挠着头皮。

“是不是没有找到锁孔？”疾影看着他。

“你怎么知道？”

疾影无奈地叹了口气：“因为我从一开始就已经发现了，所以才问索菲。”

“那儿应该就是最后的谜题。”索菲望着角落里一个奇怪的仪器。它看起来就像是一口硕大的玻璃棺材，更令人注目的是上面写着两行红色的字。

SACRIFICE！

结束只是意味着即将开始。

“这究竟是什么意思！设置谜题的人呢？那个该死的浑蛋，看我怎么把他打成肉饼！”卡夫怒不可遏地敲打着铁门。

“这恐怕是最容易、也是最难通过的一关。”索菲的眼神流露出了一种前所未有的恐怖。即使面对佩姬的时候，她也没有像现在这样害怕。

“这九个洞会不会就是锁孔？为什么这里面会有那么多刀锯？”卡夫打量着眼前这个仪器。

“难道你还看不出来吗？这是一个死亡之器。”墨菲倒抽了一口凉气。

“死亡之器？”托尼好奇地看着墨菲。

“我们之前已经拿到了七把钥匙，应该能找到七个相对应的孔，只是剩下的两个孔……”

“剩下的两个孔怎么了？”卡夫追问道。

墨菲不再说话，只是愁眉不展地伫立在原地。

“如果没猜错的话，剩下的两个孔需要我们将自己的手来当做钥匙。”索菲告诉卡夫。

“什么？把手当成钥匙？这、这怎么可能！被诅咒的东西，让我一枪打爆它！”说着卡夫端起了机枪。

“傻瓜！这个仪器和通道的铁门紧密相连，一旦这个仪器出现任何损坏，那铁门便会自动锁死，我们就得永远被困死在这里，你懂吗！”墨菲怒斥道。

“难、难道就没有别的办法了吗？难道一定就得用这该死的方式吗？我们可以把枪塞进去啊！”卡夫一边叫嚷一边比划着。

索菲指着前方：“你仔细看这九个洞，其中七个洞的后方是一组精密的机械，那一定就是用钥匙开启的锁孔。剩下那两个洞的后面则是两个盛放液体的器皿，上面还标有刻度，也就是说只有当这些器皿盛满了血，才能开启这两个特殊的锁孔。”

“我们可以把水灌进去。”疾影想了想。

卡夫立刻跳了起来：“对啊！我们可以用水，这样就不用把胳膊伸进去了！”

“你们看这里哪儿有水？”索菲有些力不从心地说。

所有人都愣在原地，谁也想不出别的主意了。

墨菲手指着玻璃罩：“器皿上的刻度是四千毫升，也就是说如果要盛满它的话就必须有四千毫升的血液。一般人体内一共也才只有四五千毫升的血，而人一旦急性失血超过总血量的 40% 时，恐怕就必死无疑了。”

大家一下子都陷入了沉寂。空气中弥漫着一股凝重而忧伤的气息，是生是死，等待着众人进行最后的抉择。

卡夫突然走到仪器前，他抬起两只胳膊：“我来吧，我的体重是一百公斤，所以体内应该有七八千毫升的血，足够盛满这两个器皿了吧。”

“这个仪器专门是为两个人所设计的。”索菲说话的声音十分低沉。

“什么意思？”卡夫问。

“你看看自己的臂长够不够。”

卡夫彻底怔住了，他发现即使自己的胳膊再长一倍也无法同时将手伸进两个盛放器皿的洞里。

此时疾影站到了卡夫身边，她抬起手：“也算我一个。”

“美女，看你的样子恐怕就算榨干了也没有足够的血吧。”托尼伸手想去捏她的臀部。

疾影闪电般地踢出一脚，托尼连叫都来不及叫就被踹飞了，随即她转过头去看墨菲。

墨菲干咳了几声：“咳咳，本来我是应该挺身而出的，不过僵尸一天没有被消灭我就绝不能死。我得回去向道格拉斯将军复命，向他报告这里所发生的一切。”

令所有人都出乎意料的是安德森的眼睛竟然缓缓地睁开了，他醒来后的第一句话就是询问时间。

“现在是中午 12 点。”卡夫告诉他。

安德森示意卡夫帮助他坐起来，于是卡夫将安德森扶到了椅子上。

“还剩三小时，我们快没时间了。”安德森非常吃力地说着每一个字。

“什么还剩三小时？”托尼疑惑地望着他。

“离核弹摧毁洛杉矶还有三个小时。”墨菲回答。

疾影走到安德森身边，温柔地握着他的手：“德瑞克已经遇难了，否则我们可以让他与军方取得联系，把我们这里的情况汇报给最高统帅部，并请他们撤销原定的核弹计划。”

“我们必须赶快出去，然后想办法与军方取得联系。”安德森咬着牙。

“不过……”

“还有一个洞留给我。”安德森打断了疾影。

“你？不行！你已经受了重伤，不可以再牺牲自己！”

“是啊！你是我们的头儿，你还得活着出去跟贝茨将军复命呢！”

众人极力反对安德森的想法，以至安德森下达了不容抗拒的军令：“你们听着，出去以后由墨菲率队返回基地，向贝茨将军复命的任务就交给疾影。”

他咽了咽口水：“墨菲，请你扶我到那个洞口。”

墨菲扶着他慢慢地走到死亡之器前。安德森看了看淌着泪水的卡夫，尽力地安慰他：“老伙计，别为我伤感了。有时候死是一种逃避，有时候死也是一种救赎，救赎他人，救赎自己。如果死能够令自己感到宽慰，感到自豪，我们为什么不选择那样地死去呢……”

卡夫仔细地听着每一个字，深深地为之动容。疾影和索菲紧紧抱在了一起，她们无法亲眼目睹此情此景，她们无法相信两位最亲密的战友即将与自己永别。

缓缓地，安德森和卡夫同时将他们的胳膊伸进了洞隙中，没有一丝后悔，更没有一丝畏惧。

一朵接一朵的红花绽放在一片洁白无瑕的雪地上，它们为世人带来了美好，也带来了希望……

“安德森……”

“卡夫……”

“接着让我们想想剩下七个锁孔分别对应的钥匙吧。”

“SACRIFICE 肯定就是给我们的提示。”

“结束只是意味着即将开始，这句话简直就在放屁！”

“你给我安静点！闭上你的嘴！”

“九个字母，九个洞……”

“它们之间一定有什么关联。”

“等等，我似乎想到了什么。”

“快说！你想到了什么？”

“A 是二十六个字母中的第一个，C 是第三个……”

“你看！我们手上正好有这两个数字的钥匙！”

“C 和 I 重复两次，而那两个洞的钥匙正是用安德森和卡夫的命换来的…….”

“这是哪儿？”索菲走在最前面。疾影独自扛着安德森，墨菲和托尼则一左一右地抬着卡夫，一行人通过一条密道来到了一间充满着腐臭味的卫生间。

“哇！真想不到我们居然是从墙壁里出来的，别人不知道的还以为我们在拍电影呢！”托尼环顾着四周。

“我想此刻我们应该是在某幢民宅里。”索菲仔细地观察着这里的每一处地方。

托尼在卫生间里跳上了一段街舞：“无论在哪儿都比刚才那个鬼地方强！”

“现在把你的背包交给我。”索菲冷冷地看着托尼。

托尼立刻停下了舞步，一脸疑问：“背包？什么背包？”

“就是你肩上这个浅蓝色的牛筋双肩包。”

“这个？”托尼手指着身上的包：“这可是我的，为什么要给你？”

索菲手里的枪立刻对准了托尼的脑袋：“别跟我装傻，我现在数三下，你不给我的话我就开枪。”

“你、你不讲理！”

“一。”

“等等，我们可以商量商量……”

“二。”

托尼扑通一下跪在了地上：“求、求求你，不要开枪！”

此时索菲突然发现了在托尼身后的盥洗镜上写着两行红色的字。

“三。”

一个男人的声音刚落，一把沙漠之鹰便顶在了索菲的腰间。疾影刚想拔剑，却被托尼的枪抢先一步顶在了自己的脑门上。

“想不到你的身手竟然这么快。”

“哈哈，这叫真人不露相。美女，这次总算栽在我手上了吧！等下我会好好让你享受一下的。”

“墨菲，你……”索菲举起了双手。

墨菲连声冷笑：“呵呵，没想到吧！现在乖乖听话，扔掉你手里的枪。”

索菲按照他所说的，将手里的枪扔到了门口。

“这一切都是你设的圈套吧？”索菲厉声问道。

墨菲倒也没有否认:“哼哼，怎么样，很佩服我的杰作吧！”

墨菲的自鸣得意换来的却是索菲一脸鄙夷的神情。

墨菲并不生气，他微笑着：“的确，你们之前所玩的解谜游戏都出自本人之手。没想到你们能通关，我对你们的智慧和勇气真是感到万分钦佩！”

“这么说来我们一路上所遇到的僵尸也都拜你所赐。”

“哈哈，这可不能怪我。防御模式本来已将大多数僵尸都隔绝了，而你们又重新开启了安全模式，把它们都从门里释放了出来。”

墨菲顿了顿，继续说道：“最后连神勇无敌的罗伯特都给你们干掉了，要知道，它可是我花了大量的心血才创造出来的！因为只有像他那样的赫赫有名的伟大诗人才会拥有如此庞大、如此丰富神经元，所以并不是每个人都能变异成为深宿者！”

“无耻的败类！”疾影唾骂道。

“哈哈，谢谢！我已经很久没有听到类似的赞美之词了，事实上我最关心的还不是深宿者这一产物。你们以为佩姬在华尔道夫饭店随着沃纳尔那个老家伙殉情了？哈哈哈哈！你们真是太天真了，她只是将我最新研制出来的病毒注射进自己的体内，经过漫长的24小时终于蜕变成了僵尸的究极形态—血魔！这可是上帝赐给我最强的人间武器，只要能够操控它我便可以征服全球！可惜无论我如何研究都寻找不到能够操控它的方法，原因就是我缺少猛玛俐解药的数据。”

墨菲恶狠狠地瞪着疾影：“就是因为你们这些该死的CIA一直处处与我做对，破坏我的计划！”

“这么说你才是箭赞真正的幕后老板。”索菲显得十分平静。

“哈哈！现在才知道我的真实身份，你们不觉得已经太晚了吗？佩姬那个蠢妇！她居然一次又一次地放过了安德森，最后还要逼我亲自动手解决你们，实在太让我失望了！所以与其留着这个不听使唤的恶魔，还不如想办法把它送回地狱。”

“卡琳娜也是你一手导演的好戏？”疾影愤怒地瞪着墨菲。

“能够消灭佩姬的唯一方法就是利用她的双胞胎姐姐，托尼在洛杉矶找到她并顺利地带她来到了这儿。我把她暂时关押起来，接着又在适当的时机释放她，告诉她消灭自己亲妹妹的方法。最后让我欣赏到那一幕同归于尽的华丽演出，哈哈！真是百年难得一见。”

突然托尼一声惨叫，一张血盆大口咬在了他的胳膊上！

“嗷！是哪个该死的疯子！”托尼一把抓起对方的头发，可他万万没想到出现在自己眼前的竟是一张熟悉的脸！

“真是见鬼。”托尼最后无助地看了一眼天花板，便被一只利刃般的手插进了自己的胸口。

就在混乱之际疾影闪电般地飞起一脚，踢中了墨菲的后背。

墨菲踉踉跄跄地跌倒在地，随即他翻过身来并按下了手中的扳机。

“砰”的一声枪响，一颗子弹呼啸着飞向疾影的心脏。眼看疾影已经来不及做出任何反应，忽然卡夫大吼一声扑到了她的胸前，一道血柱顿时从卡夫身上喷了出来，溅得疾影满身都是。

墨菲趁机逃出了卫生间，索菲正想追上去时却被从门外进来的三个噬梦者和一条僵尸狗挡住了去路。

“可恶！”索菲盯着眼前这些恶灵。

僵尸狗异常凶猛地扑了上来，与此同时一道寒光划过，僵尸狗立刻被砍成两半，疾影一脚踩烂了狗头：“先干掉它们！”

索菲点点头。不算宽敞的卫生间内顿时枪声四起，刀光剑影，没过一分钟便又恢复了平静。

疾影扔下手中的剑，怀抱着卡夫坐在墙角。

眼泪一点一滴地落在了卡夫的脸上。卡夫缓缓地睁开双眼，看见疾影伤心落泪的样子他很心痛，卡夫只能对着她很费力地笑笑："还记得吗？我……我欠你一次……"

疾影此时早已泪流满面，她紧紧握住卡夫的手，一句话都说不出来。

卡夫依然努力地保持着微笑："不、不要哭，我还记得你……告诉我说、说……"

卡夫的声音越来越微弱，疾影将耳朵贴在了他的嘴上。

"你不希望再让我欠你第二次，我、我终于做到了。"卡夫喘着气，他艰难地抬起手，放到疾影沾满血水的脸上："现在终于可以告诉你了，我这一生最美好的时刻……就是当我从身后抱住你的那几分钟……我的女神，能、能再让我看一眼你微笑……微笑的样子吗……"

疾影面对着他第一次绽开了犹如夏花般的笑容，她用尽自己所有的感激、感动，化作了一个吻，深深地印在了卡夫的嘴唇上。

卡夫缓缓地闭上双眼，留下了最后一滴幸福的眼泪。

"山无陵，江水为竭，冬雷震震，夏雨雪，天地合，乃敢与君绝……"

索菲对准托尼的脑袋连射三枪，然后从他肩上取回了背包。索菲打开包，发现里面除了一张磁盘之外还有一台摄像机。

索菲拿起摄像机，看到机身上有一处被扯裂的痕迹。此时索菲突然想起了一件重要的事情，她走到安德森身边，从他衣袋里取出了一根宝蓝色的尼龙带，将它和摄像机放在一起进行比照，发现这根尼龙带正是这台摄像机上的。

索菲立刻打开摄像机，看了里面所摄录的一些片段。之后她把摄像机又小心地放回到包里，随后走到疾影面前，将包递给她：“这里面有你们要找的珀佩特原始数据，你带回去交给贝茨将军。”

“包里还有一台摄像机，里面记录了许多很宝贵的资料，我相信它可以作为箭赞这个幕后黑手所制造的这场全球瘟疫的有力证据。”

“只可惜拍摄这一切的人已经死了。”索菲黯然地叹了口气。

索菲和疾影扛着安德森从屋子里走了出来。出现在她们眼前的是一片狼藉的惨象，小镇上多处房屋都燃着熊熊大火，街道上到处都是严重损毁的汽车。

“只剩下不到十分钟了，我们必须马上联系军方让他们取消核弹计划。”疾影看了看表。

“可惜这里根本没有信号，附近的通讯设施早已被破坏了。”索菲看着没有任何信号的手机，一脸无奈。

“哎，看来洛杉矶在劫难逃。”两人不约而同地叹了口气。

正在此时一个八岁的男孩朝她们走了过来。

索菲立刻举起枪：“站住！再往前我就要开枪了！”

“我不是僵尸，我妈妈让僵尸杀害了。”小男孩的眼睛里充满了害怕与不安。

索菲放下了枪，走到小男孩身前，摸了摸他的头：“告诉我你叫什么？”

“丹尼尔。”

“丹尼尔，听我说，现在这里很危险，你愿意跟着我们一起去到一个很安全的地方吗？”

丹尼尔点了点头。

索菲突然看见他双手牢牢地攥着一样东西。

索菲蹲下身子："可以告诉我你手里拿着什么吗？"

丹尼尔想了想，随即在索菲的耳边轻声说道："这是我的好朋友斯考特从洛杉矶给我带来的。我本来想去约翰老师那儿的时候问他要，但我却在他的家门口发现了它。"

索菲从丹尼尔手中接过了这件神秘的东西，她仔细端详了一会儿，然后渐渐地露出笑容："这是无线通讯手机，是吗？"

丹尼尔点点头："斯考特的爸爸在洛杉矶是个军火商人，他有各种各样好玩的东西。"

"哦？他爸爸叫什么名字呢？"

丹尼尔咬着手指，想了好一会："我也不太清楚，好像有一次听见斯考特的妈妈在电话里称呼他托尼。"

疾影此时也走了过来，与索菲相视一笑。

疾影随即拿起无线通讯手机，开始与军方进行联系……

一个整洁而又干净的病房，安德森安详地躺在床上，身上到处都插着输液管，一旁的脉搏仪和心率计正常地工作着。

病房的四周摆放着各种各样的鲜花，一堵墙壁上挂满了安德森一生的荣耀，那些大大小小的勋章和奖杯记载着战神昔日伟大的功绩。在他剩下的一只胳膊上系着一条安吉丽娜最珍爱的 WaterwavE 丝巾，希望这些可以在未来的某一天唤醒他。

疾影穿着一身 CIA 职业装，静静地坐在他身边。她不时地轻轻抚摸着安德森的脸颊，就像是一位慈祥的母亲正在爱抚自己心爱的孩子。

银白色的月光斜斜地映照在安德森身上，仿佛被圣洁的阿尔忒弥斯所呵护并祝福着。

不知过了多久，疾影慢慢地站起来。她最后望了一眼安德森，然后缓步走出了病房。

医院大门口，一个熟悉的身影出现在了疾影面前。

“恐怕还没有结束。这个给你，是从中国寄来的。”

疾影接过一封信，迅速看完了信上的内容。

“马上出发！”疾影的眼中充满怒火。

两人立刻走向了黑暗的另一端。

一片乌云悄然地遮住了月光，结束只是意味着即将开始。

IV 提亚密匙 Keys to Thea 261

轮 回

SAMSARA

Iris Xi

中国，河南省登封县，少室山。

一块牌匾高高地悬挂在大雄宝殿的正上方。这里便是佛事活动的中心场所，与天王殿、藏经阁并称为三大佛殿。殿内供释迦牟尼、药师佛、阿弥陀佛的神像，殿堂正中悬挂康熙皇帝御笔亲书的“宝树芳莲”四个大字，屏墙后壁有观音塑像，两侧塑有十八罗汉像。整个建筑看上去无比雄伟壮观，气宇轩昂。

每一年都有不少来自世界各地的武术爱好者慕名前往少林寺武术学校，有想领略少林佛法精髓的，有想提高自身武学修行的，也有像疾影一样，因自幼体弱多病便被父母千里迢迢送来，通过习武来强身健体的。

“你来这里多久了？”

“八年了，师父。”

“想不想家乡？”

“我在这里很好。”

一个十五岁，眉如翠羽，肌如白雪的金发少女与一个手持念珠的老僧面对面盘膝而坐，老僧气定神闲地望着空中飘落而下的枯叶。

“古语有云，分久必合，合久必分，天下无不散之筵席。”

少女看着老僧，突然一下子站了起来。

老僧从怀里掏出一个黄色信封，将它交给了少女。

少女拆开信，匆匆地阅读。

“如今你已学有所成，不仅练就了一具好体格，更修习了一身好武艺。”

“您要我下山？”少女看完信，将信折好并放进自己的衣袋里。

“这是你父亲写给你的，今年是我和你父母约定好的日子。

你该离开少林，回到你自己故乡去了。”

少女噗通一下跪倒在老僧面前，紧紧地抱住他的胳膊。

“傻孩子，你的未来本就不属于这里。如果有缘，我们自会再相见。”老僧轻轻拍着她的背。

“我无法忘记您，师兄师姐，还有这里的一草一木。”

老僧微微一笑：“任何一个人都无法强迫自己去永久记忆一件事，同样也无法令自己彻底消除一段回忆，让一切都随心随缘吧。”

“我明白了，师父。”

“学了一身好的武艺，小可强身健体，大可救民济世，望你珍重。”

少女双手合十：“谨遵您的教诲。”

“习武或将改变你一生的命运。这样吧，我再送你一个别名。”

少女叩首拜谢。

疾影，身疾如风，如影似魅。

她辞别了空藏大师，离开了少林。

疾影灵猫一般的脚步踏在石阶上，背后剑鞘里的是一柄长约 1 米，宽度为 20 公分的纯银色双刃剑。

突然有两个武僧迎面而来，疾影顿时警觉地停下脚步。当他们一左一右与疾影擦肩而过的刹那间，只见两个武僧飞快地伸手朝她要害抓去。好在疾影事先有了提防，她身形立刻往下一沉，刚好避过了他们势大力沉地一抓。

两个武僧并没有吃惊，他们对着疾影连续使出少林绝学龙爪手，处处针对她的要害，招招致命。

“我与你们素不相识，为什么要杀我？”疾影一边左突右闪，一边声色俱厉地喝问。

两人毫无反应，四只夹杂着凌厉拳风的爪子依然笼罩着疾影的全身上下。疾影动作稍稍一慢，右肩便被深深抓出了一条血口，顿时血花四溅。

“看来只有先打败二位了，得罪！”

疾影身形一闪，鬼魅般地绕到一个武僧身后，手肘对准他后脑勺用力一顶，对方立刻两眼一黑，瘫倒在地。

另一个武僧见状，双爪分别向疾影的咽喉与心脏闪电般地攻来。疾影反手早已将剑鞘握住，等双爪即将触及自身的一瞬间她将剑鞘精准地挡在身前。武僧双手突然握住了剑鞘，不免心神一分，正在此时一道寒光从他眼前划过。

“好了，现在你可以告诉我了。”疾影手中的剑抵在了他的脖子上。

“我不知道。”武僧笔直站在原地，双眼一眨不眨地看着前方。

“你不知道？没有任何理由就想要我的命，难道十年后的少林和尚都这么对待每一个上山的游人吗？”

这次武僧不再开口说话了。

“我数三下，你再不开口，我会让你永远都没有机会开口。”锋利的剑刃已经割破了武僧的脖子，一道血柱沿着剑身缓缓地流淌下来，一点一滴地落在了青灰色的石阶上。

武僧的脸因为痛苦而变得有些扭曲，黄豆大的汗珠密密麻麻地从额头上渗了出来，两条腿也开始有些颤抖。

“一。”

四周只有窸窸窣窣的风沙声。疾影在半山腰意外遭遇两名武僧的伏击，之前一度险象环生的她现在从容地将剑抵在了对方的脖子上。而他的同伙则已经瘫软地倒在地上，像条死了的泥鳅一般，不省人事。

“二。”

武僧大口喘着气，然后艰难地咽了口唾沫，他突然噗通一声跪倒在地。

疾影一张杀气重重的脸此时才露出了一丝轻蔑的笑容。看来没有一个人是不怕死的，就连和尚也是一样。

正在此时武僧突然浑身一震，随即倒在了地上。疾影的表情一下子凝重起来，她立刻上前察看，发现武僧的咽喉不知什么时候多了一条十分细密的伤口。

疾影立刻摆开防御架势，同时双眼犀利地扫视着四周。纵观天下，当今能有如此身手的恐怕不出两人。看伤口像极了剑仙火阳真人的手法，但以他老人家在世的名望和品行，又怎么会……难道是他！

“魔气盖世，刀斩日月。”

随着一阵仿佛从墓地中传来的亡灵叹息声，一个浑身披着灰白色麻衣的人一步一步从山阶上走了下来。他背上交错地斜插着两把漆黑蛇皮鞘的武士刀，一直走到距离疾影还有10米远的地方才停住了脚步。

此时从疾影脸上可以看见异常慌乱的神色，她似乎感到了前所未有的恐怖。疾影一动不动地盯着眼前的人，十根手指紧握着剑，就好像遇到了死神一般。

“十年了，我以为你把我忘了。不过现在我很高兴，因为你还记得我。”麻衣人说话的时候却是一副悠然自得的样子，仿佛将疾影当成自己的故友一般。

“我当然不会忘了你，因为我要亲手杀了你！”疾影先前惊恐的的眼神此时充满了杀意。

“哈哈哈哈！你真舍得杀我？”麻衣人仰天大笑。

“呸！厚颜无耻！”疾影鄙夷地唾骂。

麻衣人非但没有动怒，反而色眯眯地盯着她凹凸有致的身体：“没想到你的中文比我想象中的还要好。我更没想到的是那么多年不见，你的身材比以前更诱人，模样也更标致了。”

疾影听着这些调戏自己的言语，越发地怒不可遏。

“影，这么久以来我一直忘不了你。那些被我唾手可得的女人没有一个能让我产生激情，而面对你的时候，我却几近疯狂！现在乖乖放下剑，做我的女人，这样你不但可以免去一死，还能无时无刻被我宠爱。”

“够了！你这个败类！混蛋！我师父呢？你把他怎么了？快点放了他！否则我就杀了你！”

“你师父？我可没这个本事抓住他。”

“难道你寄这封信就是为了把我骗来？”疾影狠狠将一封从中国寄来的信扔向麻衣人。

“我说了，这么久以来我一直忘不了你，我很想你。”

“你这个恶魔！今天我一定要亲自送你下地狱！”疾影怒吼道。

麻衣人深深地叹了口气：“面对你的第一个男人，难道你非要兵戎相见？非要置我于死地？”

当听见“第一个男人”的时候，疾影突然浑身颤栗起来。她突然回想起十年前，那个永远都深深刺痛自己内心的日子。

疾影，身疾如风，如影似魅。

年仅十五岁的她辞别了空藏大师，离开了少林。

疾影顺着石阶而下，背后剑鞘里的是一柄长约 1 米，宽度为 20 公分的纯银色双刃剑。

“你是少林弟子？”

疾影抬起头，突然看见前方距离自己10米远的地方有一个浑身披着灰白色麻衣的人。高挺的鼻子，细长的嘴巴，惨白的脸上仿佛裹着一层薄薄的霜雪，只有一双目光如炬的眼睛格外引人注意。他背上交错地斜插着两把漆黑蛇皮鞘的武士刀，仿佛是从墓地里爬出来的亡灵武士。

疾影立刻伸手握住背后的剑柄，警觉地盯着前方的不速之客。

“请问少林空藏大师是否在山上？”麻衣人不紧不慢地说。

“你找师父有什么事？”相比之下疾影的声音显得稚嫩许多。

麻衣人突然笑了起来:“哈哈，想不到你的中文说得不错。”

“你究竟是什么人？”疾影的脸上已显现出了怒气。

麻衣人并不理会疾影的询问，他双眼不停地打量着疾影的全身上下 :“空藏这老家伙居然还收了一个这么年轻漂亮的金发女弟子！哼哼，艳福不浅。”

看到疾影的指关节动了动，麻衣人知道她即将对自己出手。不过他丝毫没有任何防御的架势，反而对疾影言语的挑逗有增无减 :“你叫什么名字？不如拜入本座门下，做我的女人，让我们夜夜笙歌。本座保证你的武学修为在两年之内突飞猛进，从此武功盖世，天下无敌！”

疾影毕竟是个涉世未深的少女，即使听到这些令自己怒火中烧的言语，两颊也不由得一阵绯红。

“哈哈哈哈！今天暂且先放空藏老头一马，因为此时此刻我对他的金发女弟子更有兴趣，我要成为你的第一个男人！”话音未落，麻衣人已经从背后闪电般地抽出一把武士刀，以迅雷不及掩耳之势攻出了好几招。

疾影方才心神紊乱，此时突然看见如此凌厉的攻势，她只能勉强闪避。

可惜麻衣人攻出的那几下均是虚招。他算准了疾影后退的线路，身形一闪，手中的刀不偏不倚地抵在了她的脖子上。

疾影无论如何也没想到，以自己的身手竟然会在短短数秒内被对方彻底制服。她只好一动不动地站在原地，愤怒地盯着面前的男人。

更令她没有想到的是麻衣人居然收回了刀。疾影脑海中顿时一片混乱，她不知道究竟该立刻挥剑刺向这个男人，还是该对他的不杀之恩心存感激。

麻衣人诡异地望着疾影："以你现在的身手，恐怕下山后一旦遇到高手也是凶多吉少。看来空藏老头也没什么能耐，你还是顺从了我吧。"

"呸！空藏大师无上的修为岂是你这种人能够参悟的！"疾影忿忿不平地骂道。

"我这种人？我可是日本黑龙会的第一高手，挑战四十八名武林名宿从未尝过败绩！"

"真是可笑，我看你倒像是日本黑狗会的第一淫贼！"

"那好，现在我们再来比试一下。如果你赢了，那我就直接自尽，而万一我赢了，你就得乖乖做我的女人，从此让我彻底占有你。"

"无耻的淫贼，下地狱吧！"疾影怒不可遏地举剑刺向麻衣人。

麻衣人竟不回避，他架刀一挡，只听见一声金属相击的巨响！刀剑相抵，火花四溅。疾影习武虽然只有短短八年，但她天资聪颖，而且一直受到空藏大师的亲手点拨，学习的也都是正宗少林武艺，因此她在与师兄们较量之时丝毫不落下风。

疾影不假思索地化刺为砍，齐刷刷地向麻衣人劈出三剑。麻衣人这次居然又不回避，同样举刀一一抵挡，疾影的速度虽快，但他的速度更快！

疾影剑尖顺势一沉，剑身从麻衣人的刀下穿过，径直刺向他的心脏。麻衣人眼看就要被她一剑毙命之时，他手里的刀却像长了眼睛似的迅速挡在了自己胸前。“叮”的一声，剑尖最终不偏不倚地刺在了刀身上。

疾影似乎早已料到会有这一招，只见她左手化拳为掌，使出一招少林七十二绝技之一“大慈大悲千叶手”，闪电般地拍向麻衣人身上的几个要害之处。

这次麻衣人看似已无回天之力，他已经完全放弃了抵抗，一动不动地任由疾影的拳掌全都打在了自己身上。

“怎么样淫贼，领教到少林武功厉害了吧！”疾影嘴角微微一翘，终于松了口气。

“少林功夫的确厉害，不过你只学到了招式而已，内功修为还远远不够。”

疾影一惊，她听着麻衣人从容而淡定的语气，知道她方才那几掌根本没有伤他毫发。

这个男人太可怕了，凭他的心智和武功，说不定师父会有危险，我到底怎么才能击败他。就在疾影盘算着的时候，麻衣人飞快地伸出右手，紧接着疾影只觉浑身麻痹，顿时瘫倒在地。

望着疾影充满惊恐和无助的双眼，麻衣人放声大笑了起来：“哈哈哈哈！你是永远不可能打败我的，当今世上除了空藏老头和火阳真人，谁也无法伤我。”

疾影躺在地上动弹不得，她知道自己在劫难逃，于是鼓足了最后的力气骂道：“淫贼！无耻之徒！我师父一定会将你绳之以法！”

麻衣人走到疾影跟前，蹲了下来，伸手摸了摸着她光滑的脸颊。看着眼前这个已成为囊中之物的金发少女，他目光中流露出无尽的贪婪和饥渴：“还是担心你自己现在的处境吧。我说过，如果我赢了，你就得乖乖做我的女人，从此让我彻底占有你。”

“你、你想干什么？”疾影感觉自己就像一只待屠宰的羔羊。

“你还不明白吗？现在我当然是要占有你。”麻衣人说完，一下子撕破了疾影的衣服。

“不要！”疾影的眼泪立刻夺眶而出。

“虽然我得到过许多如花少女的肉体，但没有一个比得上你，在你身上我产生了一种前所未有的感觉。”麻衣人一边说，一边开始俯身亲吻疾影身上白皙的肌肤。

“淫贼！败类！混蛋！”

“你知道吗？你越骂我越感到兴奋！西方女人的身材果然要比东方女人的更性感、更美妙，你简直无法想象我对你的身体有多么痴迷！”

此时麻衣人清除了她身上最后一道屏障。疾影全身上下已经一丝不挂，全裸着呈现在他眼前了。

“这就是少女的胴体啊！我嗅到了青春的芳香，我看到了造物主的杰作！”麻衣人也迅速脱下了自己的衣裤，他紧紧地压在疾影身上，一只手爱抚着她的双峰，另一只手托起了她的腰。

“不、不要！”疾影突然预感到了什么，她死命地想并拢双腿，可惜浑身麻痹，一点力气都使不出。

“魔气盖世，刀斩日月！”麻衣人大吼一声，同时身体往前用力一挺。

“啊！”疾影下身只感到一阵撕心裂肺的疼痛。两行热泪顿时流淌而下，她清楚地意识到自己已被这个男人夺走了贞操。

麻衣人早已魔性大发，他疯狂地享受着疾影的肉体。在一次又一次冲击下，他得到了最大的快慰，而疾影稚嫩的身躯又怎能经得起这种折磨，她间歇性地昏迷了好几次。

疾影最后一次醒来的时候，她手脚都被牢牢地捆绑着。十年后她依然败在了魔刀手下，和之前一样被他强奸了。魔刀将一丝不挂的疾影扛在肩上，大步向山上走去。

一间并不算十分宽敞的禅房里到处都弥漫着一股淡淡的香火味，大门紧闭，连窗户也均被严严实实地锁了起来。疾影被赤裸地绑在一根立柱上，数十根蜡烛像一个火圈似的摆在她周围，将她的胴体照得通红。

屋子里除了疾影以外还有三个人。他们围着一张乌木方桌坐下，中间一人十分得意地看着眼前这个被五花大绑的性感尤物。

“想不到我们这么快又见面了。”

疾影异常愤怒地盯着他，就像先前看见麻衣人时那样，恨不得立刻冲上前将对方碎尸万段。

“我很欣赏你的果敢，不过可惜你将自己奉献给了CIA。”

“我早该一剑刺穿你的心脏！”疾影咬牙切齿地吼道。

“哈哈！是啊，但在箭赞的生化研究所里你并没有要杀我的念头，我们一直都是亲密无间的战友。”

“呸！你这个叛徒！是你亲手导演了这一切灾难！”

“你错了，我可不是叛徒。我只是同时身兼箭赞幕后老板和CIA情报处处长两个职务而已，你以为在军方高层中与箭赞私下交往密切的人会少吗？别幼稚了！”

疾影的双眼布满了血丝:“墨菲，你这个卑鄙无耻的混蛋！难道军方会漠视你亲手创造出那些僵尸，然后再让它们来消灭人类自己吗！”

墨菲又一次笑了起来：“人类历史上自古以来就围绕着杀与被杀这个模式来传承和延续。无论是中国的大唐盛世，还是美国的独立战争，还有第一次世界大战、第二次世界大战以及未来的第三次世界大战等等，哪个时期不是经历过杀戮之后才能换取和平年代？人与动物一样，都可以为了捍卫自己的利益不被侵犯而发起战争。我之所以创造出那些生化武器，也只是为了在对手消灭我们之前将他们消灭而已。”

疾影啐了一口：“呸！说得多么冠冕堂皇，你的那些僵尸至今消灭过多少敌人？又有多少无辜的人为之惨死？这场瘟疫已经蔓延到了世界上的各个国家，数千万人遭受感染，如果疫情得不到控制，人类迟早都会全部灭亡！难道你还把这当作是战争吗！”

“有所得必有所失，要创造出世上独一无二的生化武器牺牲一些人是在所难免的。不过你放心，我绝对不会让人类灭亡。只要我追查到猛玛俐解药的下落，那么一切都可以有效解决了。”墨菲站起身来，慢慢走近疾影。

“你查解药跟我有什么关系？为什么要设陷阱抓我？我师父在哪儿？你们把他怎么样了？”

“一下子冒出来这么多问题，让我先回答哪个好呢？”墨菲伸手托起了疾影的下巴。真是个不折不扣的美人！墨菲仔细端详着她的脸和身体，暗暗称赞。

疾影猛地甩头，下巴一下子从墨菲的手里挣脱了。

墨菲的嘴巴凑到疾影耳根旁："没错，我写信给你就是要把你引来中国。不过我并没有设陷阱抓你，你是因为本身实力不济才被魔刀束手就擒。你师父此刻的确在我手里，如果你想和你师父一起平安地离开这里，你就必须配合我找到猛玛俐解药。"

疾影望着前方："我看你找错人了，我根本不知道猛玛俐的解药在哪里。"

墨菲像是听到了世上最幽默的笑话，他转过头去望着魔刀，然后哈哈大笑："尼克的女儿居然不知道父亲配制的解药在哪儿，哈哈哈哈！她居然把我们都当成傻瓜了！"

*糟糕，我的身份他怎么会知道！*疾影心头一惊，一种不祥的感觉立刻涌上心头。

墨菲从怀里摸出一条四叶三叶草的铂金项链，拿到疾影面前晃了晃："看看清楚，你应该知道这是什么吧？"

疾影定睛一看，顿时心里一惊。*这条项链怎么会在他这儿？难道索菲……*

看到疾影的神情，墨菲笑了起来："很好，看来它果然是你父亲的遗物，你知道这项链背后隐藏的秘密吗？"

"我不知道什么秘密！"疾影声嘶力竭地叫喊。

"你不知道？好吧，那我来告诉你。据我所知你父亲尼克生前让你母亲玛莎设计了三条相同的项链，就是你眼前所见到的这种项链。看得出你母亲还真是一个很有创意的设计师，如果将它们放在美国各大商店里出售，我想一定会很畅销。"

墨菲顿了顿："根据可靠情报，这三条项链便是获取猛玛俐解药的关键。虽然装有解药的手提箱落在了CIA手里，但他们却无法开启它。我相信只要集齐了三条项链，那么胜利最终将属于我！"

墨菲再次托起疾影的下巴，恶狠狠地瞪着她：“我知道你拥有其中的一条项链，不过我很遗憾这么珍贵的东西你却没有带在身边，我很想知道它在哪儿？”

这么说来这条项链并不是我的。疾影同样瞪了他一眼：“我不知道！即使我知道也不会告诉你！”

“你最好乖乖配合我。像你这样的美人，如果被两个人同时强暴，想象一下？其实我已经知道另一条项链的下落了，相信用不了多久我的人就会把它送到我手里。现在你只需要告诉我你的项链在哪儿，我就可以放你一条活路。”

疾影突然放声大笑：“哈哈哈哈！你别痴心妄想了！我的身体早已被禽兽沾污，现在只是又多了一个禽兽！”

“好，好极了！看来你已让我别无选择。”墨菲脸色铁青。他开始解自己衣服的纽扣，而一旁的魔刀也露出了阴森森的微笑。

疾影知道自己在劫难逃，于是她把头扭了过去，将满腔的憎恨都化作了世间最严厉的诅咒。一会儿只见墨菲和魔刀赤裸着身体，仿佛两条凶残无比的饿狼，一前一后朝疾影扑了上去。

“啊！”

“禽兽！”

“你们、不得好死！”

听着阵阵撕心裂肺的哀嚎和诅咒，看着一个美貌的女人饱受凌辱和摧残，屋子里还有一个自始自终都未说过一句话的人皱了皱眉，随即突然出手，迅如闪电地一剑穿透了疾影的咽喉。

“你……”魔刀愤怒地瞪着他。

剑客面无表情地望着已经死去的疾影，那只握剑的手背青筋暴起。

墨菲怔了怔，立刻握住了剑客的手腕，同时也喝令魔刀退下：“两位都是世上数一数二的武学宗师，不必为了一个女人而伤了和气。”

“哼！”魔刀迅速穿上衣服，然后一把将门推开，大步而去。

“失去一个女人没关系，不过你别忘了自己的使命。如果任务一旦失败，人类就会因此而走向灭亡。”墨菲穿好衣服，轻轻拍了拍他的肩，也走出了禅房。

我这么做究竟是对是错？一代武学宗师却连一个女人都保护不了，还谈何拯救苍生，哎……

FedEx 中心。

两名身穿 CIA 制服的男人跟随一名中心主管来到了一个保险柜旁。主管蹲下身子，在电子密码锁键盘上熟练地按下一连串数字，然后将右手食指放了在指纹识别系统上。看着警示灯从红色变成绿色，主管小心地从怀里取出钥匙插入到锁孔里，最后打开了保险柜。

“这就是你们要的东西。”

一名 CIA 上前从保险柜里小心地取出一个方方正正的盒子，看见上面的署名为迈克尔先生收。

“我们的快递员一直联系不上迈克尔先生，所以这件东西已经存放在这里很久了。之前收到贵方的指令，我们便将它特殊保管，现在请您签收一下。”说完主管递上了一份签收单。

CIA 仔细地检查了一下这个盒子，然后点了点头，另一名 CIA 便在签收单上签了字。

“拿到东西，现在返回，请确认。”CIA 与特别行动小组总部进行联系。

“收到，迅速返回，确认完毕。”总部发来了回复。

在主管的陪同下，两名CIA迅速从FedEx中心里走了出来。外面一字排开停着三辆黑色的奥迪轿车，他们环顾四周，然后上了中间的车。

三辆车同时发动，不久便行驶在了洲际公路上。初春的微风犹如女人最纤细的手指，拂在脸上令人无比心醉，和蔼的阳光照洒在大地上，使一切看起来都那么生意盎然。此时就算是《预见未来》中的克里斯·约翰逊看着眼前的景象恐怕也不会联想到即将要发生的一场惊天血案吧，而达纳特斯往往会在人们最意想不到的时候出现在世间，随心所欲地掠取人类的灵魂。

突然一辆火红色的重型军用越野摩托车吐着长长的火舌从三辆车的后方急速驶来，摩托车上的是一个身着黑色漆皮紧身衣，戴着一张银色斯库拉面具的女人。只见她在距离车队还有50米远的地方从腿部的枪套中取出一把沙漠之鹰，然后瞄着前方“呯呯”射了两枪，第三辆车的两个后车胎均被击破。车一下子停了下来，摩托车风一般地从车旁驶过，女人在距离第二辆车还有50米远处又开了两枪，第二辆车顿时也停了下来。

女人此时从背后抽出一把Mk5冲锋枪，对准第二辆车连续扫射，瞬间击伤了车内四名CIA。在摩托车驶过车的同时她突然减速，从破碎的车窗内将盒子闪电般地抢了过来。望着战利品她微微地笑了笑，同时调转车头，飞速地从反方向急驶而去。面对从第三辆车里出来阻截的四名CIA，女人持枪又是一阵扫射，将四人中的两人击伤。剩下的两人只能趴在地上，眼睁睁地看着这个女杀手消失在自己的视野里，前后整个过程才不过短短的半分钟。

特别行动小组总部。

一间并不算宽敞的会议室里面对面地坐着一男一女，男的是一个三十多岁的少校军官，此人正是亚瑟，奉沃纳尔之命组建了特别行动小组。而女的则是一个身穿粉红色紧身衣，一头深金色秀发并扎着一个马尾辫的年轻女人。

“对不起，对于疾影的不幸我深感遗憾。”亚瑟叹息着。

“呜呜，如果那时候我没有离开她，她就不会死。”

“索菲，你无须自责，这也是疾影当时的意思。她只身前往中国营救她的师父，而让你专程来告诉我们有关打开手提箱，获取圣药的方法。”亚瑟边说边递给她一张纸巾。

索菲擦了擦眼泪，有些哽咽地望着亚瑟：“可怜的疾影，她的父母都被箭赞杀害了，现在连她自己也……”

亚瑟重重地捶打着桌子：“箭赞无恶不作，人神共愤！他们是一群彻头彻尾的恶魔，我一定要将他们绳之以法！”

“疾影死了，我们不能让她白白牺牲。分手前她将这条项链交给了我，说只要根据项链提供的线索，就可以寻找到打开手提箱的方法。”

亚瑟接过索菲递来的项链，仔细地端详着。这是一条四叶三叶草的铂金项链，做工异常精巧，吊坠上的四片叶子呈扇形张开。

“你发现其隐藏的线索了吗？”亚瑟看着索菲。

索菲摇了摇头：“看上去这似乎只是一根普通的项链，不过这些数字却很奇特。”

顺着索菲手指的方向，亚瑟瞧见在四片叶子上分别刻着一个极其微小的数字。不过用肉眼很难看清楚它们，于是亚瑟将项链放在放大镜下，这四个数字立刻呈现在了眼前。

“5，6，7，8。”

索菲点了点头："嗯，是的，不过不知道是什么意思。"

"迟早会知道的，相信所有的线索都会水落石出，我们一定可以开启手提箱，拿到圣药。"亚瑟攥紧项链。

"那现在怎么办？"

"我想去会会魔刀，既然他杀害了疾影，那我们现在就去将他捉拿归案！或许一路上还能找到一些有关项链的线索。"

亚瑟停顿了片刻，突然望着天花板："对了，我想到一件奇怪的事。"

"什么？"

"不久前我派人去FedEx拿回尼克快递给迈克尔的东西。不知为什么这次行动计划被箭赞掌握了，后来他们派出一个女杀手半路阻截了我们，最后将东西抢到了手。"

"对方只有一个人？"索菲露出惊讶的神色。

"是的，她骑着一辆红色的重型军用越野摩托车，从十二名CIA手里抢到了东西。不过奇怪的是她并没有打死我们的人，她所使用的武器事先已经对子弹进行了更换，这些子弹只能将人打伤，但不会致命。"

"哦？那的确匪夷所思，这一点都不像是箭赞的做事风格。我在箭赞潜伏的这段时期里，从没有遇到过箭赞会枪下留人。"

亚瑟叹了口气："哎，所以这才是最最令我困惑的。这个可怕的女杀手究竟是谁？既然抢回了东西为何又对我们手下留情？"

亚瑟的无数个疑问，索菲自然无法回答，真相恐怕现在只有上帝才会知晓。而迈克尔死因的背后不仅与猛玛俐有关，也和项链之间有着密不可分的联系。

一辆银灰色的福特慢慢地停靠在加油站门口，一个肥胖的黑人走了过来。

“加满，九十三号，谢谢。”迈克尔边说边把一张万事达卡递给黑人职员。

“对不起先生，收款机坏了，只能使用现金。”黑人用冷漠的口吻说。

“见鬼。”迈克尔掏出钱包，找出一张百元美钞递给他。

“谢谢。”黑人收下钱后开始给车加油。

“你那小秘是不是明年要结婚了？和你们另一个同事。”米歇尔看着迈克尔。

“你听谁说的？我怎么不知道？”迈克尔从衣袋里取出万宝路和打火机，为自己点上一支烟。

“这打火机用起来确实不错。”迈克尔看着打火机。

米歇尔猛地把烟和打火机夺过来，惊慌失措地嚷道：“迈克尔你疯了吗！这里可是加油站！”一边说一边掐灭了烟，然后将他的打火机放进了后座的手提包里。

迈克尔用双手捂住了整张脸，显得十分沮丧:“哦，天哪！我可能是太累了。”

米歇尔不再理会他，自顾自地玩起了手机上的游戏。

不一会儿黑人走过来，将找零和单据交给了迈克尔。

“请问有什么近路可以到蒙大拿州的吗？”迈克尔望着黑人那空洞的眼神。

黑人像一块墓碑似的笔直站在原地，一声不吭，在黑夜里让人看着不禁毛骨悚然。

“我、我们是要去利文斯顿，蒙大拿州帕克县的一个小镇。”迈克尔起了一身鸡皮疙瘩。不知为什么，看着这名黑人的时候，自己感到浑身不舒服。

不过令人惊异的是听到这句话黑人的眼睛里立刻闪过一

丝诡异的光，而且说话声音也变得非常低沉，仿佛就像是一阵阵来自乱葬岗里死灵的叹息声。只听他极缓慢地说："你们现在要去利文斯顿？"

"是的。"迈克尔有气无力地回答。此时他感觉自己的身体难受极了，心脏就像被一只魔爪揪住了一样。

突然看见黑人把手举起并指向右前方："那儿有一条小路，可以让你们提前两个小时到达利文斯顿。"

"哦，太感谢你了。"不知为什么，迈克尔感觉自己说这句话的时候十分违心。

之后一个更令人惊讶的举动发生了，只见黑人突然俯下身子，几乎是咬着迈克尔的耳朵："我只是想让你可以尽快地泡在热水里，然后穿着我给你买的那件 WatervavE 真丝睡衣……"

说完，黑人的眼睛死死地盯着那只后座的手提包。

米歇尔突然瞥见了黑人这一举动，她赶紧催促着迈克尔："油加完了，我们赶快走吧！"

此时精神恍惚的迈克尔又对着黑人说了声谢谢，然后发动车子，朝着黑人指引的方向急驶而去。

黑人依旧笔直地站在原地，眼睛望着他们消失的地方。此时两只漆黑的乌鸦飞了过来，然后停在加油站的屋顶上，只见它们不耐烦地东张西望着，而加油站的时钟显示为23:14。

此时黑人拿起手机，拨了号。

立刻手机里便听到了一个男人的声音："情况怎么样？"

"他们已经朝预定的方向走了。"黑人回复。

"很好！库克洛普斯，接下来就看你的了。记住，人和东西一样都不能放过！"

“收到。”

“哈哈哈哈！”

在一阵阴森恐怖的笑声中结束了这次短暂的通话。黑人随即上了一辆黑色的凯迪拉克，往米歇尔和迈克尔的方向追去。在加油站的员工休息室里，血迹斑斑的地板上横七竖八地躺着三具男人的尸体，他们身上的工作服不翼而飞，每个人的脑袋上都有一个拇指大的枪眼。

一场噩运正在慢慢接近米歇尔和迈克尔。

米歇尔突然放下手机，然后转过头问迈克尔：“那黑人刚才跟你说了什么？”

迈克尔并没有回答米歇尔，只是很暧昧地瞥了她一眼。

“哦，天哪。”米歇尔又看了看窗外：“我们这是在哪里？”

迈克尔嘴巴微张，不过还是没有回答米歇尔。只见他眼睛一眨不眨地望着前方，似乎在看一条永远没有终点的漫漫长路。

“迈克尔！你有在听我说话吗？这儿究竟是哪里？我们刚才不是在州际公路上吗？”

“这条路会让我们提前两个小时到达目的地。”迈克尔终于开了口。

“什么？你居然相信那人说的话？该死！如果他不穿那身工作服，我真怀疑他是不是专程来打劫我们的！”米歇尔气急败坏地嚷道。

“怎么可能，他可是我见过最憨厚最可爱的黑人了。”

米歇尔抬腕看了看表：“你知道现在几点了吗？”

“几点？”迈克尔说话的声音依然漫不经心。

“已经23:14了！天知道我们什么时候才能到达利文斯顿！”

一辆银灰色的福特飞快地在一条小路上行驶着，天幕中忽明忽暗的月光让一切看起来都是那么的诡异！达纳特斯仿佛再一次披上了他的黑色斗蓬，手持着致命之剑，于夜晚悄悄地从天而降，开始收集人类的灵魂。

米歇尔突然喊了起来："你闻！我好像闻到汽油味道了。"她的神情十分紧张。

"什么？汽油味道？亲爱的，我们现在可不是在加油站。"

"难道你的鼻子只闻得见那些药剂的味道吗？"

这时候突然一场倾盆大雨倾泻而下，久违的迈亚终于在黑暗之空露出了狰狞的脸庞。

"该死的，下雨了，我们得赶紧离开这里。"

"迈克尔，我们的车不会在漏油吧？"

"当然不会！我想应该不会吧。"迈克尔回答得有些犹豫，因为之前他的车已经发生过好几次漏油事故，而最后他们只能在路中央搭别人的车去附近的修理厂。

"听着，现在是深夜，而且很少会有车开过这条该死的小道。"

"所以？"迈克尔无奈地看着她。

"所以，我想你是不是能去检查一下。万一真的漏油了，我们这次可不会再像以前那么走运搭上别人的车，弄不好我们真要在这鬼地方待上一整夜了。"米歇尔异常郑重地说。

迈克尔想了一下，然后脱下外套："好吧好吧，米歇尔，那你关好车窗并待在车里别动。我现在就出去检查一下，我也想早点到利文斯顿，然后舒舒服服地泡个热水澡。"说完，迈克尔打开车门，把外套撑在头顶上，然后下了车。

雨下得很大，就仿佛是一座尼亚加拉瀑布悬在空中一样。米歇尔关上了车窗，望着窗外迈克尔的身影，回忆以前和他一起时的种种美好。

“咚咚。”迈克尔敲了敲车窗。

“怎么了？”米歇尔隔着玻璃窗看见浑身湿透的迈克尔。

“我看过了，车很好，好像没漏油。”

“亲爱的你说什么？我听不见！”由于外面电闪雷鸣，加上倾盆而下的大雨，所以米歇尔根本不能听清楚他说的话。

“我说车没什么问题！一切都很正常！我现在要进来了！”迈克尔提高了嗓门。

还是听不清楚，米歇尔只能把车窗慢慢地摇了下来。而在谁也意料不到的时候，只听“嘭”的一声巨响！从旁边突然飞驰而来了一辆车，狠狠地撞上了迈克尔！迈克尔都来不及做出任何反应，哪怕是一声叫唤。

米歇尔怔怔地望着车窗外，被这突如其来的遭遇完全吓得魂飞魄散！几秒之后，才听见一阵声嘶力竭的吼叫。

“迈克尔！迈克尔！”

米歇尔迅速从车里飞奔出来，顶着瓢泼大雨跑到那辆肇事车的前方。只见迈克尔平静地躺在地上，样子已经完全扭曲，眼睛睁得很大，耳朵里、嘴里都不断地淌出鲜血。

“迈克尔！迈克尔！”米歇尔嚎啕大哭。她蹲下身子，一把抱起迈克尔的脑袋，擦拭着他脸上的鲜血，并用尽全力呼喊着他的名字。

此时肇事车停下，一个肥胖的黑人从车上下来。他快步走到米歇尔身后，米歇尔顿时感觉自己的后脑被一把枪顶着。

“他已经死了。”

米歇尔没有回过头去，她只是抱着迈克尔伤心地哭泣。

“我不杀你，只要你把圣药交给我。”

“是你杀害了他。”米歇尔听出了他的声音，正是之前在加油站的那个黑人职员。

此时米歇尔的眼睛依然望着怀里的迈克尔。

“他必须死。”黑人说话的声音十分低沉。

“是你故意引我们走进一条死路！我们不认识你，你为什么要害我们！”米歇尔的声音像是在哀嚎。

“奉命行事。”

米歇尔流着泪：“你说的那个圣药我根本就不知道！即使我给了你什么狗屁的圣药，你又能把我的迈克尔还给我吗？”

“我说了，他必须死。”

只见米歇尔突然转过身去，一把握住黑人手里的枪，拼命想将它抢夺下来。怎奈米歇尔的身躯和力量在黑人面前显得异常弱小，黑人伸手抓住她的头发，一下子就把她扯倒在地。

黑人不屑地看着米歇尔：“我不想杀你，但你必须配合我。”

米歇尔无力地躺在地上，泪流满面，她大口喘着气，一句话都没有说。

“好吧，看来只有我自己动手了。”

米歇尔顿时只觉得头部被重重地击打了一下，随即眼前一黑，失去了知觉。

黑人走到迈克尔尸体旁，仔细搜索着他身上的每一个地方，最后从他上衣袋里找出了一封信。他拆开信，看完了信上的内容。

没过多久，黑人又走到米歇尔身边，将她身上佩戴着的首饰全都拿了下来并用一块手帕小心地包好。

此时，黑人举起枪，对准了米歇尔的脑袋，随时准备结束她的生命。

“魔鬼在上帝面前将无所遁形！”

“该死！竟然有人。”黑人突然听到了一个庄严而又神圣的声音。他不敢大意，立刻收回了枪，然后匆匆开车逃逸。

一会儿，几个神秘的人出现在了迈克尔和米歇尔跟前……

迈克尔，迈克尔……

在加油站黑人将迈克尔的万事达卡递还给他时，在卡的表面上突然散发出一阵淡淡的奇异香味。

感觉身体一会儿飘起来，一会儿又坠落了下去。

我在哪里？

我是不是已经死了？

箭赞纽约中心大楼，二十八层首脑会议室。

墨菲坐在一张黑色椅子上，怔怔地望着手里的一个浪琴表盘，一言不发。表盘是纯金铸造的，与一般浪琴圆形表盘无异，只是表盘内部却空无一物，居然没有指针。

女杀手、库克洛普斯、魔刀和剑客分立在墨菲两旁，每个人的神情看上去都显得有些紧张。

“谁能告诉我这是什么？”

除了墨菲自己的声音，一间可以容纳好几十人的会议室却听不见第二个人的说话声。

“尼克给迈克尔的包裹里应该是另外一条项链才对。”墨菲将表盘重重地扔在桌子上。

“我确信这件东西跟三条项链之间有着非常重要的联系，否则CIA是不会派那么多人来运送它的。”说话的是一个戴着一张银色斯库拉面具的女杀手。

墨菲点点头：“按照CIA的反应来分析，这东西的确应该十分重要。”紧接着他又叹了口气：“可是经过我的仔细观察，这上面既没有刻画着不同寻常的秘符，表盘内部也没有藏匿着任何提供线索的纸条，光这个东西又有什么用呢？”

墨菲拿出项链，不停地与表盘进行比照，可惜无论他如何努力却始终找不出丝毫头绪。

“墨菲…….”

“嗯？”

“不如先去CIA特别行动小组总部将圣药拿来？”

看着女杀手，墨菲想了片刻，然后站起身来在会议室里走了几步：“也好，不过……”

“我去。”

墨菲望着她坚毅的眼神，微微一笑：“小心点。”他又转过头看着库克洛普斯：“你去追查疾影的项链。”

“遵命！”库克洛普斯弓身答道。

墨菲走到魔刀与剑客身旁，伸出双手分别握住了他们的肩膀：“至于第三条项链就拜托两位了。”

“哼哼，我看还是换一下吧。由光头去追查第三条项链，而疾影的项链就交给我们好了。”魔刀一边说话一边露出了阴森森的笑容。

墨菲想了片刻：“哈哈，就这样。库克洛普斯，你去吧。”

库克洛普斯点点头。一旁剑客的脸上则显露出极为复杂的神情，谁也无法看透此时此刻他内心深处的想法和感受。

“由于我们先前重挫了安德森，他现在已经成为历史，他的余生将在医院的病床上度过。而对于CIA特别行动小组组长亚瑟，他无论从经验还是能力上都远逊于安德森，所以最后的胜利终将属于我！哈哈哈哈！”

似乎整个苍穹之中都回荡着墨菲肆无忌惮的狂笑声。一旦墨菲同时拥有了珀佩特和圣药，那他便可以随心所欲地打造出全球最恐怖最黑暗的僵尸军团，人类的生存和文明都将走入绝境！不一会儿暮色的天空中突然飘起了点点雨滴，就仿佛是提亚[①]在为即将上演的世界末日所哭泣。

女杀手、库克洛普斯、魔刀和剑客授命离开之后，墨菲从抽屉里拿出一封信。这封信一直都在迈克尔的上衣袋里，迈克尔被杀害后，库克洛普斯从他身上搜了出来并将它交给了墨菲。

此刻他的目光再次停留在了信的最后几段文字上。

有件事我必须提醒你，我最近开始担心公司是否已经听到了一些有关圣药的风声。你知道箭赞的保密系统全球一流，无论是电子邮件还是电话都可能被公司的安保部门截获，所以我考虑再三还是选择了这一古老而又有效的通讯方式。写信给你将这份喜悦和你一同分享，同时也提醒你小心研究所里的所有人。

为了迎接这一伟大圣药的诞生，我特意精心安排了一场无与伦比的庆典。届时会让我们身边几个最亲密的人来共同见证这个令人惊喜的时刻，所以在那之前你务必要对她们保守这个秘密。我已经把属于米歇尔的庆典密匙以你的名义赠予她了，她似乎非常喜欢这个礼物。毕竟女人都喜欢玛莎设计的首饰，她们看上去是如此的精致，而再过几天你也会收到我给你的快递，快递里有我赠送给你的庆典礼物，希望你也会喜欢。

三根苜蓿汇聚浪琴，时间再度开启光明。

N

---

① 提亚(Theia)：希腊神系十二提坦大神之一。司长宝物、光亮、视力的女神，也称为光明女神。

这就是尼克生前写给迈克尔的最后一封信，墨菲从署名 N 上已经确认，信纸的背面则是一个奇怪的图案。

墨菲看了看桌上的空表盘，这显然是属于迈克尔的密匙，看来开启圣药的密匙并不只有三条项链，他想。

三根苜蓿恰好指的应该就是三条四叶三叶草的铂金项链，**汇聚浪琴**也明确了三条项链与表盘之间有着密不可分的联系，问题是这两种截然不同的东西之间究竟有着怎样的关系。至于**时间再度开启光明**的意思，墨菲就更摸不着头脑了。

特别行动小组总部。

“女士，请出示证件。”两名 CIA 安保伸手拦住了一个身穿 CIA 制服的年轻女人。

她指了指自己的胸牌：“难道你们没有看见吗？”

“对不起劳拉长官，你必须出示亚瑟长官颁发的特别通行证。”

劳拉摸着自己的下巴，微笑地看着两人：“亚瑟？他什么时候开始喜欢搞这一套了？”

“如果没有的话还是请你回去吧。”

“等等，让我跟亚瑟通个电话。”劳拉往回退了几步，然后拨通了亚瑟的手机。

几秒钟后。

“你好。”

“嗨，你好啊我们敬爱的大长官。”

“劳拉？嗨，是什么让你想起给我打电话了？”

“如果不是被逼无奈，我又怎么会麻烦你呢？”

“哦？究竟发生什么了？”

“我现在被安保拦在了机密室门外，他们说没有你颁发的特别通行证就不能让我进入。”

“你去机密室有什么紧要事情？”

“我忽然想起安德森之前跟我说起过圣公会和十字架，所以我感觉到这一切背后似乎还隐藏着另一股神秘的力量。我打算去机密室看一下神谕计划的三条密码，或许这里面还有其他线索。”

“如果换了平时的话你当然可以随意出入，只不过现在的情况非常特殊。”

“非常特殊？”劳拉十分惊讶地问。

“是的，根据尼克生前留给我们的信以及他女儿疾影提供的线索，我们确信要打开尼克的手提箱必须集齐三条项链和一个表盘。可惜箭赞也出人意料地掌握了这些情报，他们不仅杀害了迈克尔，还从他女友米歇尔手里抢走了其中一条项链。不仅如此，我们在将尼克快递给迈克尔的表盘取回来的途中遭遇伏击，箭赞抢走了表盘。所幸疾影在去中国之前已将她自己的项链交给了我，否则墨菲一旦找到最后一条项链，那我们永远都无法开启他的手提箱了。”

“无法打开箱子，我们就无法得到猛玛俐的解药，自然也研制不出对抗珀佩特的有效疫苗。”

“人类不用多久便会全部灭绝。”

听到这里的时候，劳拉不禁浑身一颤。如果地球上到处都是那些行尸走肉，那对于所剩无几的生命来说又有什么意义呢？她沉默良久。

“喂？你还好吧？”

“嗯，没事。”劳拉缓过神来。

“箭赞现在对于所有的项链和表盘都志在必得，所以他们一定会来夺取装着解药的手提箱。”

“因此你才对出入机密室下了禁令？”

“是的，因为手提箱就被存放在那里。”

“我明白了，我会协助你保护好它的。”

“劳拉肯相助，那我真是感激万分。”亚瑟在电话里微笑地说。

“不用客气，这是为了……”劳拉顿了顿，此时从她脑海里忽然浮现出在华尔道夫饭店决战前夕的一幕幕场景。

“来，为了明天干杯！”卢卡斯举起一大杯啤酒，咕嘟咕嘟地咽了下去。

“为了我们最后的胜利！”米勒也举起酒杯，将杯子里的啤酒一饮而尽。

最后所有的人都静静地看着安德森和他手中的酒。啤酒是那样的金黄，啤酒花是那样的纯白，就像他灿烂而辉煌的一生，承载着最初那份原始而又简单的梦想。如今自己的人生已不再灿烂辉煌，那份梦想也已经永远变成了追忆。

安德森突然站起身来，端起手中的酒杯对着众人说道：“为了逝去的珍贵！”然后把酒一股脑都吞了下去。

那一晚四个人都醉了，醉得横七竖八地躺在酒吧冰冷的地面上。而此时此刻，却是他们一生中最为坦荡、最为释怀的时候。

“为了什么？”亚瑟问。

“为了人类生生不息！”劳拉不假思索地回答。

“说得好！为了全人类而战！”

挂了电话之后，劳拉面带微笑地走到两名安保跟前：“好好守护里面的东西，你们可是肩负着无上光荣使命的人民卫士。”

劳拉走后，两名安保面面相觑，完全摸不着头脑。

洛杉矶。

靠近历史悠久的圣莫尼卡码头，第三大街步行区的卡赛酒店正在举办一场来自世界各地的珠宝及名表盛展。Cartier、BVLGARI、Patek Philippe、Vacheron Constantin等品牌精心挑选的近百款展品在展会上大放异彩。

“祝贺你玛莎，你那些巧夺天工的设计作品简直令人叹为观止！”一个西装革履的中年男人与一个身穿酒红色套装的中年女人紧紧地握着手，看上去十分激动。

“哦，弗莱彻，欢迎你来参加这次展会。听到你的赞美，真是令我高兴极了！”玛莎戴着一顶咖啡色的圆形礼帽，脖子上还挂着一条四叶三叶草的铂金项链。

“这条项链看上去非常特别，也是你的作品？”弗莱彻的目光炯炯有神。此时他的视线都集中在了玛莎的脖子上，他对项链的兴趣仿佛要比那些珠宝名表更浓厚。

玛莎的脸上立刻不见了方才的笑容，只见她有些支支吾吾地搪塞：“没什么，这只是我很早设计的一件小玩物。”

“呵呵，尼克怎么没有陪你一起来？他最近还好吗？”弗莱彻松开了玛莎的手。

“他们研究所最近很忙，所以通常都要加班。不过他很好，闲暇的时候总会跟同事去游泳，打打高尔夫。”

“他还在箭赞吧？”

“是的。说实话我宁可他在一家药房里当销售，也好过现在没日没夜的试验，他都快迷失了。”

“难道他的团队又将研制出一些无与伦比的新产品了？”弗莱彻流露出十分好奇的神色，不过他说话的声音却越来越轻：“我对他以前研制出的那些东西印象非常深刻，我觉得你应该支持你丈夫的工作，没准他的下一项成果会惊天动地呢！”

看着他诡异的笑容玛莎感觉浑身一阵哆嗦，她咳嗽了几下：“我、我不太清楚，他很少回家，也很少告诉我关于他工作上的事情。”

弗莱彻轻轻地拍了拍她的背：“无论如何，我希望你和尼克彼此都能好好的。”

此时有一个身穿黑色燕尾服的男人来到他们跟前，他右手的食指和中指夹着一根高斯巴雪茄。

“嗨！好久不见了玛莎！”

“哦，莱尔。”玛莎与这个男人热切地拥抱了一下。

“让我来介绍一下，这位是弗莱彻先生，是DAMIANI董事，也是美国圣公会的神父，这是我前公司的设计副总裁莱尔先生。”

“很高兴认识你。”弗莱彻与莱尔亲切地握手。

“我对圣公会的神学认识和宗教传统很感兴趣，有机会一定要向你请教。”莱尔微笑地看着弗莱彻。

“好的，我随时恭候阁下的光临。”

正在此时，整个展厅突然剧烈地摇晃起来，不时还发出震耳欲聋的巨响！许多玻璃展柜已经完全碎裂，那些价值连城的珠宝及名表唾手可得。

“地震啦！”人群开始尖叫起来，四散逃命，此时此刻生存才是他们唯一追求的真理。

奇怪的是展厅所有通道的门都被牢牢地封死了，任凭所有人拼命敲打也依然纹丝不动。大家绝望地哀嚎着，有人早已嚎啕大哭，三三两两地抱在一起，似乎在做最后的诀别。

玛莎、弗莱彻与莱尔也在其中一个通道处用力地拍打着门，“该死！快把门打开！”莱尔大声吼道。

“没用的，所有的门似乎都已经从外面锁死了。除非能把这些铁家伙溶解，否则我们是不可能出去的。”弗莱彻双手撑着墙，尽量使自己保持平衡。

“完了，一切都完了。”玛莎蹲坐在地上掩面哭泣，看起来十分伤心。

没多久地面便裂开一个很大的洞，随后出现在众人面前的是一个类似太空舱的东西，只是前端有一个巨大的钻头。舱门打开，从里面陆陆续续走下来四个装备着陆地勇士的军人。

“你们是谁？快放我们走！”人群中一个年纪略轻的男人挥舞着双手表示抗议。

瞬间一颗子弹从他的额头贯穿到了后脑，男人还来不及发出一声悲呼就倒在了地上。紧接着是几秒钟死一般的静寂，之后人群中再次爆发出了惊声尖叫，大家纷纷挤作一团。弗莱彻架着玛莎的手臂，此时他看准一个机会，一伸手便悄悄摘取了玛莎的项链。

“呯呯！”紧接着又传来了两声枪响。

“大家都站在原地，谁要乱动就当场射杀！”陆地勇士挥舞着手里的武器，气焰十分嚣张。

顿时所有人都安静了下来，果然一个个老老实实地待在原地并且丝毫不敢动弹。现场所有展品总价值已达数亿美元，当前这些武装劫匪可以轻而易举地带走它们，可惜劫匪们似乎对这些人人都梦寐以求的东西不感兴趣。

“大家听好了，我们是海军陆战队，之前接到亚特兰大疾病控制中心紧急通告，怀疑你们之中有不法分子携带了致命病毒。现在我们要逐个进行检查，请大家配合我们的行动！”

“如果真是军方的人，就不会随便杀人了。”莱尔十分小声地说。

弗莱彻什么话也没有说。他看上去十分紧张，额头上布满了大大小小的汗珠，仿佛已经临近奔溃。

“你在干吗？”莱尔看见他在自己手臂上飞快地画着一些奇怪的符号。

弗莱彻依然没有说什么。军方挨个对每一个人开始检查，而弗莱彻的目光始终盯着军方的人。一旁的玛莎不停地祈祷着上帝，希望万能的上帝会指引他们躲过这场劫难。

陆地勇士搜查着在场所有人的身体，即使是女人也逃脱不了被他们摸遍全身。轮到莱尔的时候，两名陆地勇士依旧十分仔细地搜索着他身上的每一个地方，每个口袋、每个夹层甚至是每道缝隙。

“你们无权这样对我！我会控告你们！”莱尔感觉自己已经忍无可忍了。

一名陆地勇士瞟了他一眼：“如果不想死的话就请闭嘴。”

“你们不是军人，你们到底是谁？”

此时这两名陆地勇士同时停止了搜查，他们对望一眼，不约而同地将莱尔架了起来。

“你们干什么？放开我！你们这些混蛋！”莱尔一边咒骂

一边被他们拖进了舱门里。

等他们出来后，继续对剩下的人进行搜查。

“姓名？”陆地勇士走到玛莎面前。

“她是我的朋友，绝对不是什么病毒携带者！”

“现在我问的是她，还没轮到你！”弗莱彻被狠狠地瞪了一眼。

“女士？”

玛莎低着头，不敢与他们正视：“我、我叫玛莎。”

听到她名字的时候，两名陆地勇士再次对望了一眼，然后点了点头。

“你为什么会来这儿？”

“我是设计师！这儿的部分展品是我设计的！不信你可以去问格兰特、弗雷德或者亨利！”她急于证明自己的身份是设计师，并不是这些人要抓捕的病毒携带者，于是她将在场的各品牌高管名字一口气全都说了出来。

两名陆地勇士又点了点头：“那你的丈夫是叫尼克吧？”

此时玛莎完全怔住了。她既不敢说是，也不敢说不是，而他们自然已从玛莎的神情中知道了答案。

“请跟我们走吧。”陆地勇士对待玛莎并没有像之前架走莱尔时那样。

玛莎哭着看了看身旁的弗莱彻，似乎弗莱彻是她最后的一线希望。

弗莱彻从玛莎的眼中看到了女性最无助、最绝望的一面。他突然冲出来，一下子挡在了玛莎身前：“既然她是设计师而不是病毒携带者，你们就无权抓捕她！这是完全违背人道主义和宪法的！”

“你这个讨厌的家伙，滚一边去！”陆地勇士把枪口对准了弗莱彻。

“你们这些靠耶稣基督救赎的人，如果再不思悔改，那就会受到上帝的永罚，要在地狱里受煎熬！”

“我先让你去见上帝！”

只听见两声清脆的枪响，弗莱彻胸口的衣服顿时被染红了，他整个人立刻倒在了地上。

“把这里收拾一下，然后撤退。”其中一名陆地勇士说。

紧接着展厅内便听见此起彼伏的枪击声，犹如一段热烈激昂的进行曲。谁也预想不到一场盛大恢弘的珠宝及名表展结果会沦变为一场骇人血腥的大屠杀，被带走的莱尔和玛莎又是否能逃出生天呢？恐怕除了伟大的上帝之外谁也无法知晓。

几天后，蒂梅丘拉镇警方在一个废弃的锯木厂里发现了一具无名女尸。

美国CIA总部，科技处。

一间全封闭的屋子，一张长方形的书桌上面竖立着迷你美国国旗。

“初步鉴定报告出来了。这名女尸的年龄大约为五十一岁，窒息死亡，生前还遭受过性侵害。”中尉安德森将一份报告交给了沃纳尔。

沃纳尔看着报告，眉头紧锁。

“还有这个，我们在她手提包里找到的。”

沃纳尔接过安德森递来的几张名片：“格兰特、弗雷德、亨利、弗莱彻、莱尔……”此时他突然惊叫了起来：“前四个不都是卡赛酒店惨案的那些遇害者吗！”

安德森点点头：“是的，所以我们怀疑这名女尸应该也是展会里的人。”

“她包里还有别的什么东西吗？”

“除了这几张被塞在夹层里的名片之外，包里空无一物。”

“我知道了。立刻给我联系法医格雷，请他和他的团队来将尸体进行全方位的专业检查。一方面我们必须确定死者的身份，如果同时能够找寻到箭赞方面的蛛丝马迹就能对我们形成有力的证据，最后将他们绳之以法！”沃纳尔脸色凝重地看着安德森。

“没问题，我现在马上派人联系他。”

“嗯，越快越好，夜长梦多。”沃纳尔愁容满面地望着有些花白的天花板。

“长官，我们已经成功联系到正在美特尔海滩度假的格雷先生。他保证周一和他的团队赶来这里。”一个CIA报告。

“要周一才能到？”沃纳尔停顿了片刻。

“今天是周六，让别人从美特尔赶到这里确实有点勉强。”安德森在一旁提醒到。

“嗯，好吧。”*希望这几天不要出什么差错就好！*沃纳尔低头深思，祷告上帝。

南卡莱罗纳州，美特尔海滩。

格雷握住珍妮的手，眼里充满柔情：“对不起，我不是个好丈夫，一直都是我太忙于工作，忽视了我身边最最宝贵的财富。我发誓，从今以后我一定会做个好丈夫、好父亲的。”

“嗯，我一直都盼望着那一天，我一直都在等，因为我相信我会等到那一天。”珍妮的眼眶渐渐湿润了。

格雷吻了吻珍妮的手：“听我说，我的女神，前几天我的团队带来了消息说我们从蒂梅丘拉镇废弃的锯木厂里发现了一具无名女尸，所以明天我要去那里和大家一起进行尸体解剖和检验。完成任务之后我打算请个长假，然后好好陪着你，陪着你顺利地生下我们的宝宝，好吗？”

珍妮点了点头：“好的，我会等你回来。”

“真是庆幸史密斯•奥布里能有一位那么贤良淑德的母亲，格雷•奥布里能有这么一位无与伦比的太太。”格雷动情地望着珍妮。

“我爱你。”

“我也爱你，亲爱的。”

这对沉浸在爱情海洋中无法自拔的伴侣此刻怎么也不会想到一场杀机正向他们袭来。

海滩远处的一座假山上，一名狙击手一动不动地趴着，全神贯注地注视着瞄准镜，右手的食指紧紧地置于扳机上。还有两名身穿黑色潜水服的人，他们戴上氧气罩，然后灵蛇般地潜入水中。夜幕下，这些人就像来自地狱的幽灵刺客，等待着随时猎取人类的生命。

“告诉你一个秘密，我感觉自己已经离不开你了。”珍妮望着格雷的眼神里充满了无限的幸福。

“傻瓜，我不会离开你的，永远不会。”格雷用力地亲吻珍妮的嘴唇。

珍妮身上裹着格雷的外套，平静地依偎在他怀里。

“你说猛玛俐真的有那么神奇吗？”珍妮若有所思地问道。

“怎么突然想起这个了？”

“如果这种东西真像迈克尔所讲的那样，那改天你去问你的老朋友要一些来吧。”

“你要这个干什么？”格雷转过头疑惑地看着珍妮。

“因为今晚是我经历过最最浪漫、温馨、幸福的时光，所以我想如果猛玛俐可以使人产生反复回忆的话，那我想让此情此景在我的脑海里不断地被清晰播映。”

“你可真是个小傻瓜，我相信比今晚更浪漫、更温馨、更幸福的时光会在以后我们的生活中比比皆是，我们会用每一个快乐的音符去组合成一首幸福之歌。”格雷轻咬着珍妮的耳朵。

“我相信那一定可以实现的，而你就是那首幸福之歌的演奏家。”

“啊！”就在格雷想去亲吻珍妮的时候，珍妮突然大叫了一声。

格雷紧张地问道：“怎么了宝贝？”他自己显然也被这突如其来的叫声吓到了。

珍妮一脸痛苦，她捂着手：“我的手好像被什么东西刺到了！”

格雷赶紧凑上前去查看她的伤势，只见珍妮小指的关节处有一道很深的口子，血流不止。

“哦，该死的！我忘了把外套口袋里的水果刀拿出来了！”格雷看着刺破衣服的刀尖，狠狠地捶着自己的脑袋。

“就是迈克尔给你的那把水果刀吗？”

“是的，它的弹簧出了问题，所以不能折叠。”格雷一边说一边找布条帮珍妮包扎好了伤口，然后把水果刀从口袋里拿了出来，扔在了一边。

迈亚似乎正沉浸在上一秒幸福，下一秒悲痛的经典歌剧中不能自拔，现在她又突然出现在了美特尔的上空。她听见了格雷和珍妮之间的甜言蜜语，看见他们此时此刻幸福地温存在一起，于是又开始兴风作浪。

“好像暴风雨要来了。”格雷望着咆哮不止的海浪。

“可我还想再多待一会儿。”珍妮撒娇地说。

“如果我死了，那一定是被你的柔情似水给淹死的。”格雷无奈地摇了摇头。

瞬间一个巨浪打来！

“哦！小心！”救生圈猛烈地摇晃了一下。

“格雷，我想我们还是赶快上岸吧！”珍妮明显被吓到了。

“这可真是一个明智万分的决定。”格雷斩钉截铁地说。

于是他们便伸手用力往沙滩方向划去。

正在此时，一根利箭呼啸着破空疾行，最后不偏不倚地击中了他们的救生圈。

几分钟后。

“我感觉我们正在往下沉！”珍妮突然嚷道。

同样有所感觉的格雷赶紧检查救生圈，不一会儿救生圈上一个黄豆大的破洞呈现在了自己眼前。

“哦！该死的！我们的救生圈破了！”一向性格沉稳的格雷此时忍不住尖叫了起来。

“上帝啊！那我们怎么办？”

“当然是赶紧想办法划到岸边！”希望这救生圈还能支撑一会儿！格雷心想。

又过了几分种。

“格雷！不行了！我要沉下去了！”珍妮惊慌失措地大喊。

见鬼！救生圈彻底完蛋了，从这里到岸上起码还有几百米。于是格雷伸出一只手托住珍妮的肩膀：“珍妮，你听我说，现在我们不能再指望这破救生圈了，我们必须自己游回岸上。”

“可我不会游泳啊！”珍妮哭喊着。

“亲爱的，你冷静一下！听我说，现在我会用一只手尽量托住你的身体，然后你跟着我一起往岸边游，可以吗？”

“我做不到，我做不到，”珍妮无助地望着格雷。

“你可以的！我相信你一定可以的！为了还在你肚子里的孩子，我们必须赶快游回去！”

格雷奋力地托着珍妮往岸边游去，感觉自己的体温由于冰冷的海水正急剧下降，手脚也开始逐渐麻木。格雷再回头去看珍妮，只见她整个人都剧烈地哆嗦着，已经完全没有力气继续往回游了。

正在格雷迟疑的时候，涌起的海浪已经令珍妮连续呛了好几口水，格雷咬了咬牙，迅速游到珍妮身后，使出浑身的力气推动她向前。

“亲爱的，你可以听见我说话吗？”格雷大声喊道。

“要坚持下去！一定要坚持下去！我们可以成功的！”格雷鼓励珍妮的同时也在坚定自己的信念。

终于离沙滩越来越近了，还剩下不到 100 米。此时格雷已被冻得浑身发紫，差不多已经失去知觉了，只剩下一股很强的求生意念维持着他继续前行。

突然，从小腿传来了一阵揪心的疼痛！格雷马上意识到是自己的小腿抽筋！

“该死的！”

“亲爱的，你怎么了？”珍妮微弱的声音问道，意识模糊的她仍关心着自己的爱人。

格雷死命地忍着剧痛：“没、没什么，我们就快到沙滩了。亲爱的，相信我，我们马上就可以开始真正的幸福生活了。我们的宝宝还在等着我们，最后再、再坚持一下。”说完这句话的时候，格雷流下了人生中最后的热泪。

“啊！”格雷突然大吼一声，用尽全身力气把珍妮往岸边推去。

与此同时，格雷的两条腿被水下的两双手同时抱住。他只觉得水下仿佛出现了一个巨大的黑洞，有一股无法抵抗的大力将他整个人都拽了下去。

时间一分一秒地过去，珍妮最终被海浪冲到了沙滩上，而格雷的身影却再也不见了。

“赫拉主人，搞定了。”狙击手已经快速收好了所有装备。

“很好！这样一来CIA的计划又泡汤了。沃纳尔，哈哈哈哈！”手机里传来一阵女人得意的尖笑声。

珍妮最终被冲上了海滩，她浑身乏力，根本无法动弹。此时一伙神秘的人来到了她身旁，珍妮只觉得自己的眼皮被人翻了起来。

“怎么样？”

“还活着。看起来她只是呛了几口水，应该没什么问题。”

“埃文，你去看看还有没有其他人。”

“好的。”

“格……格雷……”珍妮的声音十分微弱。

其中一人立刻蹲下身子，把耳朵凑近到她嘴边：“你说什么？”

珍妮用尽最后的力气：“快点、快点救救格雷……”

“我们一定会想办法救他，迈克尔你认识吗？”

珍妮轻轻地点了点头。

“他没有跟你在一起？”

珍妮又摇了摇头：“他跟米歇尔一起去了、去了利文斯顿……”

“看来我们来晚了。”

“马库斯，你马上派人把她送回阿斯彭①。埃文，你让几

①阿斯彭（Aspen）：美国阿斯彭圣公会基督教堂。这个教堂以它独特的鼓形模样著称，建于1962年。位于美国中西部的科罗拉多州（Colorado），西临洛矶山脉。

个人全力寻找格雷。”

“其余人跟我去利文斯顿，马上出发！”

夜晚的蒂梅丘拉镇格外宁静，街上古老的路灯透出星星点点的白色光芒，使小镇看上去就像被一层揭之不去的雾纱所笼罩。皎白的月亮在云层中若隐若现，柔和的月光洒照着大地，一切仿佛都沉浸在阿尔忒弥斯圣洁而又祥和的怀抱中。

一个戴着一顶深褐色绅士帽，大约六十岁左右的男人匆匆走进了街边一个红色的电话亭。他的神情显得异常慌张，还不时地看着手腕上的表。

随后他又慌忙地走出了电话亭，悄悄来到了一家废弃的锯木厂。他躲在一根宽阔的柱子后面，探着头小心地向四周张望，令他意想不到的是这里竟然一个人影都没有！

难道我在电话里听错了？绝不可能！对方的确是说是镇北一家废弃的锯木厂。难道这又是箭赞的圈套？他们要对付我轻而易举，又何必全都销声匿迹？

雨下得很大，犹如从天而泻的瀑布一样。突然他在一个被雨水冲出来的小坑里看见卷缩着一个人，玛莎！她真的在这里！此时他不顾一切地冲了过去。

他像发了疯似地奔到坑边，蹲下身子，刚想去搬动她脑袋的时候他的双手却悬在了半空中。他十分担心，十分害怕，如果看见的确是玛莎的脸，他担心自己无法去面对这个异常残酷的现实，他害怕自己随时都会晕死过去。

最终他只能向上帝做了最虔诚的祈祷，然后一点一点搬动了她的脑袋。

“玛莎！”

一声撕心裂肺的悲嚎划破了静谧的夜空，伴随着他无穷无尽的伤痛散播到了蒂梅丘拉的每一个角落。

突然一阵刺耳的电话铃声让尼克从梦中惊醒。此时他在一个红色的电话亭里，他赶紧冲上去拿起电话。

“很好，尼克，你很准时。”电话里传来了一个女人的声音。

“让我跟她通话。”

“呵呵，你急什么，把你带来的手提箱交给我们之后，你自然会见到你的太太。”

“我可不相信你们！先让我和玛莎通话，否则我就立刻引爆手提箱，你们什么都别想拿到！”夜晚的温度很低，但尼克的衬衫却已被汗水浸透。

几秒钟之后。

“尼克！”

“玛莎！”尼克感觉自己的心脏都快跳出来了。

“是我！尼克，你快来救我！”

“会的！我一定会把你救出来！宝贝，你会没事的！”

“我不想在这里多呆一分钟了。这里好黑，我感觉好冷……”

尼克的眼眶里满是泪水：“我知道，我知道，你马上就能回到我身边了，可怜的小花。”

“小花？小花怎么了？”

尼克突然不说话了，他握着话筒的手开始发抖。

“尼克！尼克！你怎么了？”

“我没、没什么。你等着，我马上救你出去。”

此时电话里突然又变成了女人的声音：“我已经让你们通话了，现在你拿着手提箱，走到镇北一家废弃的锯木厂，然后你们就能夫妻团聚了。”

“好，不过在此之前你们必须保证她的安全。”

“没问题，赶快去吧。”

尼克放下话筒，深深地吸了口气。与几分钟之前截然相反，此刻他突然变得十分镇定，他思索了片刻，然后又拿起了话筒。

“你好，这里是CIA。”

尼克咳嗽了几下：“听着，我叫尼克，是箭赞公司的高级生化研究员，我有十万火急的事必须要沃纳尔亲自接电话。”

“你有什么事？”

“我说了请你让沃纳尔亲自接电话。”

“对不起先生，如果您不能说明您的用意，我很难帮助您。”

尼克想了想：“你告诉他我手上有一件十分重要的东西，可能会关系到人类的生死存亡。”

“好的，请稍等。”

过了片刻。

突然响起了一阵敲门声，安德森把门打开，只见是劳拉。

她走到沃纳尔跟前：“有你的急电。”

“哦？是谁打来的？”

“他说他叫尼克，是箭赞公司的高级生化研究员。”

“尼克？我并不认识这个人，他找我有什么急事？”

“他没有说，不过他让我向你转达说他手上有一件十分重要的东西，可能会关系到人类的生死存亡。”

“好，我马上去听电话。”

随后沃纳尔、安德森与劳拉一同走出了房门。

“你好，我是沃纳尔。”

“我是尼克。”

“我们并不认识，你说你手上有一件十分重要的东西，可能会关系到人类的生死存亡？”

“是的，我担心我妻子为此而被绑架。”

“你妻子？”

尼克调整了一下呼吸：“她叫玛莎，不久前她去洛杉矶卡赛酒店参加一场展会，之后便被箭赞绑架了。”

“卡赛酒店？你妻子多大年纪？”

“五十一岁，怎么了？”

电话那头沉默了几秒钟。

“告诉我，她是不是出事了？”尼克的声音十分低沉，他噩梦里的情景此刻快要变成了现实。

“经初步鉴定，她因窒息而死，对她的不幸我们感到非常遗憾。我们联系的法医专家因为一场意外上周六死在了美特尔，所以现在还没有一个完整的验尸报告，不过我们会尽快联系专家来查明真相。

之后的话尼克再也听不进去。此时突然下起了雨，他恍恍惚惚地隔着玻璃望向天空，仿佛那些雨都是玛莎哭泣的泪水。

“尼克，你还好吧？我知道你很难接受，可是……”

“我没事。”尼克打断了沃纳尔，他深深地吸了口气：“没时间了，我长话短说。之前我已经说了，我手上有一件十分重要的东西，而箭赞有一个十分可怕的神谕计划，千方百计想从我这儿把它抢走。现在我妻子已经死了，我怕他们一旦得手之后会利用它研制非常可怕的东西，那就会有更多的人死去！事关重大，所以请你立刻派人来拿。”

“尼克先生，请告诉我你现在的位置。”

“蒂梅丘拉镇有一家特曼库拉酒店，我们就在那里碰头。”

“知道了，我马上派人去。请你自己务必小心，保证安全！”

“过会儿见。”

挂了电话，尼克立刻带上了绅士帽并从手提箱里翻出一件黑色塑料雨衣，他穿上后拿起手提箱迅速地走出了电话亭。

此时尼克的手机突然响起，在黑夜中一阵阵刺耳的铃声听上去令人格外毛骨悚然。尼克从怀里掏出手机，同时接起电话。

“有个坏消息。”对方是一个神秘的男人。

“是什么？”

“迈克尔死了。”

尼克顿时感觉自己失去了三魂六魄，他望着夜空，怔怔地说不出话。

“我们赶到的时候只救下了米歇尔……”

“我知道了。”尼克十分沉重地吐出四个字，紧接着他压低了声音：“对了，立刻以我的名义起草一封信，然后务必将它在五天后的傍晚时分快递给CIA。”

“好的，信的内容是什么？”

“你听好了，你就写……”

之后尼克并没有去废弃的锯木厂，也没有直接去特曼库拉酒店，而是快步走进了一个街心花园。他在一张可以避雨的小石凳上坐了下来，慌乱地从口袋里摸出一张纸，确切地说这是一张被撕成两半的纸。尼克翘起腿，将手提箱搁在腿上，再把纸平铺在了手提箱上，同时从怀里取出笔，飞快地在纸上写着一些东西。写完后他将纸折叠起来，放进了衣袋里。

“这些人太可怕了！如果圣药一旦到了箭赞手里，后果必然不堪设想！他们如此处心积虑、不择手段地想得到它，恐怕CIA还没到我就会步玛莎的后尘了！不行，我不能待在这里，我要先保证自己的安全，才能将东西交给沃纳尔。”尼克一边喃喃自语，一边离开了街心花园。

尼克右手提着一个乌黑的牛皮手提箱，脸上充满了焦虑不安的神色并不时地回过头去四处张望，仿佛有一只穷凶极恶的深渊恶魔正在追赶着他。

*我很可能已经被人跟踪了！必须想办法尽快把东西藏起来才行！*尼克始终感觉到身后有好几双猩红色的眼睛在盯着他，令他的背脊上透出阵阵寒意。

雨丝毫没有停下来的意思，似乎不将这个小镇上的尘土全部冲刷干净决不罢休。尼克的脚步不断地加快，走过路面时溅起了层层水花，他右手的手指死死地握着手提箱的把柄，生怕它随时被潜伏在黑暗中的恶魔夺去。

绕过了几条小巷之后，尼克在一座废弃的修道院门口停住了脚步，他伸手拨去了挡在修道院大铁门上的枯枝，然后擦拭了一下上面的灰尘。这扇已经锈迹斑斑的铁门看起来是那样的平常无奇，稍微有点新意的是门上的那些雕刻。最上方的是一个手握铁锤的鹰人，下面一点位置的左右两边分别是一个手持利矛的牛头人和一个手举钢盾的马面人，他们互相注视着彼此。此外，铁门最下方一字排开雕刻着大小相同的六个十字架，只见他熟练地在那六个十字架上来回按动着，顷刻之间，这扇大铁门便缓缓向上升起，在大约抬离地面 15 公分的时候，门突然停止不动了，他迅速地将手提箱从空隙中塞了进去，高度竟然刚好！随即他又从衣袋里摸出一封信，然后将它套在了一个塑料袋中，也随着手提箱一同塞了进去。

一切都完成之后，尼克再次迅速地按动六个十字架，大铁门又缓缓地降下，直至完全与地面重合在一起。他擦了擦额头上、脸上的汗水和雨水，然后抬腕看了看表，23 点 09 分，接着他压低了绅士帽，继续快步地往前方走去……

“小花，你终于回到我身边了。”

“亲爱的，你不在的时候我感觉周围一切都好黑、好冷。”

“嗯。有我在，一切都过去了，你不再是孤单一个人，我会永远陪伴着你。”

“是啊，我现在感觉好多了，浑身好暖和，只是我放心不下我们的女儿。”

“别担心，她现在很好，还有很多伟大的事等待着她去完成呢。”

“你说的对，她功夫那么好，我不该瞎担心。”

“我们走吧，看见远处的亮光了吗？那就是我们要去的地方。”

“是怎么样的地方？”

“那儿很美，是一处没有困惑、没有战争、没有欲望的极乐净土，在那里人们可以获得永恒的幸福。”

天堂。

那是唯一神祇与众天使、圣人居住之地。一般人类只要信奉耶和华上帝就可以进入此地。

芝加哥。

一条昏暗而又狭小的巷子里，一群噬梦者围拢在一起，它们正在啃食地上一具中年妇女的尸体。

此时一个手持M4超级90霰弹枪，扎着一头乌黑的秀发并穿着一身粉色紧身皮衣的年轻女人向噬梦者疾步走来。在距离它们只有30米处她举起了手中的武器，“呼呼呼”连射三枪，立刻三个噬梦者的脑袋被打得稀烂。剩下的几个噬梦者立刻向她冲了过来，只见她将霰弹枪置于背后，然后从腰间抽出两柄刺刀，向噬梦者疾奔而去。

刹那间刀光漫天，噬梦者纷纷身首分离，不一会儿地上便横七竖八地躺了好几具噬梦者的尸体。

“哼哼。”女人冷冷地笑了笑。

突然从她背后袭来一阵刺骨的寒风。女人本能地往旁边一闪，但还是被强劲无比的刀锋划破了手臂，顿时一道血柱从她胳膊上流淌下来。

“你的身手可比疾影逊色多了。”

女人回过头，只见一个浑身披着灰白色麻衣的人，他右手握着一把寒光闪闪的武士刀。他身旁还有一个戴着面具的人，身高与魔刀相差无几，他背后有一把看上去毫不起眼的剑，腰间还悬挂着一个酒葫芦。

“你就是杀害疾影的那个魔鬼！”

“哈哈！虽然我也姓魔，但我叫做魔刀。你是她的同伴吧，果然也是个大美人，跟影相比你似乎毫不逊色呢。”

魔刀的话并没有激怒索菲，她努力克制着自己的情绪，她知道现在以一敌二的情形对自己非常不利。光凭魔刀轻而易举击败疾影的恐怖实力自己就已很难应付，再加上一个神秘剑客就难上加难，此时只要再稍一分心便会立刻被他们击败。

“你的功夫不怎么样，但临战经验要比影强点，不过无论如何你今天都难逃与她一样的下场。”

索菲还是没有开口，只是她脸上的怒气已逐渐开始显露出来了。

“影十五岁时就将她的处女之身奉献给我，看你这身装束在这方面应该很有经验吧。”魔刀阴森森地笑了几声：“不过这样也好，你的身体在我玩弄之下很快就会进入状态……”

“住口！我要杀了你这混蛋，为疾影报仇！”索菲的怒吼几乎响彻天穹。

魔刀一怔，随即皱了皱眉："听着，现在你有两条路可走。第一，放下你的武器，归顺我；第二，步影的后尘，让我送你下地狱，打入万劫不复的深渊！"剑客依然一动不动地站在那里，仿佛就是一尊塑像。

索菲伸手去拿背后的霰弹枪，可惜她手还未触及枪柄魔刀已攻出了好几刀，刀刀斩向她的要害。

索菲来不及取枪，只能勉强进行闪躲，看上去有些狼狈。

"哼哼，刚才都是虚招，这次小心了！"魔刀双手一合，举刀在空中划了一个十字，顿时两道致人死命的刀气向索菲迎面扑来。

眼见索菲已经来不及躲避，她只能举起手中的两柄刺刀，硬生生地去挡这波攻击。

瞬间只听到强烈无比的金属相击声，足以将人的耳膜震得嗡嗡作响。

"笨蛋！你以为就凭你能挡下我引以为傲的雷霆十字斩？简直螳臂当车！"魔刀并没有连续攻击，而是望着躺在地上的索菲，眼神里充满了怜悯。

索菲浑身之血，粉色的紧身皮衣也被极强的刀气割得支离破碎，露出了里面若隐若现的黑色胸衣。

"你、你杀了我……"索菲发出虚弱的声音。

"杀了你？我怎么舍得，这样吧，你既然不想归顺我，我就再给你一条路。只要你把影的项链交给我，我就立刻放你走。"魔刀走到索菲身边，蹲下身子，伸手托起了她的下巴。

"我没有什么项链，她从没有给过我。"此刻索菲已毫无气力，只剩下满腔的愤怒。

魔刀用力地捏着她的下巴："你以为我是三岁小孩？疾影本该有一条四叶三叶草的铂金项链，她去中国之前将项链交给了你，你以为我不知道？”

“我不知道，有本事你现在就杀了我。”

“哈哈哈哈！一心求死，可笑之极！”魔刀一边淫笑一边伸手摸上了索菲的身体。

索菲浑身扭动着想极力挣扎，可惜她无论如何努力，身体的每一个部位、包括胸部和下体都无法逃脱对方的魔爪。

“别……别碰我。”

“可恶，东西居然不在你身上！”魔刀忿恨地骂道。

“既然没有，那我们还是走吧。”一旁的剑客终于开口。

魔刀转过头：“走？你忘了我们的任务？找不到东西回去怎么向墨菲交待？”

“果然是墨菲的走狗！”

他突然一把扼住索菲的脖子，恶狠狠地瞪着她：“随便你怎么说，不过你最好乖乖配合我，否则当我失去耐心的时候，我一定会让你比影更惨！”

此时索菲早已将生死置之度外，她闭上眼睛，然后把头扭到了一边。

魔刀怒不可遏，一下子抓破了她已经支离破碎的紧身皮衣。正当他想继续抓破她仅剩的黑色胸衣时，突然一颗子弹飞速向他后脑袭来！魔刀大惊，立刻身子一低，勉强躲过了子弹。

“啊！”魔刀一声惨叫，所幸另一颗呼啸而来的子弹只是擦破了他的左肩。

魔刀回头看去，剑客已消失得无影无踪了。情况不妙，再不走恐怕性命难保。于是魔刀咬着牙，赶紧仓惶地逃走了。只剩下索菲仍躺在地上不断呻吟，浑身的剧痛令她几乎已经丧失了神智。

"她的伤势很重。"

"快带她去阿斯彭！"

"箭赞的人怎么办？"

"现在先救人要紧，跟箭赞之间的账总有一天会清算。"

"好的。埃文，你抬着她头部，注意要让她的身体保持平稳。"

"马库斯，你担架准备好了吗？"

"……"

特别行动小组总部。

天空下着蒙蒙细雨，打在地上溅起淅淅沥沥的水花。四名荷枪实弹的警卫分为一组，轮流在总部四周巡岗，每个人的神情都显得格外严肃。

亚瑟独自坐在办公室里，愁眉不展地看着新闻。世界各地出现疫情的人数已经越来越多，军队与警方根本无力阻止每天人吃人的恐怖暴力事件。在一些中东及南亚地区的国家，许多城市已被摧毁，彻底沦为了空城，数以千万计的幸存者不得不从本土迁徙到中国、美国及俄罗斯等一些相对安全的国家。

随着一些事实被逐渐揭露，人们也开始划分成了两派。一派仍是箭赞的积极拥护者，他们之中有军队高层、各界首脑及商贾富豪等，而另一派则组成了反对箭赞的阵营，他们大多都是平民百姓。

然而谁也没有想到还有第三方势力的存在，墨菲想不到，亚瑟也同样想不到。

突然听到一声振聋发聩的爆炸声，整幢楼都有不小的震感，霎那间仿佛天崩地裂一般。亚瑟立刻拿起枪，迅速冲出办公室，一出门便撞见了许多安保。

“长官，有入侵者！”一名安保停住脚步并向亚瑟报告。

“有多少人？”

“目前还没有发现他们！”

亚瑟皱了皱眉：“听爆炸声应该是种高能炸药，或许又是箭赞的人来捣鬼。一定要尽快找出对方，一网打尽！”

“遵命！”安保对着亚瑟敬了个军礼。

此时大部分的安保人员都已循着爆炸声的方向去了，临时指挥部里只剩下亚瑟和不到十名CIA。

“头儿，你在想什么？”一名CIA看着心事重重的亚瑟。

“我在想箭赞的人一贯诡计多端，他们既然使用高能炸药产生如此巨大的爆炸，一定是想吸引我们的注意力，然后……”

“然后什么？”

“糟了！”亚瑟突然大喝一声，紧接着马上向机密室奔去。

机密室的天花板上破了一个大洞，一根绳索笔直地悬在空中。只见一个身穿忍者服的蒙面女人从天而降，她左手抓着绳索，右手拿着一根系着飞虎爪的绳子。她十分仔细地观察着房间里的每一个地方，最终在距离一个架子还有5米远处将飞虎爪掷了出去，不偏不倚地钩住了架子上一个手提箱的把手。她一用力，飞虎爪又收了回来，而手提箱也到了她手中。紧接着她张开嘴，用牙齿硬生生地咬住了手提箱的把手，随后再一次地掷出了飞虎爪。这一次飞虎爪又准确地钩住了另一个蓝色的盒子，虽然嘴巴不能动，但从她眼神里还是显露出了得意的微笑。

此时她左手拽了拽绳索，绳索便立刻像条灵蛇似的往上窜去。最终她带着手提箱和蓝色的盒子一起消失在了机密室，整个过程才短短的两分钟。

亚瑟一动不动地站在机密室门口，他平静地望着天花板："箭赞还是得手了。"

手下们个个呆若木鸡，你看看我，我看看你，谁也想不通是怎么回事。

"果然还是这个潜伏者。"

"长官，你说的是鹰眼？"

亚瑟摸着自己的下巴，缓缓地点了点头："只有鹰眼才知道东西藏在我们的机密室里。他对这里的环境了如指掌，来去如风。"

"如果他是我们内部的人，为什么他不直接打开电子锁从机密室的门进入而非得炸开天花板呢？"

"原因很简单，因为我已更换了电子锁密码，而知道密码的人现在只有我一个。"

"但是如果没有解锁的话机密室地面安置的红外线暗器都处于激活状态，他又怎么可能避开这些呢？"

亚瑟苦笑了几声，手指着破裂的天花板："鹰眼走的就是那个通道，看来他的杂技也练得不错。"

"长官，估计他还没跑远，我们可以立刻追出去逮捕他！"

亚瑟搓了搓手，无奈地叹了口气："算了，他一定是有备而来的，如果没有周密的行动计划鹰眼也绝不可能在CIA潜伏至今了。"

亚瑟说得没错，即使连沃纳尔和安德森他们也都无法识破内部的间谍，又何况是他自己呢。只是目前的境况对于CIA来说已经糟糕到了极点，不仅将疾影生前交付的项链丢了，就连装载圣药的手提箱也落入箭赞之手。一旦集齐所有东西，那么对方随时就能开启圣药，而同时拥有珀佩特和圣药的箭赞便可以随心所欲地制造出更多更恐怖的僵尸军团，那时真正的地球末日就会来临！

箭赞纽约中心大楼，二十八层首脑会议室。

墨菲依然坐在一张黑色椅子上，他兴高采烈地看着面前的东西，一个乌黑的牛皮手提箱、一个纯金铸造的浪琴表盘、两条一模一样的四叶三叶草铂金项链和两封信。

女杀手、魔刀和剑客分立在墨菲两旁，每个人的神情看上去要比上次轻松多了。

“现在只差库克洛普斯将最后一条项链带回来了！”

说完墨菲从椅子上站了起来，他走到属下面前，众人看着他，谁也没有做声。墨菲突然伸手拍了拍女杀手的肩膀：“这次你是最大的功臣！不仅从CIA手里取回了本该属于我们的东西，就连疾影的项链也被你一同顺手牵羊，再加上尼克的另外一封信，真是天助我也！看来胜利就在眼前了，哈哈哈哈！”

墨菲神情暧昧地摸着女杀手的金发，同时凑近她耳边吹了口气：“宝贝，想要我怎么奖励你呢？要不今晚到我的房间来。”

女杀手脸色微红，并没有任何表示，而一旁的魔刀则不停地吞咽着口水。

这一微小的举动被墨菲看在眼里，他显得有些不悦：“你们都出去吧！如果库克洛普斯回来了让他来见我。”

全部人走后，墨菲又重新坐回到了椅子上。他打开女杀手从CIA拿来的信，这是尼克临死前写给CIA的。他仔细地阅读着，一直看到信的最后几段文字上。

不久前我得知迈克尔死于一起车祸，但我相信那起车祸绝对不是一个巧合！我深知自己最终也将步他后尘，于是我决定将猛玛俐的解药交给你们，这样即使箭赞利用猛玛俐为所欲为，人类最终也将可以获得救赎。我联系沃纳尔，让他派人来拿解药，可惜我的行踪还是被箭赞发现了，无奈之下我只能先想方设法将解药藏匿起来，然后再留下让你们可以找到它的线索。我相信你们一定会找到。

请原谅我并接受我最诚恳的忏悔。

我依然会在天堂中默默地为你们祈祷。

最后祝福人类，祝福每一个灿烂而可贵的生命。

三根苜蓿汇聚浪琴，时间再度开启光明。

署名：

一名跪在耶稣圣像前忏悔的罪徒

先前一封信上尼克的署名为N，而在生命的最后时刻他居然自称是一名跪在耶稣圣像前忏悔的罪徒，墨菲不免觉得有些好笑。

仔细地对比尼克的两封信，墨菲发现了两个共同点。两封信都有同一句话，**三根苜蓿汇聚浪琴，时间再度开启光明。**虽然还没有明白它的意思，但墨菲可以断定这句话就是开启圣药的秘语！

此外，这张信纸的背面则另是一个奇怪的图案。

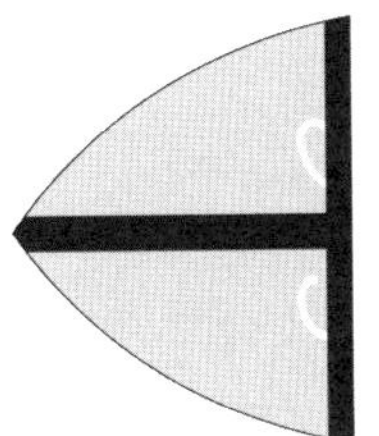

墨菲看着看着突然眼睛一亮，他立刻将两张信纸合在一起，这下两个奇怪的图案最后居然拼成了一个盾牌的形状！

上面隐隐约约地出现了三个数字，815。

很显然这三个数字肯定非常重要，现在只要拿到最后一条项链，整个谜团就可以解开了。那时地球王国将会产生一位举世无双的独裁者，哈哈！墨菲暗自得意。

威斯康辛州，密尔沃基港口。

夜晚海浪拍岸的声音听起来特别大，漆黑的夜色中一艘艘船停靠在不远处。码头上早已没有了人，只剩下一个蒙着脸、穿着黑色风衣的男人独自在围栏边瞭望一望无垠的大海。

他显得十分焦急，不时地抬腕看看手表。已经超过5分钟了，他怎么还不来，会不会发生了什么不测？

突然一个宽厚有力的手掌拍了拍他的后背："不好意思，来迟了。"

黑衣人转过头，看到了库克洛普斯。

“有什么进展？”

黑衣人环顾四周，然后小心地从怀里取出一张纸条：“根据我事后的回忆，我将这些符号拿去图书馆查阅了相关资料，发现它们通常都是教会组织用来联络及通讯的特殊文字。意思我已经翻译出来了，你看。”他指着纸条上的文字。

“东西在我肛门里。”库克洛普斯不禁皱起了眉头。

听到这句话的时候，黑衣人也轻轻地咳嗽了几下。

“你没记错？”

“是的，当时我看见他在自己手臂上飞快地画着一些奇怪的符号。虽然我不明白是什么意思，但我感觉这些符号必定是极为重要的，所以我就记了下来。”

“很好，这是你的。”说完库克洛普斯便将一个大号信封递给了黑衣人。

信封里塞得满满的，黑衣人十分满意地将信封放进衣袋里，随后又不经意地问了一句：“不知道弗莱彻指的东西是什么？”

库克洛普斯瞬间拉下了脸，冷冷地瞪着黑衣人：“记住，这跟你没关系。”

正在此时码头突然响起了警笛，许多探照灯齐刷刷地照在了库克洛普斯和黑衣人身上。

“混蛋，居然出卖我！”库克洛普斯迅速从腰间抽出手枪。

黑衣人连忙后退了几步，拼命地摇着双手：“不不！我没报警！这些人不是我找来的！”

库克洛普斯连声冷笑：“哼哼，跟上帝去解释吧！”同时扣动了扳机。

“呯呯！”两声，黑衣人的胸口立刻被一大滩鲜血浸透。

他摇摇晃晃地往前走了几步，随即一头栽倒在了地上，一双眼睛依然睁得很大。

“这就是脚踏两条船的下场。”干掉了黑衣人之后，库克洛普斯立刻撒腿逃逸。

此时犹如长蛇般的警车一辆接着一辆，从四面八方向库克洛普斯涌了过来。空中还有两架警用直升机，从机上传来了警方一遍又一遍的喊话声。

“立即停止逃跑！待在原地！否则我们开火了！”

库克洛普斯毕竟是名顶级杀手，并没有被警方的喊话所吓住，他一边跑一边沉着冷静地分析了一下目前的形势。警方出动了如此之多的警力，想从地面突围是绝对不可能的，而空中也有直升机的支援，看来只有最后一招了。

库克洛普斯突然转向，返身往码头飞奔而去。此时数十名警察已经从警车上鱼贯而出，他们迅速朝着码头的方向围拢过来。

直升机始终紧跟着库克洛普斯：“最后通牒！立即放弃抵抗！停止逃跑！否则我们立刻开火！”

眼看库克洛普斯离码头的距离越来越近，50 米、40 米、30 米……此时直升机上的警察不得不开枪射击，子弹从枪口中流星般地飞射而出。库克洛普斯马上改换成曲线跑，子弹没有击中他，而是射在了他身后的路面上。

直升机上的另一名狙击手将瞄准镜对准了他心脏，随时准备一枪毙命。库克洛普斯越跑越快，在黑夜中犹如一头在草原上飞驰的猎豹。眼看离码头近在咫尺，此时狙击手的枪响了，一颗子弹笔直地在空中呼啸穿行，不偏不倚地朝他心脏袭来！而库克洛普斯也做了一个十分惊人的举动，他憋足了浑身的力气往前一跃，瞬间就像一只海豚般地跃入了海里。

警方随后立即派出了海上巡逻队将这一海域进行了仔细的搜索，不过还是没有发现库克洛普斯的踪迹，他居然从天罗地网中消失了！最后警方只好先把黑衣人的尸体带回去并移交给了CIA。

一个穿着纯黑色WatervavE真丝睡衣的年轻女人推开了一扇雕刻着各种图腾的门，走进一间宽敞无比的总统套房。

房间里的布置极为奢华，地面铺着深色的紫檀地板，上面还覆着一层土耳其LoomArt的波斯地毯。房间没有开灯，只有几盏孔雀石壁灯隐隐透着淡淡的绿光，使这里的一切看起来既显得神秘又有几分诡异的色彩。

女人缓步走在房间里，手指触摸着冰凉而又通润的翡翠玉石桌面，感觉就像摸上了一个冷艳美人的胴体。女人走到阳台边，轻轻地推开两扇落地门，顿时一阵微风拂过，卷起了女人柔顺的发丝。一个男人光着身子倚靠在一张贵妃榻上，面向着一轮圆月，仿佛一盏明灯高悬在天幕之上。

“我来了。”女人从背后伸手勾住男人的脖子。

“很好，你终于来领取你的奖励了。”男人微笑地握住了她的双手。

女人有些撒娇地问：“主人想要怎么奖励我？”

男人哈哈大笑，从贵妃榻上站了起来。银色的月光洒在他一丝不挂的躯体上，看上去就像是神话时代的波塞冬。他一把将女人搂进了怀里，四目相对，两人的嘴唇几乎快要贴在一起。

他们彼此凝望了片刻，男人从一张小方桌上拿起一杯红酒，递给女人：“这是1787年拉斐酒庄的葡萄酒，喝了它。”说完他也给自己拿了杯酒。

女人举起酒杯，暧昧地看着他的眼睛："干杯。"

一股红色的液体缓缓地从食道流进胃里，浑身感觉暖暖的。男人接过女人的杯子，将它们放回了小方桌上，然后一把将女人抱起来，慢慢地走到床边，再将她轻轻放下。银色的月光透过窗照在女人身上，裹着黑色睡衣的她此刻看起来就像是海河中的美丽仙女安菲特里忒，超脱而又性感。

男人慢慢地压在了女人身上。他张开嘴，用牙齿咬住女人睡衣的腰带，然后轻轻一扯，她的睡衣便被分了开来。男人紧紧抱着面前的尤物，开始疯狂地吻她，亲舔她的脸、她的脖子。女人被死死地压制着，完全不能动弹，随时感受着从自己颈部、胸部传来的阵阵麻痒和刺激。

此时男人已经脱去了女人的睡衣，在睡衣下的她居然一丝不挂。男人分开了她的腿，并用手托起她的腰，然后在她最隐私的地方再次疯狂地亲舔起来。女人只觉得四肢越来越乏力，意识也变得逐渐模糊起来。她甚至还产生了幻觉，感到两个男人同时在用力地侵犯着自己的下体，随后有一股接一股热浪在体内川流不息。

等女人清醒过来的时候已是第二天正午。她睁开眼睛，发现自己浑身赤裸地躺在床上，在她胸部周围还有好几个深深的齿印。女人坐起身来，感觉全身有些酸软无力，下身还有些隐隐作痛。她迅速穿上睡衣，进入卫生间梳理了一下，然后走出了房间。

会议室。

"东西在我肛门里。亏这个神父居然能想出这种狗屁方法，我简直对他佩服得五体投地。"墨菲看着手里的纸条，身后站着库克洛普斯、魔刀和剑客。库克洛普斯受了伤，他的左肩裹着一层层厚厚的绷带。

“难怪那天我们怎么找也找不到玛莎的项链，原来是被那家伙藏起来了！”库克洛普斯显得很愤怒。

“但神父的尸体在CIA那里，我们要拿回项链就必须弄到尸体。”魔刀看着墨菲。

“让我去吧！”库克洛普斯也看着墨菲。

墨菲摇摇头：“不行，你受伤了。”

“但这是我的任务！”库克洛普斯显得有些激动。

“上次偷袭成功，现在他们势必加强了戒备，我们再去肯定是自投罗网。”

“那怎么办？现在就只缺最后一条项链了。”魔刀一脸阴沉。

“这次我打算让亚瑟自己乖乖地把项链献给我。”墨菲笑得很得意，仿佛已经胜券在握。

“让他自己献出来？”库克洛普斯也被弄得一头雾水。

“根据情报人员提供的线索，索菲此刻正在阿斯彭养伤。只要我们抓住了她，我相信亚瑟一定会讲人道主义的。”

魔刀拍了拍手：“哈哈！果然是墨菲，拿下区区一个教堂的确要比硬闯CIA简单多了，这件不费吹灰之力的事就交给我一个人去办吧。”

墨菲刚要说话，只见女杀手推门而入。

“啊哈，我们的尤物来了。”墨菲微笑地看着她。

女杀手的脸上却不见笑容，她走到魔刀跟前。魔刀怔了怔，难道她知道昨晚的事了？

“你要去阿斯彭？”

魔刀舒了口气：“是的，怎么了？”

女杀手转过头去看墨菲：“让我去，我一定拿回最后一条项链。”

墨菲有些疑惑地望着她:“可我已经让魔刀去了。”

“我以前曾去过那里，对那儿的环境非常熟悉。虽然教堂不大，但第一次去也很容易迷失方向，如果节外生枝，惊动了 CIA 就不好了。”

墨菲点了点头:“有道理，那还是由你去吧，如果能顺利取回最后一条项链，我就升任你接替佩姬·卡普的位置。”

“好，就这么说定了！”女杀手头也不回地走出了门外。

魔刀刚想开口说什么，却被墨菲的手势阻止了:“我自有打算。”墨菲阴阳怪气地告诉魔刀。

有人说世界自然在，
有人说人类进化来，
有人说上帝不存在，
朋友啊！切切要明白。
琴瑟虽小不能凭空而成，
穹苍辽阔岂能自成方圆？
细察所造之物可知神存在。

几百名信徒全部挤在教堂内，面对圣母和耶稣基督神像虔诚地颂唱着圣歌。突然“吱呀”一声，教堂的大门缓缓打开，从门外走进来一个带着面纱的女人。

主教和信徒停止了颂唱，众人不约而同地回过头去，看着这位神秘的不速之客。

“埃文，马库斯，你们去看看。”主教对他们示意道。

“是的。”

埃文和马库斯向女人走去，在距离她还有一米的地方停下脚步。

“请问……”

“我来要一个人。”女人打断了马库斯。

“我们这里只有上帝的信徒，恐怕没有你要找的人。”埃文没好气地瞪着她。

女人笑了笑：“除非她也加入了教会，成了你们的信徒。”

马库斯皱着眉头：“你说的是？”

“索菲，被你们救回来的那个女人。”

埃文和马库斯脸色一变，立刻从腰间掏出手枪，齐刷刷地对准了她。

“原来基督教的人还喜欢玩弄枪械。”女人冷冷地看着他们，丝毫没有感到畏惧。

信徒们愤慨地瞪着她，仿佛要将她活活掐死。

“你们这么多人对付一个手无寸铁的女人，难道不觉得羞愧？”

“你们退下。”主教做了个手势。

埃文和马库斯依然拿着枪，一步一步地往后退去。

“如果你是来聆听我们的教义，那我们则无上欢迎，如果你是来破坏我们礼拜仪式的，那你就是罪人了。人类因有原罪和本罪而无法自救，要靠上帝派遣其独生子耶稣基督降世为人做牺牲，成为赎价，作了人类偿还上帝的债项，从而拯救了全人类。人若不信或不思悔改，就会受到上帝的永罚，要在地狱里受煎熬。现在我们不想为难你，所以请你赶快走吧。”

“请教您的名字。”女人面对主教的正义凛然，突然感到自己的内心正被地狱中的魔鬼吞噬着，万分痛苦。

“费尔海姆。”

“令人尊敬的费尔海姆主教大人，请您理解我的难言之隐，把索菲交给我，我一定会保证她的安全。”

费尔海姆不说话，只是静静望着这个谜一样的女人。突然一个黑影如鬼魅般地飘落到埃文和马库斯身后，紧接着两把利刃便抵在了他们的喉咙口。

“是你！”女人马上惊叫起来。

“哼哼，墨菲担心你一个人应付不了，所以让我来协助你完成任务。”

“魔刀，你先把刀放下，这里可是神圣之地。”

魔刀连连冷笑：“神圣之地？那他们为什么可以拿着枪？”

魔刀转头去看费尔海姆：“大主教，别逼我在这里大开杀戒！快把索菲交出来！”

不知为什么，费尔海姆在这个十分关键的时刻居然将目光转向了女人身上，这显然令她自己都没有预料到。女人并不明显地点了点头，似乎是在给费尔海姆某种暗示，没多久费尔海姆果然答应了魔刀。

“你们找的人的确在我这里，只不过现在她受了很重的伤，还不能走动。”

“不能走也得走，难道还要让我抬他回去？”魔刀恶狠狠地看着费尔海姆。

费尔海姆想了想：“好吧，我让埃文和马库斯准备一副担架，让他们护送索菲到你想去的地方，这样是否可以？”

魔刀也想了想，随即笑道：“，哈哈！主教果然英明，那再好不过了，我们现在就走吧。”

埃文和马库斯一前一后抬着索菲，魔刀走在最前面，女人则在最后，一行人在众教徒愤怒的目光中走出了大门。当女人快走出门口时，费尔海姆几步赶了过去，他与女人对视一眼，然后悄悄将一件东西塞到了她手里：“这是弗莱彻冒死从玛莎那里得来的，你交给CIA，相信他们会善加利用。”

随着他们远去，从阿斯彭再度响起了庄严而肃穆的圣歌，颂唱着伟大的圣母和耶稣基督。

要知道天地神所开，
要知道人类神所造，
要知道神是真主宰，
朋友啊！切切听明白。
小小羊群岂能一日无牧，
广袤宇宙岂能一刻无主？
细察所造之物可知神存在。

会议室。

这显然是墨菲看上去最兴奋的一天，他不停地搓着双手：“快成功了！我们马上就要成功了！”

库克洛普斯、魔刀和剑客齐聚在墨菲身旁，只少了女杀手。

“听说她不太高兴。”

“是的，她责怪你出尔反尔。”魔刀告诉墨菲。

“没关系，不用去管她。我们接下来得立刻通知CIA拿项链来赎人，以三天时间为限期，过了时间就让他们来替索菲收尸。”

“好的，我立刻派人联络他们。”库克洛普斯回应道。

“这三天里由你们两位负责看管索菲，尤其是你，对待人质还请仁慈一点。”墨菲似笑非笑地看着魔刀。

魔刀心领神会地点了点头：“放心，我对一个受了重伤的女人没有什么兴趣。”

“很好！我现在已经迫不及待地想着手组建不死军团了！

想想噬梦者、觉醒者、深宿者和血魔的恐怖战力，真是令我无比激动！我征服全球指日可待，哈哈哈哈！”

剑客始终阴沉着脸，他究竟在想什么呢？是替墨菲征服人类的计划高兴，还是为人类走向衰亡而感到悲戚？

亚瑟收到箭赞的通告后也陷入了绝境。如果再让墨菲拿到最后一条项链，那么整个行动无疑就彻底失败了，之前沃纳尔、安德森等人的努力也将付之东流。如果不交出项链，索菲就会成为下一个牺牲者，布兰登、沃纳尔、米勒、卢卡斯、杰克、卡夫、德瑞克等人已经为此献出了宝贵的生命，亚瑟无法再接受任何同伴死去。

究竟怎么办，给他们不行，不给他们也不行。内心不停地纠结于这个困惑，此时此刻亚瑟真真切切地感到心力交瘁。

与墨菲见面的前一天早晨，亚瑟去了阿灵顿国家公墓。他身穿黑色外套，一一瞻仰了布兰登、沃纳尔、米勒、卢卡斯、杰克、卡夫、德瑞克等人的墓碑，傍晚时分他又独自来到了一个整洁而又干净的病房内。

只见安德森依然安详地躺在床上，身上到处都插着输液管，一旁的脉搏仪和心率计正常地工作着。

病房的四周摆放着各种各样的鲜花，一堵墙壁上挂满了安德森一生的荣耀，那些大大小小的勋章和奖杯记载着战神昔日伟大的功绩。在他剩下的一只胳膊上系着一条安吉丽娜最珍爱的 WaterwavE 丝巾，希望这些可以在未来的某一天唤醒他。

亚瑟将一束鲜花小心地摆在床头边，然后坐在了安德森身旁。他轻轻地握住安德森的手，怀念着这位曾经的美国战神。

“明天我就要去见墨菲了。”亚瑟对着安德森喃喃自语。

“我已决定将项链交给他。”

安德森一动不动地躺在那里，谁也不知道此刻他是否能够听见亚瑟的声音。

“我也不知道这样做的结果对不对，但我知道自己深受内心的指引。我知道我并没有决定全人类生死存亡的权力，我只明白如果连自己的同伴都置于不顾，我们又有什么资格去做一个人呢。”

“希望你能理解我。”

“也祝愿你会早日醒来，国家、人民和同伴们都需要你。”

亚瑟凝望着他，心中顿时有一股暖流升涌而起。

希望。

第三天，美国加利福尼亚州旧金山的圣塔柯斯小镇西郊。

两队人在相距10米远处互相对峙着。一方为首的是墨菲，手下有库克洛普斯、魔刀和剑客，还有数十名荷枪实弹的陆地勇士，其中两人抬着担架，上面躺着的伤员正是索菲。另一方由亚瑟带领，手下有劳拉、四名CIA及两名医生，相比墨菲的阵营亚瑟一方在人数上明显要处于劣势。

“你要的东西我带来了，把索菲交还给我们。”亚瑟首先开口。

墨菲笑了起来：“亚瑟，你真该去学学做生意，你不知道在交易之前应该先验货吗？”

亚瑟使了使眼色，劳拉马上打开手里的箱子，只见里面摆放着一条四叶三叶草的铂金项链。

墨菲仔细看了看：“很好，果然守信！”接着他也给库克洛普斯使了个眼色。随即库克洛普斯便带领两名陆地勇士抬着担架走向了亚瑟。

“虽然你不太会做买卖，但却很守信用，是块做生意的好材料！”墨菲看着亚瑟。

“谢谢你的褒奖，我会记住的。”亚瑟淡淡地回应。

库克洛普斯走到劳拉跟前，一把抓过她手里的箱子，而亚瑟这边的CIA也从陆地勇士手里接过了担架。

亚瑟、劳拉和医生立刻跑到担架旁，关切地查看索菲的伤势。

“你受苦了。”亚瑟紧握着她的手。

索菲轻轻摇了摇头：“你们不该把项链交给墨菲。”

劳拉动容地握着她另一只手：“你为了人类已倾尽所有，我们又怎么能置你于不顾……”

“真是一场催人泪下的感情剧啊，不过现在我对圣药更感兴趣。”墨菲将最后一条项链拿在手里，看上去无比得意。

陆地勇士为他搬来一张桌椅，墨菲一屁股坐了下来。他将手提箱、表盘和三条项链放在面前，开始研究打开手提箱的方法。

三根苜蓿汇聚浪琴，时间再度开启光明。

毫无疑问，按照上面的意思应该把三条项链放进这个表盘里。墨菲尝试了好几次，表盘的空间显然无法同时容纳这三条项链。

“奇怪了，这三根苜蓿根本无法同时汇聚浪琴，难道是我会错意了？”墨菲喃喃自语。

“不对！三根苜蓿……表盘……”

墨菲的眼睛突然亮了起来，他立刻将项链上的坠子全都拆卸下来，然后将它们拼接在一起，最后放进了表盘。

“你们快看！天衣无缝！大小竟然刚好！”墨菲一阵惊呼。

在场每一个人的内心顿时汹涌澎湃起来，他们十分期待能够亲眼目睹圣药的庐山真面目。

墨菲拿着表盘在手提箱的锁孔处比划了很久，始终无法将圆形的表盘插入细长的锁孔里。

这应该就是唯一的钥匙了，为什么却跟锁孔的形状完全不一样呢？墨菲又重新陷入了困惑。

“看来你的计划失败了。”亚瑟有些同情地看着墨菲。

“失败？哈哈！只要手提箱和钥匙都在我手上，迟早我都会打开它。而你，最好还是担心自己现在的处境吧。”

话音刚落，库克洛普斯和陆地勇士便举起手中的武器，枪口对准了亚瑟一方。魔刀也从背后抽出一把武士刀，跃跃欲试准备随时出手。

“墨菲，你一生坏事做尽，已经天理难容！我奉劝你还是缴械投降吧，军事法庭自会对你进行公正的审判。”亚瑟面对众多武力，依然显得十分平静。

墨菲再次笑了起来：“哈哈哈哈！让我缴械投降？你有这个本事吗？把他们……”

墨菲还没说完就听到一声清脆的枪响，一个陆地勇士仰面倒了下去。此时 CIA 纷纷行动，以最快的速度瞬间击毙三个陆地勇士。

墨菲一看不妙，立即往后方逃去，库克洛普斯则紧紧地跟随在他身后。

“护送索菲去最近的医院。”亚瑟嘱咐两名医生，然后和劳拉一起带人追了上去。

此时一个黑影忽然从天而降，手起刀落，两名 CIA 瞬间身首分离。劳拉赶紧一把推开亚瑟：“这里非常危险，把他交给我！你快去追墨菲！”

魔刀盯着劳拉，就像盯着一只唾手可得的猎物。他手腕一动，一刀直直地向她劈来。劳拉身形往左一闪，想避开这一刀，谁知魔刀笑了笑，手腕再一动，刀锋立刻出现在了劳拉左侧，等着她自己迎刃而上。此刻劳拉已失去重心，眼见就要硬生生地碰上刀锋，她急中生智，索性用力往空中一跃，从刀锋上跳了过去。

“好身法。”魔刀手腕一伸，刀居然像条灵蛇似的紧跟着劳拉。

无奈之下劳拉只有迅速躲到一棵小树后，随即立刻向魔刀闪电般地开了两枪。魔刀身子一沉，两颗子弹从头上飞了过去，紧接着他挥刀一砍，小树顿时分成了两截。魔刀手里的刀刚好抵在了劳拉的脖子上，如果再多用半分力，此时她早已身首异处。

“你……”魔刀脸上的神情十分复杂。

劳拉并没有说什么，只是瞪着眼前这个十恶不赦的魔鬼。

“说实话我并不想杀你，你是我遇到过最棒的女人。”

“什么！”劳拉睁大了眼睛。

魔刀露出淫邪的笑容：“我干过许多女人，就像你的同伴疾影，但在你身上我似乎找到了一种从未有过的渴望！我渴望你的嘴唇、你的手脚、你身上的每一寸肌肤！自从那一晚以后我再也无法停止对你如饥似渴的欲望，我要你活着，然后彻底征服你、占有你！”

“那一晚？难道你……”

“哈哈！是的，那天晚上墨菲在你的酒里下了药，然后我们一起迷奸了你。”

劳拉想起了自己胸部上的齿印，顿时怒不可遏。正当她想引爆身上的手雷，与这个淫贼同归于尽时突然听到魔刀一声惨叫，他的右手连同刀一起被砍了下来！

只见剑客握着一把看上去毫不起眼的剑，威风凛凛地站在魔刀身后，剑上还沾着他鲜红的血。

“你、你……”魔刀惊恐万分地看着剑客。

“你恶贯满盈，早该被打入十八层地狱，今天纵然一死我都要替天行道！”剑客浑身上下都被一股极强的剑气所笼罩。

“那你方才为什么不、不一剑杀了我？”魔刀左手捂着伤口，运气强行给自己止血。

“刚才那一刀是替疾影还的，现在你准备下地狱吧！”

“好一个剑仙，如果堂堂正正地较量你未必是我敌手，而现在……咳咳，咳咳……”

原来墨菲手下的剑客正是火阳真人，与拳宗少林空藏大师、魔刀同为武术界最负盛名的三个人。

只见火阳真人左手持剑，手一挥，斩下了自己的右臂:“现在公平了。”

“好！很好！空藏大师已成我刀下亡魂，如果今天再杀了你，那我就是天下无敌！哈哈！”魔刀左手捡起刀，同时聚集了身上所有的魔气。

火阳真人剑尖颤动不止，紧接着一剑刺出。魔刀也使出了毕生绝学雷霆十字斩，刀剑相击，两股真气碰撞在一起所产生的巨大气流将两人远远地弹了出去。

魔刀口中鲜血狂喷，他踉踉跄跄地站起来:“你、你这是什么绝技？”

火阳真人盘膝而坐，看上去并无大碍:“天地之间，最强的不在招式，而在于心。”

魔刀忽然像疯了一样抓着自己的头发:“在于心！在于心！哈哈！”随即一头栽倒在地，最终缓缓地合上了眼睛。

临死前魔刀似乎终于明白了火阳真人的话，有心才会有信念，有信念才会有希望。希望足以使一个人产生无穷无尽的勇气和力量，创造出一个又一个不可思议的奇迹。

击败魔刀的不是刀剑，也不是子弹，而是他一辈子都没有的东西。

亚瑟和劳拉立刻跑到火阳真人面前，他们刚想上前搀扶却被他伸手阻止了。

“我的时间已经不多，你们立刻离开这里。抓住墨菲，将他绳之以法。”

望着亚瑟和劳拉疑惑的眼神，火阳真人撩起衣服，指着心口上的一块伤疤：“当时我被墨菲和魔刀用计抓住，他们为了让我成为箭赞的傀儡，所以在我的心脏里植入了一块芯片。这块芯片一直由墨菲操控着，一旦我想脱离他或反叛他的时候，他就会引爆芯片，从而置我于死地。与其这样，还不如自行了断。”

“先生，你千万别冲动！我立刻让医生来为你动手术，取下你身体里的芯片。”亚瑟紧紧地握着他的手。

火阳真人淡淡地笑了笑：“人总是免不了一死，如果死得有价值、有意义，那又何惧。我一直对疾影的死感到羞愧万分，我无时无刻都在深深地自责。索菲受伤也因我没有及时出手相救……现在我手刃魔刀，心中顿时豁朗许多，即使死去也再无遗憾。”

突然从火阳真人的体内传来一阵沉闷的响声，许多鲜血顿时从他的嘴里、鼻孔里、耳朵里淌了出来。此时一代宗师依然保持着盘膝而坐的姿势，看上去是那么地平静而又坦然，就像一位羽化登仙的得道高人。

亚瑟和劳拉在他面前深深地鞠了一躬，然后带着CIA继续追赶墨菲。

墨菲和库克洛普斯带领几名陆地勇士仓惶逃窜，一路上遇到好几次伏击，最后只剩下了两名手下。

墨菲跑到一处小山坡附近，看见一架军事运输机呼啸而来，然后从机上放下了一根绳梯。

“哈哈，凡事都要留一手。CIA，最终你们还是输了！”墨菲仰望着运输机，舒了口气。

“还没到最后，你怎么知道自己一定会赢？”亚瑟和劳拉飞奔而来，在距离墨菲还有几十米远的地方停住了脚步。

墨菲怔了怔，随即又笑了起来：“看来现在是四对二，你难道有信心赢我？”

亚瑟也笑了起来：“以少胜多也没有什么不可能的，尤其是在战场上，你懂。”

“很好！干掉他！”墨菲做了个很奇怪的手势。

亚瑟的太阳穴上立刻被一把沙漠之鹰顶住了。

“劳拉！”

“亚瑟，对不起，我就是鹰眼，也是赫拉手下的斯库拉。”

亚瑟苦笑了几声：“原来一直以来在CIA内部的箭赞卧底就是你，我真没想到。”

墨菲得意地看着眼前的手下败将：“顺便再告诉你个秘密，好让你死得瞑目。”

亚瑟没有说话。

“你一定不知道佩姬是我的女人吧！当初她离开沃纳尔以后便带着小女儿露丝前来投靠我，面对这么漂亮的女人，我当然毫不犹豫地接纳了她，后来还让她当上了箭赞的董事长。你也一定不知道她小女儿露丝的下落吧！她就是现在拿枪指着你的女人。”

劳拉！她居然会是佩姬的小女儿！亚瑟强忍内心的惊愕失色。

“佩姬是我母亲？”劳拉不免也发出了一声惊呼。

“是的，你们都没想到吧？只不过那时候你还太小，我不准佩姬告诉你她是你的亲生母亲。因为我决定要把你培养成一名顶级杀手，为我、为箭赞效命的超级杀手！哈哈哈哈！”

突然“呼呼”两声枪响！两名陆地勇士被墨菲和库克洛普斯一把抓过来充当人肉盾牌，挡住了劳拉射来的两颗子弹。

亚瑟、墨菲、库克洛普斯的枪声同时响起。劳拉左肩中了一枪，亚瑟的腿部也挨了两枪，库克洛普斯的腰部也受了伤，唯独墨菲却安然无恙。

“你才是应该长跪在耶稣圣像前忏悔的罪徒！”此时费尔海姆带领着埃文、马库斯和数十名信徒疾步赶来。

墨菲大吃一惊，他立刻举起手中的一个黑箱子，大声嚷道：“别过来！否则我立刻引爆它！大家同归于尽，谁也别想拿到圣药！”

费尔海姆手一挥，所有人立刻停住了脚步，连亚瑟和劳拉此刻也不敢妄动。

墨菲阴险歹毒地笑了笑：“要不我们来做个交易吧，你们放我走，我就把它交给你们。”

还没等亚瑟开口费尔海姆则已回答：“我们没有审判你的权利，耶稣自会对你的罪孽施以回报。现在只要你留下圣药，你就可以离开这儿。”

“少跟我讲这些教义！你呢？”墨菲看着亚瑟。

亚瑟想了片刻：“我赞成费尔海姆主教的观点。不过请你记住，多行不义必自毙。”

“哈哈！很好，库克洛普斯，我们走吧！也请你们记住，即使没有圣药，总有一天我墨菲也会成为人类唯一的主宰！”说完墨菲将手里的黑箱子扔给了亚瑟，自己带着库克洛普斯攀上了绳梯。

劳拉立刻举起枪，却被亚瑟紧紧地握住了手腕："让他去吧，我相信他不会有好下场的。我们既然已经答应了就得遵守承诺，否则我们跟他又有什么两样。"

"你不怪我吧……"劳拉低下了头。

"当然，如果没有你精心安排这一切，我们就永远不可能从墨菲手里拿到这些。不过既然你是箭赞卧底，又怎么会反过来帮助我们呢？"亚瑟望着她。他能够体会劳拉一直以来心中的矛盾与痛苦，也对她能在最后关头弃暗投明、改邪归正的举措感到由衷钦佩。

"我想是安德森和同伴们的精神深深感动了我，在他们牺牲自己誓死保卫人类的大无畏决心面前我感到自惭形秽。"两行晶莹的泪水从劳拉眼眶里直淌而下。

她内心深处永远都无法忘记那段刻骨铭心的印记。

"来，为了明天干杯！"卢卡斯举起一大杯啤酒，咕嘟咕嘟地咽了下去。

"为了我们最后的胜利！"米勒也举起酒杯，将杯子里的啤酒一饮而尽。

最后所有的人都静静地看着安德森和他手中的酒。啤酒是那样的金黄，啤酒花是那样的纯白，就像他灿烂而辉煌的一生，承载着最初那份原始而又简单的梦想。如今自己的人生已不再灿烂辉煌，那份梦想也已经永远变成了追忆。

安德森突然站起身来，端起手中的酒杯对着众人说道："为了逝去的珍贵！"然后把酒一股脑都吞了下去。

那一晚四个人都醉了，醉得横七竖八地躺在酒吧冰冷的地面上。而此时此刻，却是他们一生中最为坦荡、最为释怀的时候。

亚瑟温柔地拥抱着她："无论你母亲之前对人类做出了多大的伤害，作为她女儿，你已经完成了救赎、偿了罪孽，相信佩姬在天上也会为你感到骄傲。"

此时费尔海姆走到了他们身边："现在让我们开启圣药，拯救世人吧。"

亚瑟点了点头。他小心地打开黑箱子，里面有一个乌黑的牛皮手提箱、一个纯金铸造的浪琴表盘和一封被粘合起来的信。

"拥有了一切，但墨菲最后还是没能打开尼克的手提箱。"亚瑟仔细地看着表盘。

"尼克是我们圣公会的成员，这张信纸上的盾徽便是我们教会的。"费尔海姆手指着那个完整的图案。

"蒂梅丘拉镇上那座废弃的修道院属于圣公会的一个分支，难怪尼克知道如何打开铁门并将圣药藏匿在修道院里。"亚瑟心中的疑团正在一点一点地打开。

三根苜蓿汇聚浪琴，时间再度开启光明。

亚瑟手指着信上的文字："墨菲按照指示把三条项链上的坠子放进了这个表盘里，但却还是不能开启这个手提箱。"

"至于表盘的奥秘以及如何开启圣药，还是让我们请教她吧。"费尔海姆指向了众信徒的其中一人。

只见一个披着黑纱的年轻女人缓步走来。她走到费尔海姆和亚瑟的面前一一行礼，然后接过亚瑟手里的表盘，将三个坠子都从表盘里取了出来。

看到亚瑟狐疑的神色，费尔海姆告诉他："她就是米歇尔，迈克尔的妻子。"

“是她！”亚瑟惊喜地叫了出来。

米歇尔取出放大镜，仔细看着所有坠子上面刻着的数字。她按照钟表刻度的顺序重新将它们组合起来，然后再将它们小心地放回到了表盘里。

所有人都屏住了呼吸，万分紧张地期待着最后奇迹的发生，不过表盘似乎仍然没有什么反应。

“不可能……”显然最后的结果连米歇尔自己都没有想到。

“时间再度开启光明。”费尔海姆在一旁提醒道。

米歇尔突然想到了什么，立刻从亚瑟手里接过信纸，看着盾徽上隐隐约约的三个数字，815。(美国圣公会的全国总部设在纽约第二大道815号，圣公会人士常简称为“815”。)

米歇尔立刻将表盘上的时针指向了8，又将分针指向了15。此时期盼已久的奇迹终于发生了！表盘里传来了一阵齿轮转动声和发条声，随后发条便一下子弹了出来。米歇尔小心地抽出发条，只见其隐藏在表盘里面的部分竟然是一把钥匙的形状！

“提亚密匙……”米歇尔念着钥匙上的刻字。

此时费尔海姆、埃文、马库斯与众信徒一齐跪了下去，不断地吟诵着光明之神提亚的神奇与伟大。

美国，莫拉。

一辆银灰色的福特慢慢停靠在Dunkin'Donuts咖啡店门口。一个穿着米黄色圆领衫的女人从车上下来，关上车门并锁上车，然后走入店内。

“嗨，米歇尔，我在这儿！”一个坐在靠窗位子上的女人挥舞着双手。

米歇尔冲着她微微一笑：“嗨，珍妮，我马上就来。”

“给我一份甜甜圈外加一杯黑咖啡，谢谢。”

“好的小姐，请您稍等。”

店里弥漫着一股非常浓郁的咖啡香味，米歇尔深深地吸了口气，显得十分满足。

“小姐，您的甜甜圈，这是您要的黑咖啡。”

“哦，谢谢，需要给你多少钱？”米歇尔拿出了钱包。

“一共是 3.95 美元。”

米歇尔摸出一把零钱，然后点给服务员：“3.9 美元，再让我给你 5 美分。”

“正好，谢谢您。”

米歇尔拿着早餐来到珍妮身边坐了下来。

“好久不见了，你还好吗？”珍妮看着米歇尔。

“嗯，我还行，只是感觉很累。”

“你瘦了好多。”珍妮摸了摸米歇尔有些消瘦的脸颊。

米歇尔并没说什么，只是浅浅地呷了一口咖啡，可惜再浓的黑咖啡也不能令自己麻痹。发生了那么多事，经历了那么多不幸，幸亏圣药的及时出现，疫情终于得到了有效的控制，一场威胁全人类的盛大浩劫也最终划上了休止符。尽管如此，那些已经失去的至亲至爱却永远都不能再回到自己身边。每天都要独自在窗前面对日起日落，独自看着马路上川流不息的车辆，那份孤寂落寞的心就像是大海上的一叶小舟，随风飘摇，永远都不知道下一秒将会去向何方。

米歇尔的神情不禁也让珍妮回忆起了以往。她闭上眼睛，立刻在脑海中浮现出了那些美好的时光。

“珍妮……”

不知过了多久，米歇尔的手轻轻搭在了珍妮的手背上。珍妮的眼帘一点一点地睁开，两行热泪径直而下。

“亲爱的，别伤心了。”

“我忘不了格雷最后在我耳边说的那句话，他说我们就快到沙滩了。亲爱的，相信我，我们马上就可以开始真正的幸福生活了。我们的宝宝还在等着我们……”珍妮流着泪。

“我明白失去爱人的感觉，我明白你的痛苦，不过一切都已经发生，不能再挽回了。我希望我们可以好好地活下去，为了自己，更为了已逝去的爱人。”

“格雷是为了救我才……他其实可以活下来的。”

“珍妮……”米歇尔望着泪流满面的她，异常温柔地说：“为了自己最心爱的人，我们都会毫不犹豫地献出自己的生命。”

“为什么，为什么我们都必须面对这么残酷的事实！”珍妮悲痛万分地喊道。

米歇尔轻轻地抚摸着珍妮的发丝，她心中又何尝不难受呢。几乎是同一时间，达纳特斯从她们手里硬生生地带走了自己的挚爱，令她们感受到从天堂掉进地狱的绝望。可这就是生活，生活中充满了种种的意外、残酷、悲痛，没有人可以预料下一秒会发生什么，接踵而至的可能是欢天喜地，也可能是悲痛欲绝。

生活可以使一个人成长，也可以使一个人没落。作为人，我们只有被迫在无法预料的生活中去面对、去接受。

如果可以令时光倒退，米歇尔宁可一辈子都生活在拥有迈克尔的记忆里……

回到家，米歇尔毅然走进了迈克尔生前的实验室。

数天后。

米歇尔穿着一件纯黑色的WatervavE真丝睡衣安详地躺在一张双人床上，床单是红玫瑰花的图案。米歇尔的神情看上去十分平静，她的头发经过精心梳理之后显得干净而且整齐，她的手指甲和脚指甲都均匀地涂上了黑色的指甲油，与纯黑色的睡衣显得非常搭配。

房间里所有的物品均一丝不紊地摆放着，每样东西的表面都非常干净，一尘不染。窗台上一盆腥红色的繁笺花看上去是那么地鲜艳夺目，几盆嫁接后的仙人掌也在那里精神抖擞地直立着。

一切都是那么安详、平静，墙上的黄铜挂钟三根针天衣无缝地重叠在一起，指向十二点，让人感觉时间仿佛已经停止了好几个世纪。

我知道我正在做一个很可怕的噩梦，也许我永远都无法从梦中醒来。当我以为一切即将结束的时候，原来一切的结束只是另一场新的开始。